草はらに葬られた記憶「日本特務」

日本人による「内モンゴル工作」とモンゴル人による「対日協力」の光と影

ミンガド・ボラグ

関西学院大学出版会

はじめに

近年、内モンゴル自治区（「内モンゴル」と略する）で撮影されたカルピスのコマーシャルによって、カルピスはモンゴル遊牧民が愛用してきた乳酸菌飲料をヒントに生まれたことが日本でも少しは知られるようになった。だが、かつてカルピス創業者の三島海雲（一八七八―一九七四）が、早稲田大学の創立者でもある大隈重信のすすめでメリノー種の種つけ用の羊を日本から内モンゴル草原まで運び、そこで羊の品種改良に取り組んだり、内モンゴル草原から神戸にモンゴル牛を輸入したりしていたことを知る日本人はほとんどいないだろう。ましてや、三島が内モンゴルで武器の売買をしていたというと「信じられない」という人も多いだろう。が、これらはすべて事実である。

ことの発端は日露戦争だった。三島によれば、日露戦争の戦線の拡大に伴って日本軍に軍馬の必要性が生じた。開戦後、ただちに三井物産と大倉組が主として満洲でこの調達に当たり、半年後には満洲の馬はほとんど日本軍が買い上げてしまった。そこで陸軍省は馬をモンゴルから移入することを考えたという。軍馬を調達するために内モンゴル草原を訪れた三島は、そこでモンゴル人が日常的に愛用している乳酸菌飲料と出会い、帰国後、現地でモンゴル人に教えてもらった乳酸菌飲料の製法を用いてカルピスを作ったのである。

本書はそのカルピスが日本に伝わるきっかけとなった、一九〇四年二月に勃発した日露戦争やその延長戦ともいえる一九三一年の満洲事変、そして、一九四五年二月のヤルタ協定や一九四五年八月のソ連・モンゴル人民共和国（現「モンゴル国」）の対日参戦といった歴史的事象における、モンゴル人による「対日協力」と、日本人による「内モンゴル工作」の光と影を、モンゴル人の視点から描いたドキュメンタリーである。

戦争がきっかけで内モンゴル草原を訪れた日本人の現地で得た経験や学智は、戦後の日本における学問や経済の発展を支えた。一方、日本人はモンゴル民族の覚醒を促し、日本人との出会いがモンゴル人にとって近代化への大きな一歩となった。こうして日本人とモンゴル人はよきパートナーとして協力し合い、そこから様々な物語が生まれた。それは時として甘く、時として酸っぱく、時としてカルピスのような調和のとれた甘酸っぱさであった。

では、そのバラエティに富んだ物語をご覧あれ……。

本書の構成について

日露戦争後、一時穏やかな顔をみせていた日本とロシアは、満洲国建国に伴い再び激しく対立するようになった。こうしたなか、日本軍は、満洲国の安全を保つために内モンゴルの西部地域に親日・満の独立国家を建立させ、ソ連共産主義勢力の東進と南下を食い止める計画のもとで軍事作戦を伴う様々な活動を開始させた。いわゆる「内モンゴル工作」である。この内モンゴル工作は、内モンゴルという地理的・政治的な空間に限定したものではなく、その地域を基盤に、新疆ウイグルやチベット高原をも視野に入れた壮大な計画であった。

その一環として日本側は満洲国を足場に内モンゴル草原へ影響力を徐々に伸ばしていった。彼らが最初に取り掛かったのは、ソ連の侵攻企図に関する情報を収集することであり、満洲国建国とほぼ同じ時期から内モンゴル各地のラマ廟（寺）に特務機関を設置し始めた。そして、現地の人々の親日感情を高めるための宣伝及び支援活動を行うことを目的とした「善隣協会」や、特務機関による軍政工作の補助機関としての貿易会社「大蒙公司」を次々と作り、やがて役所にも日本人顧問を派遣するなどして政治にも深く関与するようになっていった。

モンゴル語において「特務」をタグノールと訳すことが多い。タグノールはスパイという意味であり、現地の人々も日本特務機関を「日本のスパイ組織」として認識している。当初、日本人は「特務機関」をモンゴル語で

「オンチャガイ・ヤーモン」（特別な部署）と訳していたが、モンゴル人は「トゥージョーゴワン」（またはトゥージーゴワン）と呼んでいた。トゥージョーゴワンは「特務機関」の中国語音読みのモンゴル人特有の訛りであり、そこにはやはりスパイ組織であるという意味が含まれている。いずれにせよ、ラマ廟は治外法権的な一面を持っていたので、特務機関を設置するのに最適な場所であったようである。

古来、モンゴル高原の遊牧社会では、遊牧という生活スタイルにより地方分権的支配が強かった上、清朝政権は長年、モンゴル人を分割統治してきたので、当時のモンゴル草原は外部勢力に対してほぼ無防備な状態にあった。ゆえに、関東軍は短期間で内モンゴル草原に自分たちの活動拠点を拡大させることができたのである。本書の舞台となるシリンゴル草原にあった「アバガ特務機関」の本部もモンゴル草原の屈指の名刹である貝子廟《ベース・イン・スム》の近くに設置されていて、さらに内モンゴルとモンゴル人民共和国の国境沿いの寺院を分機とするネットワークを構築し、それらの機関の近くに補助機関として大蒙公司と善隣協会をおいた。

本書はそれらの機関に直接または間接的に関わったモンゴル人の回想を、史実に照らし合わせて解説を加えたドキュメンタリーである。誤解を恐れない言い方をすれば、本書は日本が内モンゴル草原に残した負の遺産を背負って生きてきたモンゴル人の人生ドラマである。というのは、のちの文化大革命時、彼ら全員が日本のスパイを意味する「日本特務」や、売国奴を意味する「日本帝国主義の走狗」として吊るし上げられ、その負の連鎖は今なお続いている。よって本書における「日本特務」にはふたつの意味がある。ひとつは日本と満洲国に直接的に関わることによって生まれた「日本特務」であり、もうひとつは文化大革命中、中国人によって着せられた濡れ衣の「日本特務」である。本書では前者に重点がおかれているが、前者の「日本特務」があってこその後者の「日本特務」であることを忘れてはならない。

また、本書は時期として、第二次世界大戦の前夜である一九三〇年代から終戦を軸として描いた。この時期は、内モンゴルやモンゴル人民共和国、中国、ソ連、そして日本にとって大きな転換期であった。転換期であるからこそ、バラエティに富んでいて、そこに歴史が凝縮されている。

今日、日本では第二次世界大戦中の内モンゴルと日本の関係が様々な書物で紹介され、研究も進んでいるが、そのほとんどが政界の中心人物に焦点を当てた研究であり、なかでも、中日戦争に関する研究の陰で付随的に論じられたものが多い。また、日本では、モンゴル草原から引き揚げた当事者たちが様々な形で研究や回想を残しているが、本書はモンゴル人の視点や立場から両者の関係を描いた初の著作であり、この点がそれらの回想と大きく異なる。そして、各家族の記憶は民族の記憶であるという観点から、本書の執筆動機にもなった私の一族の体験、家族の回想や聞き書きを踏まえながら一般大衆の体験談から両者の関係を明らかにした点でも従来の研究と大きく異なる。その体験談には歴史研究者が書いた一貫した話と趣を異にする真実が隠されているはずである。また、これまであまり表に出ることがなかったモンゴル語の内部発行郷土史、手記や回想録を参考にした。厳密にいうと、これらの郷土史は官製資料に属すかもしれないが、地方自治体のモンゴル人幹部が中心になって編集したがゆえに紋切り型の官製資料ではなく、視点を変えて読めば様々な事実がみえてくる「宝箱」でもある。

なお、本書は日本、ソ連、中国といった大国に翻弄され、その狭間で生きるモンゴル逸史でもあるが、三者の中で主導権を握っていたのは間違いなく日本であり、日本の直接または間接的な関わりによって生まれた逸史こそが日本史の別の側面を織りなしているといえよう。その複雑な歴史的過程における日本と内モンゴルの交流を、当事者たちの証言や回想を中心に再構成することは、両者の今後の交流においても不可欠である。

本書は序章と終章を含めて八つの章から成立しており、各章が深く関連しつつ独立した章となっている。詳しくは以下の通りである。

第一章は本書を執筆した動機でもある。著者が本書のキーワードである「日本特務」という言葉に興味を持ったきっかけをもとに、著者の一族が「日本帝国主義の走狗」となった経緯を、母方の大叔父のエピソードを踏まえて述べた。

第二章は、関東軍の対ソ連情報収集の前線であった、ウジムチン草原のラマ・イン・クレー寺に設置されていた日本特務機関や、対日参戦したソ連兵に関するアヨシの回想である。このラマ・イン・クレー寺に設置されていたのは、アバガ特務機関ラマ・イン・クレー分機である。アヨシはラマ・イン・クレー寺の活仏の兄という特別な立場にあり、同じ建物に特務機関員が住んでいて、日々、彼らと交流していた。それがのちにアヨシの一家の歯車を狂わせる要因ともなる。

第三章は、ラマ・イン・クレー寺の現在の住持ポンソグの回想をもとに、日本特務機関に使われていたモンゴル人や彼らの悲惨な運命を中心に述べた。当時、ポンソグは一般の僧侶であり、第二章の回想者であるアヨシと異なる立場から日本人とソ連兵を見つめていた。

第四章は、今でいえば政令都市に相当する西ウジムチンのワンガイ（モンゴル語で王の寺を意味する「ワンインスム」の訛りである。満洲国領内にあった「王爺廟（ワンインスム）」と異なる）や、そこにあったアバガ特務機関西ウジムチン分機の使用人の娘のシルと、その旦那のヨンドンジャムソの回想をもとに、日本を巡る地方有力者同士の駆け引きを中心に述べた。

第五章は、アバガ特務機関の本部が設置されたシリンゴル草原の貝子廟に舞台を移し、貝子廟の名医ドブジョルの回想をもとに、対日参戦したソ連軍が日本のスパイをかばったという罪で貝子廟の僧侶を虐殺した事実や、貝子廟に設置されていた日本特務機関の仕組みや活動の大枠を中心に述べた。

第六章は、日本軍の車輌班の運転手として各地を走り回り、多くを見聞きしたワンチョックの回想をもとに、日本軍関係者や彼らのモンゴル人やチンギス・ハーンに対する表と裏の顔を中心に述べた。

そして、本編の前に序章として物語の舞台や内モンゴルと日本の歴史的交流についてふれ、本編の後ろにまとめとしての終章をおいた。

今日、内モンゴルの大地から、かつての日本特務機関や大蒙公司、善隣協会の建物の跡形を見つけることは至難の業である。それらは都市開発に飲み込まれ、草むらに葬り去られた。あるのは高齢になった当事者たちの記憶だけである。その記憶をありのまま記録することは、内モンゴルや日本の歴史的交流を明らかにする上で重要であるだけではなく、両者の今後の交流においても必要不可欠である。

目次

はじめに　i

序　章　近くて遠い邦《くに》「内モンゴル」……1
　1　物語の舞台　1
　2　歴史的背景　6

第一章　「やっぱりあの家族は日本の走狗だった！」……20
　——文化大革命中に「日本の走狗のアバズレ娘」と称された母セーペルマの回想
　1　謎に包まれた羊飼い　20
　2　高砂席から見える我が家の「敵」　25
　3　「日本帝国主義の走狗」という冠　29
　4　治安部隊が「馬賊」となった瞬間　34
　5　スパイの道具となった日本製の望遠鏡　39
　6　「日本の走狗のアバズレ娘」　42
　7　「日本の走狗のアバズレ娘と結婚した、立場の曖昧な奴」　46
　8　「時限爆弾」劇　49
　9　偉大な革命がもたらした「輝かしい功績」　51

第二章　「あの若い日本人夫婦は無事帰国したのかなあ！」……55
——ラマ・イン・クレー寺の活仏の兄アヨシの回想
1　謎の日本人夫婦　55
2　味方なのか？　敵なのか？　60
3　「日本人はいますか？　酒はありますか？　バターはありますか？」　64
4　土地改革下における寺院の運命　68
5　文化大革命の嵐と逃亡　70
6　国境を跨る集団移動と活仏を巡る画策　74
7　日本特務機関の手先となった「義賊ネムフ」　78
8　再会　81
9　「あの若い日本人夫婦は無事帰国したのかなあ！」　83

第三章　「かつてウジムチン草原は日本の統治下にあったことを今の日本人は知っているか」……87
——ラマ・イン・クレー寺の住持ポンソグの回想
1　母なる塩湖「エージ・ノール」　87
2　縁起　90
3　羊毛のトーチカ　93
4　親日派活仏ワンチョグダンビニマー　97
5　ふたつの顔を持つ諜報員ウルジバイル　101

6 国境哨兵隊隊長ゴルブン・ハマル・イン・モンコ 104
7 特務機関によるリンチ 107
8 「どっちもどっち……」 109

第四章 「俺はモンゴルの最高審判官だ」……114

——日本特務機関使用人の娘シルとその夫のヨンドンジャムソの回想

1 自ら足首を噛み切って逃げるオオカミ 114
2 特務機関に捕らわれた父親 117
3 審判官「タルガン・ノヤン」こと左近允正也 119
4 日本を巡るモンゴル人同士の駆け引き 123
5 反日派ドルジ王の悲劇 126
6 親日派活仏ガブジョ・ラマの波乱万丈伝 131
7 「目の悪い馬を集めるおかしな連中」 135
8 狼煙台 137
9 モンゴル人の身体に刻まれた生きた歴史 141

第五章　「あれは一九四五年八月一一日の朝のことだった」……145
——貝子廟モンゴル伝統医療センターの名医ドブジョルの回想

1　蘇る記憶　145
2　貝子廟に鳴り響く機関銃の音　151
3　カルピスの故郷の悲劇　155
4　馬賊《デールム》に救われた人々　159
5　天地の神々を祭る祭壇の代わりに建てられた「革命烈士記念碑」　164
6　連合軍による解放宣言　169
7　モンゴル高原の夜空を彩る日本の花火　173
8　モンゴル人になりきった謎の日本人「ノーヌガイ」　178
9　大蒙公司と蒙疆銀行　181
10　映画と飴玉　188

第六章　「チンギス・ハーンは日本人だった⁉」……192
——日本軍車輌班の運転手だったワンチョックの回想

1　日本軍車輌班に入隊　192
2　「帝国」の将軍李守信の知られざる過去　196
3　昭君《しょうくん》墓を彩る美しい花「大和撫子」　201
4　「蒙古の牛」　204

5　車輌班の日常　207
6　日本人のシリンゴル草原への進出のもうひとつの狙いは石炭だった？　211
7　チンギス・ハーンの軍歌　214
8　張北青年学院のエリート　217
9　「チンギス・ハーンは日本人だった⁉」　220

終　章　遠いけれど近かった「内モンゴル」……224
1　植民地のことを忘れた宗主国の国民　224
2　モンゴル人は本当に「日本帝国主義の走狗」だったのか？　228
3　「大東亜共栄圏」という幻想　233
4　歴史からこぼれ落ちた先人　235

あとがき　238
主な参考・引用文献　240

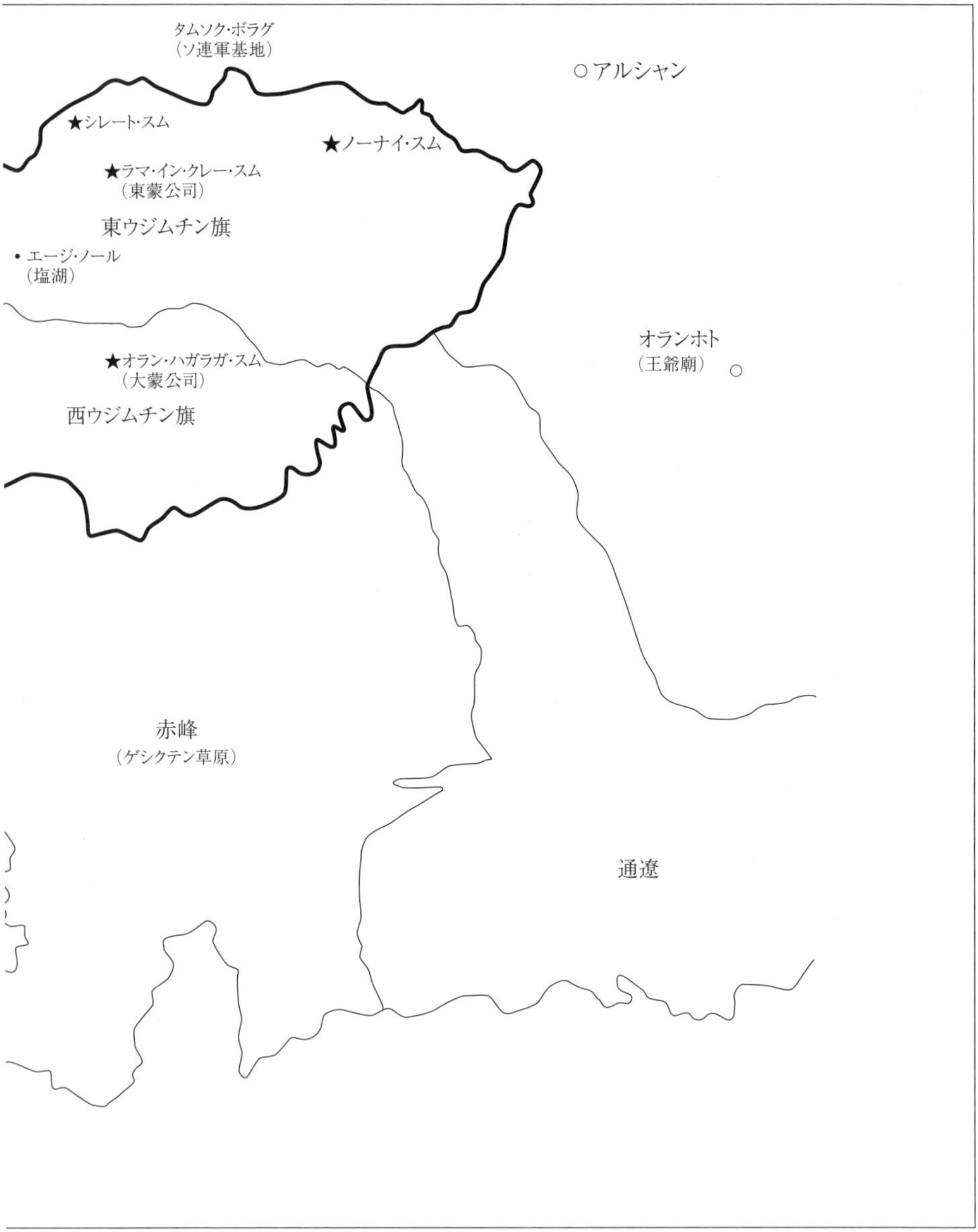

当時、シリンゴル草原にあった寺《スム》の数は180を超えていて、支院や分会を入れると、その数は300を超える。この図ではごく一部を掲載したが、アバガ特務機関はほぼすべての寺やその支院・分会を活動の拠点にしていた。この数字からもアバガ特務機関の規模の大きさが窺われる。

地図 1　現在のシリンゴル盟の地図でみる日本特務機関（★）及び大蒙公司（一部）

序　章　近くて遠い邦《くに》「内モンゴル」

1　物語の舞台

この本をはじめて手にした人の中に「アバガとは何？」と思う日本人は少なくないだろう。仮に地名だとわかったとしてもそれがどこにあるのか、知る人はほとんどいないはずだ。

アバガは現在の内モンゴルシリンゴル盟《アイムグ》（盟は清朝時代から続いているモンゴルの行政区画の名称。ひとつの盟は複数の旗《ホショー》からなり、ひとつの旗は複数の蘇木《ソム》からなる）の北部に位置し、北はモンゴル国と接する草原地帯である。中国語で「阿巴嘎（abaga）」と表記するが、この漢字はモンゴル語の「アバガ」の当て字である。戦時中、日本人はこの「阿巴嘎」をウェード式の表記方式で「アパカ（apaka）」と呼んでいたようであり、日本語の文献には「アパカ特務機関」と表記されることが多いが、本書ではモンゴル語の読み方の「アバガ」を用いる。

このアバガ地域に住んでいるモンゴル人の多くがチンギス・ハーンの異父兄弟であるベルグテイの末裔だといわれている。アバガはモンゴル語で「叔父」を意味する。チンギス・ハーンの子孫からすればベルグテイは自分たちの「叔父」に当たるので、モンゴル語で叔父を意味する「アバガ」がそのまま地名となったわけだ。

このアバガ地域の政治と経済の中心地が貝子廟である。貝子廟の「貝子」は清朝政権からモンゴルの王族たちに与えられた、世襲制爵位の中の四番目の爵位「固山貝子《グセベース》」（qosiyun-u beyise）の略称である。一六八四年頃、この地域を治めていた固山貝子バルジドルジ（通称「ドルジ貝子」）が、現在の寺院の南東あたりに、役人が勤務して公務を取り扱う役所兼地域の宗教行事を取り扱う寺「貝子廟」を建設させた。その後、周辺に新しい寺がどんどん建設され、最盛期には寺院の面積だけでも東京ドーム約二五個分になったが、最初に建設された貝子廟の名残からそのあたりの寺院全体を「貝子廟」と呼ぶようになった。また、当時は政教が一致した時代であり、寺院はその地域の「まつりごと」を行う役割を果たしていたので、やがてこの貝子廟が町の名前として定着したのである。だから、アバガ特務機関が現地では「貝子廟特務機関」とも呼ばれていた。現在、この町は貝子廟ではなく、シリンホトと呼ばれているが、これは一九五三年九月一五日にシリンゴル盟人民政府が正式に通知を出し、新時代の流れに貝子廟という封建主義の名残を残す名称は相応しくないとし、市の東と北側を流れるシリンゴルという河にちなんで新しくつけられた名称である。当初は行政区画として「ソム」だったが、一九八三年に市として認定された。

この貝子廟は日本では知る人ぞ知る名所である。絵本『スーホの白い馬』でおなじみの絵本作家の赤羽末吉が、一九四四年に、内モンゴルの東北地方のウランホト市（王爺廟）で建設されたチンギス・ハーン廟の壁画制作の下準備のため、関東軍特務機関の案内で一九四三年に貝子廟やアバガ王の王府を訪れており（写真1）、のちにその時に描いたスケッチや風景をモチーフに名作『スーホの白い馬』を描いたことはよく知られており、実際に絵本『スーホの白い馬』の中に貝子廟の風景が描かれている［ミンガド・ボラグ　二〇一六：四三―五六］。また、日本の仏教学者・チベット学者の長尾雅人は『蒙古喇嘛廟記』（一九四七）で東方文化研究所の研究の一環として、一九四三年六月二二日から七月三日まで二週間程度貝子廟を訪れたことを日記の形式で記しており、日本におけるモンゴル研究の第一人者であった磯野富士子も『冬のモンゴル』の中で、一九四四年の一一月、夫の法社会学者の磯野誠一に伴って貝子廟を訪れたことを記している。また、作家の貴司山治も一九四三年九月から一一月にかけて内モンゴルを中心に約三カ月旅行していて、『蒙古日記』（一九四三）という旅行記を残しているが、その中にも

写真1　絵本『スーホの白い馬』で知られる赤羽末吉（右）が、1943年6月に貝子廟前で取材班の仲間と撮った1枚

写真は『赤羽末吉スケッチ写真　モンゴル・1943年』（2016）より。

貝子廟が頻繁に登場する。ここで注目すべき点は彼ら全員が現地にあった日本特務機関、大蒙公司や善隣協会を頼りに内モンゴル草原を訪れているということだ。この点について磯野富士子は「私たちがあのような調査を行うことができたのも、内モンゴルが日本の占領下にあったからこそであった」と指摘した上で「個人的には政府や軍部とは全く無関係な研究のつもりではあったが、西ウジムチンに入ることができたのは、その土地の『日本人顧問』の方々のお世話を受けたからに外ならない」［磯野富士子 一九八六：二四〇］と回想している。モンゴル帝国が敵地を占領したのち、現地に少数のモンゴル人を残して支配を続けたと同様に、関東軍は内モンゴルの各地の役所、学校や病院に軍関係者を顧問として派遣する形で事実上、内モンゴルを支配下においていた。磯野がいう日本人顧問とはこれのことである。

古川幸雄によれば、一九三二年三月一日、満洲国の建国成って関東軍は満洲国の安全を保つために西方内蒙古に親日満の独立国家をつくり、ソ連共産勢力の東進と南下を食い止める計画を練り上げ、一九三三年一月、熱河作戦を開始、作戦の進展に伴い内モンゴル工作に着手し、東西ウジムチン王府に特務機関を開設した［岡村秀太郎　一九九〇：三二］。さらに西に進む形で、一九三五年に貝子廟に新たな特務機関を設置した。古川はさらに、一九四〇年、関東軍当局は対ソ・対外蒙諜報、謀略に諸工作を本格的に組織する目的をもって関東軍情報部を編成し、「ハルピン特務機関」と呼称し、満洲全土に張りめぐらした情報網・全特務機関を支部として情報部長の指揮下におき、この機に乗じ同情報部長の指揮下にあったアバガ特務機関の設置を図ったと説明している［岡村　一九九〇：三七］。それにより、貝子廟に設置されていたアバガ特務機関が、シリンゴル草原の各地に設置された日本特務機関の本部として再出発した（写真2）。

当時、塩湖からの税収で財政が潤っていた西ウジムチン草原と、モンゴル草原の屈指の名刹としてその名が広く知れ渡っていた貝子廟があるアバガ草原は、今でいえば政令都市であり、全モンゴル圏でもその名が広く知られていた。また、貝子廟はゴビ地域の北側に位置するモンゴル（通称「外モンゴル」）の内モンゴルにおける窓口的な役割を果たしていて、外モンゴルの寺院は貝子廟を通してチベットと交流していたので、これらの地域は日本にとって単なる情報収集としてではなく、政治・経済的にも大きな意味を持った。

このアバガ特務機関が設置された重要な目的は、吉川がいうように、満洲国の安全を保つことと、ソ連軍の侵攻企図に関する情報を収集するためであったことは事実であるが、現地のモンゴル人の親日感情を高めるための宣伝及び支援活動を行うこと、同時に反日感情を抱いたり情報を漏らしたりした、あるいはその疑いがある邪魔者を排除したり、共産主義の地下組織を打撃したりすることも仕事であった。そして、現地での経験を踏まえて植民地政策に関する具体的なアドバイスをすることも特務機関の仕事の一環であったようで、それまでモンゴル人について予備知識のあまりなかった日本は、モンゴル人の生活習慣をはじめ言語、歴史、文化、宗教や地理に至るまで様々な角度からこの民族について急いで理解する必要に迫られ、それがきっかけで学術界とも深く関係するよ

写真2　1945年8月4日、アバガ特務機関本部員たちが庁舎前で撮った記念写真
この写真が撮られた約1週間後に彼らは庁舎を爆破して撤退した。写真は『特務機関』（1990）より。

うになった。前に述べた長尾雅人自身も『蒙古喇嘛廟記』の冒頭で「純粋学術的な希望が、そのまゝ自由に且つ豊かに受入れられる様な時勢では決してなかつた。何とか戦争に直接役立つことが眼に見えるもの、少くとも所謂戦時下の文化建設といふ様な名目を取り、それに有効なものでなければならなかつた。我々の研究は、仏教の根源的な探索といふことを除けば、これ等の西蔵や蒙古の民族を理解する最も重要な一つの手段でもある。だから政治的にはその意味で学者を利用するでもあらう」［長尾雅人一九四七：四―五］と述べている。もちろん、影があれば光もある。当時、日本が内モンゴル草原で様々な学術研究を行ったことが、内モンゴルに関する貴重な資料を後世に残してくれる結果となった。内モンゴルにあった数少ない歴史的な資料が、かの文化大革命中に燃やされてしまったからである。そして、私たちモンゴル人は几帳面な日本人が作った正確な資料のおかげでやっと故郷の真の歴史を知り始めている。

2　歴史的背景

(1) 日清戦争後の日本の対内モンゴル政策とその周囲

内モンゴルの近代史は日本との関連性が極めて高い。本書を読むに当たってその史実について簡単にふれておく必要がある。

日清戦争後、中国大陸はほぼ無政府状態にさらされ、混沌とした状態に陥った。内モンゴルでは、清朝政権が実施した開墾政策に反対する武装蜂起が広がりをみせていた。こうしたなか、日清戦争の処理を巡って日本とロシアが対立することになり、両者は地理的に両国の間に位置する内モンゴルの諸王公族を味方につけるために様々な裏活動を開始した。日本は、当時、内モンゴル地域で最も影響力があったカラチン地域（現「赤峰地域」）のグンスンノルブ王に狙いをつけ、一九〇三年三月に大阪で開かれた第五回内国勧業博覧会にグンスンノルブ王を招待するなどして懐柔策を取った。日本を訪問したグンスンノルブ王は、博覧会のみならず日本の教育、工業、軍備などの状況を視察し、さらに大隈重信など政界の一部の有力者とも接触していた。グンスンノルブ王は訪日の際、日本の教育に大いに関心を抱き、帰国の際、北京の日本公使館の内田康哉公使と会談して、自分の王室で日本風の女子教育を実施することを決め、その冬、長野出身の河原操子の支持で毓正《いくせい》女学堂を開堂させた。河原はカラチン王府の教育顧問を務める傍ら日露戦争の下準備としての情報収集と連絡係を務めていたことを本人も認めている。こうしたなか、日露戦争が勃発し、日本側が勝利を収めた。三年後の一九〇六年二月七日に河原が三名のモンゴル人教え子を連れて長崎港に降りた。この三名の女子学生は日本に留学した最初のモンゴル人であるといわれている（写真3）。

写真3　河原操子と3名のモンゴル人留学生
左から何恵珍（14歳）、于葆貞（14歳）、金淑貞（13歳）と河原操子。

訪日がきっかけで教育の重要性を認識したグンスンノルブ王はさらに、一九一二年に北京で蒙蔵専科学校（現「中央民族大学附属中学校」の前身）を創立し、数多くのモンゴル人青年を育成した。例えば、内モンゴル人民革命党の創始者バインタイやメルセイ、のちに内モンゴル自治区の最高指導者となったウラーンフーらはこの学校出身である。この時代、内モンゴル草原で活躍した日本人（民間人）といえば、文化人類学・考古学・民族学（民俗学）学者の鳥居龍蔵とその妻の鳥居きみ子、カラチン王府の女学堂設立に関わった河原操子、のちにカルピスの創業者となった三島海雲らをあげることができる（写真4）。

清朝崩壊を受けてゴビ地域の北のモンゴル人は、宗教と政治の両方を握っていたボグド・ハーンことジェプツンダンバ・ホトクト八世（一八六九―一九二四）の指導のもとで清朝からの独立を宣言した。ボグド・ハーンを支えたのはモンゴル草原の王公たちだった。そして、一九一三年一月に内モンゴ

写真 4-1　1907 年にカラチン王府の西庭あずまや前で残した記念写真

右からカルピスの創業者の三島海雲、考古学者の鳥居龍蔵（1870-1953)、西本願寺勧学で、三島海雲の師匠でもある日下大痴（1868-1949)。のちに 3 人は日本の経済界、学術界、仏教界を代表する人物として成長したが、その原点はモンゴル草原にあったと言っても過言ではない。写真提供：三島海雲記念財団

写真 4-2　著者が現在のカラチン王府の西庭あずまや前で残した記念写真

上の写真と比較してみれば、後ろの建物が改築されているが、石段だけがほぼそのまま残っていることがわかる。

ルに軍隊を派遣し、内モンゴルを取り戻すことを試みる「丑年の乱」を起こした。この時、多くの内モンゴル王公がボグド・ハーンの軍隊と合流し、内外モンゴルの統一のために戦った。その代表人物が日本で知る人ぞ知る、馬賊ことバーボジャブ将軍（一八七五―一九一六）である。彼は日露戦争の時も満洲義勇軍のゲリラ隊を率いてロシアから運ばれてくる武器や物質を途絶えさせるなど、陰で活躍したことで日本でもよく知られている。かの有名な男装の麗人こと川島芳子は一時、バーボジャブ将軍の次男ガンジュルジャブ（一九〇三―一九七一）の妻だった（写真5）。この「丑年の乱」の前、あのカルピス創設者の三島海雲らはカラチン地域の王公らに軍銃を提供していて、三島本人は「私はこの仕事で、約二万円の金を得た」と回想している［『初恋五十年』二〇一二：一〇八］。

写真5 ガンジュルジャブと川島芳子の結婚式の写真

しかし、ロシア主導で行われた一九一二年の「露蒙協定」や、一九一三年の「露中宣言」、そして一九一五年六月にその最終調整でもあるロシアと中国、ボグド・ハーン政権の間で行われた「キャフタ協定」により、ボグド・ハーン政権が軍隊を撤退させざるを得なくなり、内モンゴルが中国圏に残される。

一方、清朝崩壊後、中国大陸における最初の共和制政体として中華民国が成立した。中華民国が成立した当初、その生みの親である孫文は「弱小民族を助けてその自決・自治を促す」と提唱した。それを受けて内モンゴル人は、中華

写真6　内モンゴルのラストエンペラーともいえる徳王ことデムチョクドンロブ

徳王は晩年まで辮髪に民族衣装といったスタイルに固執し、チンギス・ハーンのバッジを肌身離さずつけていた。

民国の正式な政党である国民党に「高度自治」を要求し始めた。その自治運動の中心人物は内モンゴルのラストエンペラーともいえる徳王ことデムチョクドンロブ（一九〇二―一九六六）である（写真6）。徳王は、長年、「分旗支配（分割統治）」といった地方分権的支配が強かった内モンゴルは、まだ独立した国家をつくるまで熟していないとみていた。徳王が「高度自治」にこだわった理由がそこにある。

しかし、国民党側が「高度自治」を求めるモンゴル人に対して曖昧な対応を続ける中で、漢族の軍閥や匪賊によって草原が蹂躙され、無計画な開拓によって生態系が大きく崩れ、放牧文化は危機にさらされた。漢人はモンゴル草原のことを「荒原」または「荒地」と呼んでいて、その荒原を開墾せず、そこで家畜を放牧することは無知なことであると考えていた。

一九二四年にジェプツンダンバ・ホトクト八世が亡くなったのち、ゴビ地域の北の外モンゴルがコミンテルンの指導のもとで社会主義国家「モンゴル人民共和国」として再出発した。その際、「丑年の乱」のように内モンゴルに軍隊を派遣しなかったものの、内モンゴル人同胞が中国（中華民国）の支配から逃れ、新生国家「モンゴル人民共和国」に歩調を合わせるように絶えず後押しをしていた（写真7）。こうして一九二五年一〇月にコミンテルンとモンゴル人民共和国の支持で内モンゴル人民革命党第一回大会が張家口で開かれ、本格的に活動を開始するが、満洲国の誕生に伴いその活動が鈍り、党員は潜伏せざるを得なくなった。日本はソ連共産主義勢力の南下を警戒し、満洲や内モンゴルを中心に防共活動を展開しつつあったので、内モンゴル人民革命党の党員は満洲国の各機関に働きながらしかるべき時期が来るのを待ち続けた。

写真7　1924年にモンゴル人民共和国中央委員会から発行された宣伝ポスター

靴や服にモンゴル高原の各盟の名前が書かれた人たちが、万里の長城の上に描かれた怪物（タコ）の足に巻かれたりしているが、ハルハ・モンゴル（現「モンゴル国」）だけがその足を斬っている。その下に「中国《ヒタード》はモンゴルの各盟旗を占領し、その支配が耐えがたいものとなったので、ハルハ・モンゴルがその支配から逃れ、独立しようとしている。このような時期に中国の支配下で苦しんでいる内モンゴルのモンゴル人はその冷酷な支配から逃れるために戦わないで何を待っていますか」と新生国モンゴル人民共和国に歩調を合わせることを期待した内容が書かれている。
写真は *Ündüsüten-ü toyimu No. 48* より。

（2） 満洲事変後の日本の対内モンゴル政策とその周囲

一九三一年に満洲事変が勃発し、関東軍が満洲全土に入り、翌年に満洲国を建国させた。それにより内モンゴルの東部が満洲国に編入された。内モンゴルの東部は他の地域に比べると水資源が豊富なので、当時、モンゴル人の大半が東部に集中していて、東部が内モンゴルの政治経済の中心地になっていた。この頃、満洲国に編入されていた内モンゴル東部には約七〇万人のモンゴル人が生活していた。その数は蒙彊《もうきょう》地域におけるモンゴル人（約二九万人）よりはるかに多かった。この時期、モンゴル人民共和国の人口は約五四万人で満洲国内におけるモンゴル人の人口よりも少なかった［和加竹城、林田勳　一九三八：三］。

前にもふれたように、ちょうどこの頃、満洲国に隣接する内モンゴル中部のシリンゴル草原では、徳王ことデムチョクドンロブをはじめとするモンゴル人が、当時の中国政権だった国民党政権に対して「高度自治」を求めていた。それに対して国民党政権はずっと曖昧な対応をしていて、徳王も国民党政権に対して不満を抱くようになった。それを察知した関東軍は積極的に徳王に関与するようになり、徳王もやがて日本に協力するようになった。

関東軍の支持を得た徳王は、さっそく一九三六年に日本人軍事顧問を迎えて百霊廟《ベーリン・スム》に「蒙古軍政府」を樹立させた。これに対して国民党が討伐軍を送り、百霊廟を占領した。しかし、一九三七年七月、盧溝橋事件が発生したのち、関東軍が徳王指揮下の内モンゴル軍に協力して軍閥や匪賊から内モンゴル草原を取り戻し、一〇月に現在の内モンゴルの首都フフホトで「蒙古連盟自治政府」を樹立させた。徳王は蒙古連盟自治政府を樹立させたあと、モンゴル民族の発展には、教育が不可欠だとして学校教育に力を入れるとともに、多くのモンゴル人青年を日本に留学させ、自ら一九三八年と一九四一年の二度にわたって訪日し、日本の学校や軍事施設などを見学した。この時代、内モンゴル草原で活躍した日本人（民間人）といえば、日本の霊長類学の礎を築いた今西錦司や、騎馬民族征服王朝説で有名な江上波夫、そして、内モンゴル草原で行った遊牧民と家畜の研究を基盤に書かれた『文明の生態史観』で有名な梅棹忠夫らをあげることができる。

　蒙古連盟自治政府は非常に短命であった。関東軍は張家口の察南《さつなん》自治政府や大同の晋北《しんほく》自治政府、そして、徳王が中心になって成立させたフフホトの蒙古連盟自治政府の円滑化を図るため、一九三七年一一月に「蒙彊連合委員会」を設立させ、これらの地域を蒙彊地域（通称「蒙彊」）と呼んだ。

　しかし、関東軍の働きかけによって生まれた蒙彊地域はもともと軍閥や民族間の対立が激しい地域であったので、蒙彊連合委員会は烏合の衆と化した委員会にすぎなかった。そこで関東軍は再びこの三つの自治政府を統合し、一九三九年九月に第二の満洲国ともいうべき「蒙古連合自治政府」を成立させ、首都を張家口に移転させた。『蒙彊の資源と経済』（一九三八年）によれば、蒙彊地域の面積は五〇万六八〇〇平方キロメートルだったが、約九割を占める四六万六六〇〇平方キロメートルがモンゴル人の土地だった。一方、この時の蒙古連盟の人口は二五七万人で、そのうち二二八万人を漢人が占めていた。そこに漢人地域の察南（一五〇万人、内回民四万人）と晋北（一四三万人、内回民四〇〇〇人）を入れると、漢人が占める割合が増すばかりである。モンゴル民族の自決のために戦っていた徳王は、土地の大半がモンゴル人のものであるが、人口の大半を漢人が占める現象に不満を持ち、「これではモンゴルといえない」と併合に猛反対した。しかし、張家口は中国人が万里の長城を越えてモンゴル草原に入る入り口であり、モンゴル草原の遊牧民と中原地域の漢族がその生産物である家畜と穀物などを売買する要衝であり、大同は石炭や鉱物の一大産地であり、日本にとって価値の高い地域であったゆえに、関東軍はモンゴル民族の自決より目前の利益を優先した。なお、ここでいうモンゴル民族とは内モンゴルにおけるモンゴル人のことを指しており、モンゴル民族の自決とは、モンゴル人が自らの意思で自分たちの運命を決定することをいう。

　一九四〇年に関東軍が南京で汪兆銘政権（中華民国南京政府）を樹立させると、蒙古連合自治政府はその管轄に入ることになり、一九四一年八月に名ばかりの半独立国「蒙古自治邦」と改称された。関東軍は独立を主張する徳

地図2　日本によって成立した蒙彊地域

王を含むモンゴル人を宥和するために「邦」という漢字を用いたが、それはモンゴル人が夢見る独立した国家とは程遠い存在であった。

関東軍は自分たちの手で設立させた蒙彊連合委員会や蒙古連合自治政府、そして、のちの蒙古自治邦を「蒙彊地域」と呼んでいて、この言葉は日本国内でも広く知られるようになっていた（地図2）。

しかし、この「蒙彊」という呼び名には徳王をはじめとする多くのモンゴル人が反対だった。徳王は自伝の中で「私は、『蒙古』と『蒙彊』の二字は、とるに足りない言葉の意味の問題ではなく、重大な意味をもつ政治的・民族的問題であるとつねに思っていた。というのは、『蒙古』の二字は民族のみならず、土地・人民をも意味しており、しかも『蒙古』と言えば、世界中知らない者がいないからである。これは歴史上昔から確定している名称であり、『蒙彊』と改称すれば、やはり中国の辺境であって、独立した蒙古政権ではなく、中国に隷属する地方政権を意味することになってしまうのである」［ドムチョクドンロプ　一九九四：二三二］と回想している。徳王の訪日の目的は日本国内でモンゴル独立を訴えるためでもあり、記者会見などで意図的に「蒙古」という言葉を使ったが、関東軍側はモンゴル人通訳を殺すと脅して「蒙古」を「蒙疆」と訳した〔楊海英 二〇一八：二〇四―二一二〕。

では、関東軍側はなぜ「蒙疆」という言葉にこだわったのだろうか。当時、関東軍は「蒙疆は蒙古の疆域という意味で、察南・晋北を包摂する新政権を代表して、民族調和の役割を果たすことができる」〔ドムチョクドンロプ一九九四：二二五〕と主張していた。関東軍がいう「民族調和」がポイントである。つまり、モンゴル人だけによる政権ではなく、モンゴル人と漢人などによる「調和された政権」であるという意味である。モンゴル固有の領土の回復を掲げた徳王が独立国をつくれば、満洲国に編入されている内モンゴル東部のモンゴル人の独立願望を刺激する恐れがあるため、関東軍は内モンゴルを独立させないように様々な工作を行っていて、徳王暗殺まで画策していた。関東軍が内モンゴルの自治運動を横取りにした目的もここにあった。

(3)「ヤルタ協定」の被害者モンゴル

このように日本側は徳王をはじめとするモンゴル人の期待をことごとく裏切ったとはいえないが、この時期から多くのモンゴル人の中に「信じていたのに……」という淋しさが生まれたことは事実である。ここでつけ加えて言えば、徳王はこのように日本側からかなり不当な扱いを受け続けてきたにもかかわらず、日本敗戦直前「日本が敗戦した時、その機会に乗じて日本人に害を与えることを絶対にやってはいけない。それは我々モンゴル人の道徳である」〔Jagčidsečin 2007: 360〕と指示していて、実際、徳王政権下にあった地域では日本人を殺害することが起きず、むしろ食料をはじめ乗り物まで提供していたことが当事者たちの回想録に多く記されている。

モンゴル人を裏切ったのは日本だけではなかった。

一九四五年八月九日にソ連・モンゴル人民共和国の連合軍が内モンゴルに侵攻し、一〇日にモンゴル人民共和国が対日宣戦布告した。その時、モンゴル人民共和国のチョイバルサン首相（一八九五—一九五二）は対日宣戦の理由について「我が兄弟である内モンゴルのモンゴル人を日本の支配から解放するためである」［Arad-un jam 1945: 10, 23］と説明した（写真8）。

連合軍の攻撃を受けて日本は内モンゴル草原を撤退し、蒙古自治邦と満洲国も自然に瓦解した。この機会に蒙古自治邦や日本に留学の経験がある若い知識層が中心になって作ったモンゴル青年党のメンバーが、内モンゴルをモンゴル人民共和国の傘下に入れることを試みたが、同年二月にアメリカ、イギリス、ソ連による首脳会談である「ヤルタ会談」で交わされた「外モンゴル（モンゴル人民共和国）の現状が維持されること」という密約が障害となり、本来、水資源が少ないゴビ地域といった自然地理学的な障害によって分断されていた内外モンゴルが、今度は国境線で分断される結果となった。内モンゴルとモンゴル人民共和国が統一されると、ソ連領内にあるブリヤート・モンゴル人やカルムイク・モンゴル人も統一されたモンゴルに加わろうと動く可能性がある。これはソ連にとって好ましいことではなかった。一方、中国国民党からしても、自分たちの領土だと主張してきた広大な土地を失うことは許し難いことであった。ゆえに、ヤルタ会談に端を発して一九四五年八月に中国とソ連の間で結ばれた「中ソ友好同盟条約」により、国民党政権は外蒙古の独立を認める代わりにソ連は内モンゴルや東トルキスタンなど中国国内の独立問題に干渉しないとする密約が交わされた。ちなみに、日本の北方四島は、このヤルタ協定によってロシア側に併合されたのである。

そこで、徳王をはじめとする内モンゴル中部のモンゴル人は一九四五年九月にシリンゴル盟の西スニト旗で人民代表大会を開催し、内モンゴル人民共和国臨時政府を旗揚げして内モンゴルの独立を宣言して臨時憲法を発表した［田淵陽子　二〇〇八：一五五—一六七］。

この頃、中国共産党の内モンゴルにおける活動も活発化しつつあり、ウラーンフーという内モンゴル西部のトゥメト出身のモンゴル人が目立つようになる。彼の本名は雲沢《ユンゼ》といい、モンゴル語も話せなかった。彼はコミンテルンの指示でソ連に留学し、帰国後、中国共産党の聖地である延安でさらに修行した正真正銘の共産主義者であった。

このウラーンフーをはじめとする中国共産党側に傾いたモンゴル人勢力が、内モンゴル人民共和国臨時政府の中心メンバー計二六名からなる視察団がウランバートルを訪問している隙に内モンゴル人民共和国臨時政府を乗っ取り、帰順しない者を次々と排除し始める。清朝時代から分割統治されてきた内モンゴルをひとつにまとめ、内部の矛盾をなくすことがウラーンフーにとって目前の課題だった。また、ソ連留学の経験のあるウラーンフーにとって連邦制を認めるソ連型の民族自決はより魅力的であり、彼は内モンゴルをひとつにまとめた上で連邦制を目指そうしていた。というのも、毛沢東をはじめとする当時の中国の指導者たちは、少数民族の分離独立を承認する姿勢を示していて、毛沢東が一九三五年に発表した「中華ソビエト政府の対内モンゴル人民宣言書」（通称「三五宣言」）においても、「内モンゴルのモンゴル人には自分たちの政府をつくり、他の民族と連邦を結成する権利がある」［毛沢東文献資料研究会　一九七〇：一六―一七］と明記されていた。

一方、一九四六年一月に満洲国に編入されていた内モンゴル東部では、東モンゴル人民自治政府が誕生したが、内モンゴルの東部と西部を統一させるという試みの中で、またも中国共産党主導の内モンゴル自治運動連合会に合併吸収された。満洲国興安北省となっていたフルンボイル地域のモンゴル人は、満洲国興安北省の省長だったエルヘムバトの指導で、一九四五年一〇月にフルンボイル自治省政府を成立させ、翌年三月に「フルンボイル地方自治政府」と改名し、モンゴル人民共和国の傘下に入ったことを宣言するが、これもまた中国共産党側の勢力に乗っ取られた。

その結果として一九四七年五月一日、当時の内モンゴルの政治経済の中心地であった王爺廟（現「オランホト

市」で内蒙古自治政府が樹立されたが、中国建国後の一九四九年一二月に内蒙古自治区人民政府に変わったのである。それは徳王が目指したモンゴル人が自らの意思で自分たちの運命を決定する民族自決や、ウラーンフーが目指した連邦制を認めるソ連型の民族自決とは程遠いものであった。自治政府が自治区人民政府に変わったことは、自ら自治を行う権限を失ったことを意味しており、これをきっかけに内モンゴルが正式に中国の傘下に入り、その陰に隠されてしまったのである。

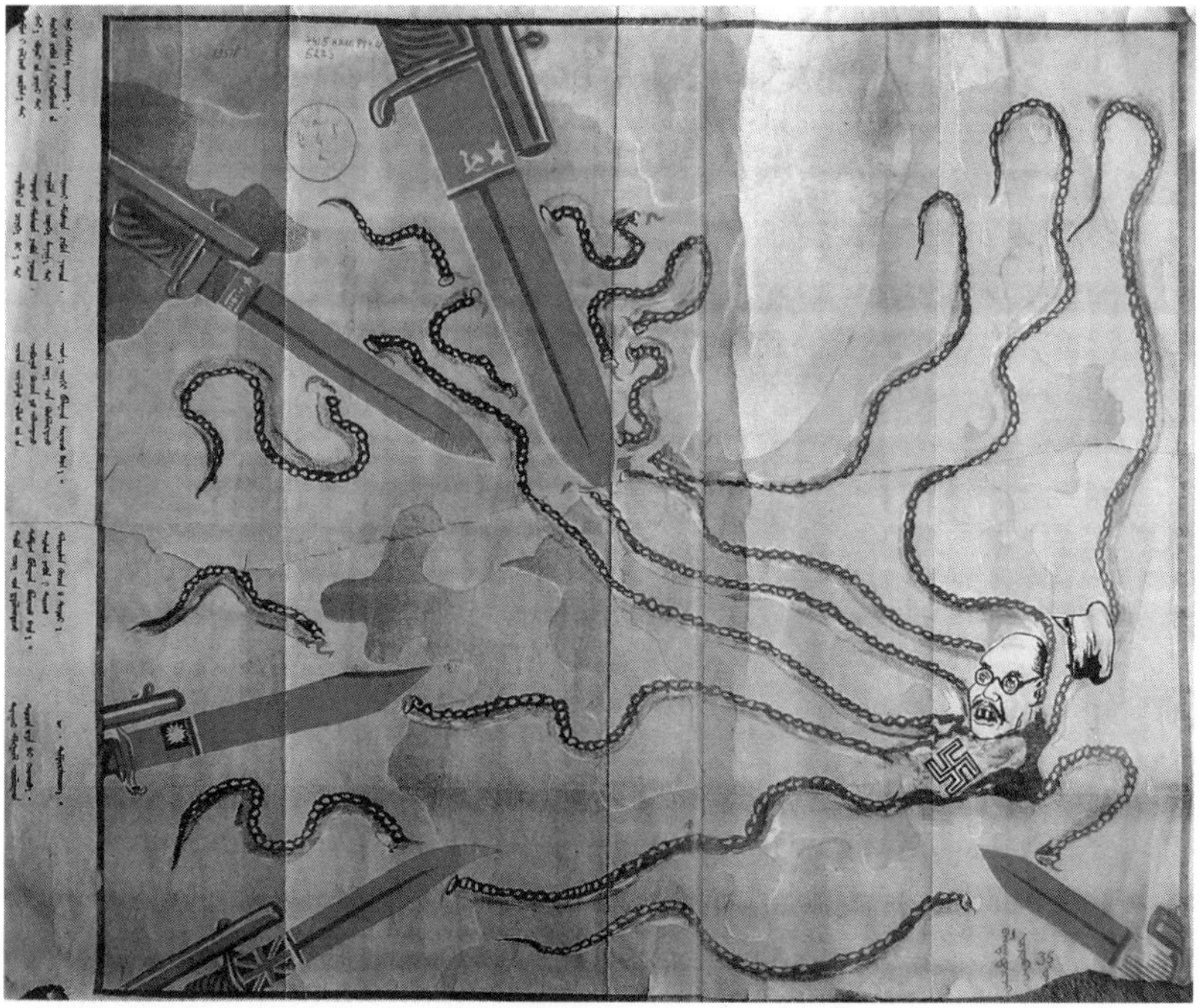

写真 8 1945 年にモンゴル人民共和国が対日参戦した時の宣伝ポスター（前頁も）

写真右頁：ポスターの左上に共産主義の象徴色でもある赤文字で「モンゴル族、チョックト・ホン・タイジの孫ら、マグスルジャブ将軍の息子たち、全モンゴル民族の怨敵である日本侵略者らを消滅させ、勝利の旗を掲げるために前進せよ！」と書かれている。背景に薄青色で 3 人の勇士が描かれている。一番手前はポスターに名前が書かれているマグスルジャブ将軍（1877-1927）であり、2 番目はチョックト・ホン・タイジ（1561-1637）であると思われる。最も背後はチンギス・ハーンだと思われるが、ポスターにその名前はない。これについて週刊誌“*Ündüsüten-ü toyimu*”（民族通信）は、ソ連の衛星国であったモンゴルではチンギス・ハーンの名前を口にすることがタブー視されていたからではないかと分析している。

写真上：モンゴル人民共和国を連合国の一員として描いているが、モンゴルの運命を決めた「ヤルタ会談」にモンゴル人を参加させなかった。もちろん、この会談に端を発して結ばれた「中ソ友好同盟条約」も密約である。なお、ポスターの右下に「35 年」と書かれているが、これは現在のモンゴル国が清朝から独立し、ボグド・ハーン政権を樹立させた 1911 年から数えた歴であり、西暦では 1945 年に当たる。

写真は *Ündüsüten-ü toyimu No. 48* より（2 枚とも）。

第一章　「やっぱりあの家族は日本の走狗だった！」
——文化大革命中に「日本の走狗のアバズレ娘」と称された母セーペルマの回想

1　謎に包まれた羊飼い

一九四九年一〇月、中華人民共和国が成立する前から中国国内において様々な政治運動が展開された。一九四六年頃から始められた「土地改革」やそれを伴う「寺院改革」、五〇年代から始められた「大躍進政策」の推進やそれと相まって実施された「人民公社」などである。

このような外的被害によって、草原の地形をはじめ人々の生活様式までも大きく様変わりした。個人の財産である家畜が国有財産として国に没収されたことにより、それまでの自分たちの家畜を追って草原を移動する遊牧生活に終止符が打たれ、人々は定住生活を余儀なくされた。各地で人民公社や生産大隊《バリガド》（日本の集落や村に相当する）の建設が急ピッチで進められた。それらの建築のために芝生をブロック状に切り取ってレンガ代わりに使っていたが、やがて芝生がなくなると、草原中に穴を掘って粘土を取り出してレンガを焼いた。その跡地が今は完全に砂漠になっている。そして、これらの政策の果実が実らないうちに、一九六六年から「文化大革命」の荒波が押し寄せたのだ。

このような相次ぐ政治の荒波による生々しい傷跡が残る一九七〇年代、私は人民公社の遺産である、中国風の土家が並ぶ集落に生まれた。文化大革命が終結する二年前のことである。そして、文化大革命の余波の中で少年期を過ごした。

私の集落の南側にサッカー場ふたつ分ぐらいの広さの綺麗な湖があった。小さい頃、暑い日によく水浴びをして遊んだ。今は完全に干上がっている。その湖の畔にバイシンと呼ばれる中国風の土家が四軒あった。向かって左から二番目が私の家、三番目が祖父母の家で、その間にモンゴルの伝統的な家屋であるゲルが建てられていた。

当時、バートル（一九二二―一九九六）という片腕のない老人が私の集落の羊を放牧していた。中国建国後、一時期地元の小学校で教鞭を執っていたらしく、人々は彼のことを「バクシ」と呼んでいた。「バクシ」とはモンゴル語で「先生」を意味する。

真夏のモンゴル草原では、太陽が一番高く昇る頃、暑く照りつける直射日光に草の茂みの中までもむっとした熱気を出す。その時間帯に人間は日陰を求め、家畜は水辺を求める。羊飼いのバートルも羊の群れを追って湖にやって来る。羊が水を飲んでいる間、彼は湖の畔の家を順番に回って一服するのが日課だった。今日はこの家、明日はあの家という具合に。時には私の母親が「今日、うちは御馳走だからおいで」と誘うと、「昨日、あなたの家に行ったので今日はここだ」と言って、行く予定の家を指さすのだ。彼の中には破ってはいけない規則があった。

彼が一服している間、羊の群れが他の集落の羊の群れと混ざらないように見張るのが私たち子どもの役目だった。何百頭の羊が混ざったら大変だからである。この仕事は草原の子どもたちが自ら進んでやりこなす仕事のひとつである。

私には彼が来るのを楽しみにする別の理由もあった。いつものように羊飼いのバートルに向かって走って行くと、彼は私の頭を軽く撫でてからゆっくりと地面にあぐらを組んで座り、首に巻いた白いタオルで汗を拭きながら無言で微笑む。そして、民族衣装の懐から小さな風呂敷を取り出して、それを膝の上にていねいに置く。片手で風呂敷をゆっくり広げると、中から乾燥した揚げパンと毛頭紙《マオトウヂー》と呼ばれる和紙のような紙に包まれた小包が現れる。それをゆっくり広げると同じ包みが現れる。さらにそれをゆっくり広げる。すると赤ちゃんの拳ぐらいの大きさの氷砂糖が二、三個出てくる。その中から一番大きめのものを選んで私にくれる。私たちは互いに何も言わない。あるのは微笑みだけだった。そして、彼は無言のまま立ち上がって井戸に行き、白いタオルを水につけて顔や首をていねいに拭いてから家に入るのだ。これも彼の日課だった。

祖母の話によると、彼は名門張北青年学院（第六章参照）出身であり、卒業後、しばらく張北青年学院で日本語を教えていたが、のちに化徳という町で諜報員として訓練を受け、ドロン・ノール（多倫）周辺で関東軍の諜報員として働いたという。当時にしては珍しく腕時計をつけ、サングラスをかけ、黒い自転車に乗り、常に皮製の黒鞄を持ち歩いたという。

ドロン・ノールは元朝初代皇帝クビライ・ハーンの夏の都であり、現在は世界遺産として知られている「元上都遺跡」付近に位置する縣《シエン》（日本の県と異なる）である。ドロンはモンゴル語の「七つ」の訛りである。日本では「さまよえる湖」として知られているロプ・ノールについてご存知の方も多いと思うが、ノールは「湖」のことである。周辺に七つの湖があったので、そのように名づけられた。

有史以来、漢人は自然災害が起きるたびに難民として周辺地域に集団移住しているが、明朝中期から中華民国初年の間に行われた、張家口《ちょうかこう》あたりを通って内モンゴル草原の中西部を目指した集団移動を「走西口《そうさいく》」（西口を歩く）、万里の長城の東端である山海関あたりを通って内モンゴル草原の東部や現在の中国の東北地域を目指した集団移住を「闖関東《ちんかんとう》」（関東に進出する）と呼んでいる。

「走西口」を目指した漢人たちは、当時、モンゴル草原の遊牧民と中原地域の漢族が、その生産物である家畜と穀物などを売買する貿易町の役割も果たしていた張家口を東口、帰化城《きかじょう》（現「フフホト」）を西口と呼んでいたが、やがてドロン・ノールが北口と呼ばれるようになった。

ドロン・ノールに移住した漢人たちは主に皮革・フェルト製品、刃物を生産する仕事に従事し、それによりドロン・ノールが皮革、フェルト製品、刃物の産地として広く知られるようになった。それらの商品がキャラバン隊によって現在のウランバートルを経由してロシアまで運ばれていた。

また、ドロン・ノールは北京から比較的近く、七つの湖に囲まれた自然豊かな草原が広がっているため、北京最大のチベット仏教寺院である雍和宮《ようわきゅう》の歴代名僧が避暑地としていたので、商人だけではなく、外モンゴルを含む各地の信者たちも長蛇の列をなしてこの町を訪れていた。ゆえに、関東軍にとってドロン・ノールは特務機関を設置するのにうってつけの場所であり、日本特務機関がモンゴル人青年を諜報員として動員し、ソ連・モンゴル人民共和国の動きを探索するなど様々な活動をしていた。バートルはその中の一人だったようである。

バートルは勤務中、地雷により片腕を失い、それがきっかけで「手を洗って」小学校の教員になった。片腕にされた敵討ちだったのか、教師になってからなんと学生たちを連れて反日運動を展開させ、そのおかげで文化大革命の荒波を無事に乗り越えたとのこと。

羊飼いのバートルは過去についてあまり話さない主義だった。ある日、叔母が「馬鹿野郎はどういう意味ですか」と聞いたら彼はすごく怒り、食事中であるにもかかわらずそのまま出て行ってしまったとのこと。礼儀作法を重んじる彼にとって珍しい行動だったらしく「そんなに怒ったバクシを見たことがない」と叔母は今も言う。だからだと思うが、羊飼いのバートルは亡くなるまで実名や出身地を明かさなかった。今にして思えば、彼の規則正しい生活習慣にしろ、いつも首に巻かれている白いタオルにしろ、風呂敷にしろ、当時のモンゴルにしては珍しい習慣である。どちらかというと日本でよく見かける習慣であった。

一九九六年の初夏のある日、母はたまたま訪れた町の売店の前でこんな風景に出会う。売店の入り口あたりで白いひげが腹部あたりまで伸び、茶色の民族衣装が泥まみれになった、酔っ払った老人が大きな声で歌っていた。周辺に野次馬が集まっていて、漢人の悪ガキが老人に向かって石やゴミを投げつけていた。そのたび、老人は「日本がもう一回攻めてきたら、お前らを一人も残さずぶっ殺してもらうからね」と怒鳴りながら杖を振り回していた。老人が杖を振り回すたび、悪ガキらは遠くへ逃げるが、しばらくするとライオンが仕留めた獲物に寄り集まるハイエナのように老人の周りに集まり、隙を見て石を投げたりしていた。悪ガキらが石を投げて怪我をさせたのか、自分から転んだのか、老人の頭から血が流れていた。

母は悪ガキらを叱り、野次馬を解散させた。地元の唯一の医者である私の母に漢人の悪ガキらも従順だった。自分や家族が病気になったらこの医者に診てもらうしかないという打算が彼らの脳裏に常にあるからだ。モンゴル草原に暮らしている漢人は、このように先住民のモンゴル人を使い分けてきた。私の母親のようなモンゴル人は、彼らにとってまだまだ利用価値が残っているモンゴル人であるが、目の前にいる酔った老人は利用価値がまったくなく、痛めつけてもよいモンゴル人である。

母が老人の頭の怪我を診ようとした時、老人は突然、母の名前を呼んだという。そこではじめて母は目の前にいる痩せ細った泥まみれの老人が、あの羊飼いのバートルであることを知った。羊飼いのバートルが他県で暮らしている長男のところに引っ越して以来、十何年ぶりの再会である。母はバートルを家に連れて帰り、頭の怪我を手当てし、汚れた服を着替えさせ、温かい食事を出した。血圧も高かったので酒を控えるようにと注意し、薬を処方した。

その時、バートルは我が家の集合写真を見ながら私を指して「この子がわしの『助手』だった子ですか」と聞いたという。「そうなんです。今は小学校の先生をしながら日本に留学する準備をしています」と母は何気なく答えた。すると、バートルは静かに泣き出したという。「私はついうっかりして『日本』という言葉を口にしてしまった。だから、先生は泣いたのだろう」と母は今も後悔して言う。彼にとって「日本」という言葉は安定剤であり、アレルギーのもとでもあった。それから三カ月後、羊飼いのバートルが亡くなったという知らせが私の母親のもとに届いた。

名門張北青年学院の卒業生であり、一時期、母校で教鞭を執っていたが、のちに日本軍の諜報員として活躍し、今でいえば高級車に等しい自転車を乗り回していた時代の寵児が、勤務中に爆破によって片手を失ったことがきっかけで教員、反日家へ転身する。そして、過去を隠しながら羊飼い、晩年は飲んだくれとしての日々を送りながらも「日本がもう一回助けてくれること」を妄想する彼の波乱万丈の人生物語も、日本の無責任な植民地経営の在り方にあると言っても過言ではないだろう。その彼との出会いによって物心のつき始めた私の心に「日本」という文字が刻み込まれた。

2　高砂席から見える我が家の「敵」

二〇〇七年の夏、私は地元で結婚式を挙げた。親戚や友人が大勢集まり、大変盛り上がった。新郎新婦が座る高砂席は会場を一望できるように作られていた。私はそこから妻に親戚を順番に紹介した。

「母の横に座っている、あのおばあちゃんは誰ですか。会ったことがないと思うけど」

と、妻は聞いてきた。そこに民族衣装を着た、背が低く痩せ細った年配の女性がそわそわとした様子で座っていた。

「あの方ね、あの方は親戚ではない。母方の一族を拷問した人。簡単にいえば我が家の敵」

と、私は何気なく答えた。こんな時にふざけないでくださいと言わんばかりに妻は私を睨んだ。私は小さな声で

「彼女の向かい側に座っている母の姉の目を見てごらん！」と言った。叔母は時折その女性を睨みながらワインを飲んでいた。妻は首をかしげた。

実際、私はふざけたのではない。彼女の名前はガンガという。母親の実家の近くに住んでいたが、文化大革命勃発直後、いち早く革命に参加した数少ない「進歩的なモンゴル人」の一人である。それだけではなく、外部から来た漢人の革命者に母方の一族を「日本帝国主義の走狗」であると陰口をたたき、漢人革命者を連れて母の実家の床下や壁まで壊し、スパイの道具を探した人なのである。それが我が家の悲劇の始まりだった。

「ツリンは封建主義の残滓である。我が家は代々、彼に搾取されてきた。彼の兄ソトナムドルジ（写真9）は正真正銘『日本特務』である。長年、『日本帝国主義の走狗』として働いたのにもかかわらず今は旗長として偉そうに振る舞っている。打倒日本走狗！　打倒ツリン一族！　打倒牛鬼蛇神！……」

ガンガの声がトランペットスピーカーの雑音とともに草原中に響いた。一九六九年五月のある日のことである。かの文化大革命の嵐が雨風を伴いながら私の地元に吹き荒れた瞬間である。

ツリンとは母方の祖父の名前である。祖父は地元ではかなり尊敬されていたので、先ほどまで騒いでいた人々が一瞬にして静まり返ったという。人々はまさかという眼差しで互いに見つめ合っていた。

ガンガが叫び終えたとたん、任《ニン》と豊《ファン》といった漢人が仲間と一緒に、祖父母の髪を掴み、会場へ引きずって行った。会場といっても生産大隊の建物の前に学生用の机と椅子を並べただけのものだった。当時、各人民公社の下に生産大隊がおかれていた。革命者たちは二人一組で祖父母の手を後ろに回し、髪の毛を掴み、顔を地面すれすれに押し込んだ。

「ツリンは地方民族主義者であり、『ウラーンフーの太もも』でもある。彼はモンゴル人の馬賊《デールム》を支援し、漢族同胞を差別してきた。漢族同胞の家の下に人の死体を埋めるなど嫌がらせをしてきた……。打倒民族分裂主義者！

写真9　母方の大叔父ソトナムドルジ

中国の抗日映画の中によく登場する売国奴を意味する「漢奸」や、日本のスパイを意味する「日本特務」、つまり、だぶだぶのトレンチコートを着て、形の崩れたソフト帽を被り、おまけに吃音症を持つブサイクな男たちと似ても似つかない。文化大革命中、「日本帝国主義の走狗」とされ、爪の間に釘を打たれて拷問されたトラウマから握手ができなくなった。この写真でも左手を後ろに隠し、右手の指も見せない仕草で撮られている。

打倒ツリン一族！」

と、ガンガは声をさらに荒げた。その隣にいた旦那のゴンブジャブが周囲をキョロキョロ見ながら時折、妻の叫び声に合わせて強く握った右手を高くあげていた。ゴンブジャブはガンガより一回り年上で、もともと二人は師弟関係だったが、教え子のガンガの好意に惹かれて、妻子を捨てガンガと結婚した。彼は完全に若妻の尻に敷かれていた。

ガンガが私の大叔父（母方の祖父の兄）のことを「日本帝国主義の走狗」「モンゴル人の馬賊を支援した」と非難したことについてはのちほど詳しく説明する。ここでは、ガンガがいう「ウラーンフーの太もも」や「漢族同胞の家の下に人の死体を埋めるなど嫌がらせをしてきた」について説明したい。

当時、内モンゴルの主席だったウラーンフーは、内モンゴルと言いながらモンゴル人の人口が漢人より圧倒的に少ないことに懸念を抱いていた。そこで、ウラーンフーは子どもの多いモンゴル人を表彰し、激励していた。母は兄弟が一一人いたので、祖父母は何度も表彰されたことがある。しかし、文化大革命が勃発するや否やウラーンフーは失脚し、ウラーンフーに表彰された家族も「ウラーンフーの太もも」と非難されたのである。

次に、「漢族同胞の家の下に人の死体を埋めるなど嫌がらせをしてきた」について説明したい。これにはこんな物語がある。

祖父（母方）の家に任という河北省出身の漢人の羊飼いがいた。先ほどの話の中に登場した任である。彼はもともと綿を天秤棒で担ぎ、売り歩く零細商人だった。ある冬、彼は砂漠で遭難し、凍死する寸前のところを祖父が見つけ、家に連れて帰った。彼はそのまま祖父の羊を放牧するようになり、そのうち祖父の家の近くに小さな土の家を建て、地元から妻と子どもを迎えて定住した。

ある日から、彼の娘の笑いが突如止まらなくなった。やっと笑いが止まったと思いきや今度は泣き崩れたという。このような日々が一カ月ほど続いた。任の相談を受けた祖父はあっちこっち走り回ってやっと一人のシャーマンを見つけ、任の家に連れていった。当時、毛沢東によって新たに解釈された「宗教はアヘン」という「名言」が流行していて、僧侶やシャーマンは身を隠し、あまり表に出てこなくなっていたのである。

任の家に着いたそのシャーマンが床下を指して「ここに死体がある。それを掘り起こしてきちんと埋葬すればよい」と言ったそうだ。みんなが半信半疑でシャーマンが指したところを掘ると本当に人骨が出てきたそうだ。その人骨を私の母も確認している。死後何十年も経っていて、半分が土になっていたという。シャーマンが言った通りきちんと埋葬すると、任の娘もすっかり元気になった。ところが、文化大革命中、それが私の祖父の仕業となってしまったのだ。母の話を聞いていた私は思わず笑った。

「今こうして聞くと、呆れて笑うしかないかもしれないが、当時、こんな小さなことが人の命を取る時代だった。みんな狂犬病の犬のように互いに噛み合っていた」

と、母は言う。

3　「日本帝国主義の走狗」という冠

辛亥革命によりアジア初の共和制国家の中華民国が誕生した。この辛亥革命のスローガンのひとつが「駆除《くじょ》韃《だつ》虜《りょ》、恢復中華《かいふくちゅうか》」である。韃虜は韃靼《だったん》をおとしめた呼称であるが、この韃靼はモンゴル草原で活躍したチュルク系モンゴル人のタタールのことである。タタール人はチンギス・ハーンの父親と祖父を毒殺したことで有名である。

ヨーロッパ人は、一三世紀に突如モンゴル草原から現れた騎兵軍隊のことを、自分たちと隣接しているチュルク系モンゴル人のタタール人だと勘違いし、そこからタタール人がモンゴル人という意味でも使われるようになった。かの「タタールのくびき」という言葉もそこからきている。

日本では「駆除韃虜」の韃虜は、清王朝を建てた満洲人を指す言葉であると解釈されることが多いが実情は違う。内モンゴルの各地で漢人から形成された匪賊や武装農民がモンゴル草原に入植しながら「駆除韃虜、恢復中華」に取り掛かったことは史実である。もちろん、辛亥革命以前から自然災害に伴う大飢餓などにより漢人農民の草原への入植は絶えなかったが、辛亥革命が彼らの行為を正当化してしまったのである。

それを受けてモンゴル人も自衛手段を取り始めた。中国の河北省や山西省といった漢族地域に隣接する内モンゴルチャハル草原では、各旗の治安部隊から選別され、新たに編制された合同治安部隊が、漢人の農耕地帯とモンゴル人の遊牧地帯を中心に巡視した。僅か二〇歳で正白旗《ショロン・チャガン・ホショー》の治安部隊隊長となった大叔父（母方の祖父の兄）のソトナムドルジ（一九〇九—一九八四）は、一九二九年から約三年間、この合同治安部隊のリーダーとなり、隊員たちと寝起きを共にしながら戦った。

大叔父は五歳から私塾でモンゴル語とチベット語を学び、一九一九年に正白旗立小学校に入学し、五年間モンゴル語と中国語（漢文）を中心に学んだ（写真10）。そして、再び私塾でモンゴル語、中国語（漢文）、チベット語、満洲語を学んだ。そのうちに日本語の需要も高まってきたので一九二五年から一年間、旗立小学校で日本語を学んだ。

このように大叔父は当時にしては珍しくモンゴル語と中国語（漢文）に精通し、チベット語、満洲語、日本語の読み書きもできる人物だった。当時はモンゴル語の読み書きができる人すら少なかった時代だったので、大叔父は引き抜かれる形で部隊を離れ、一九三二年から約三年間、正白旗立小学校で教鞭を執ることとなった。これが大叔父の政界に進出するきっかけにもなった。

写真 10-1　1941 年 7 月に東大ゴビ砂漠学術探検隊によって撮影された正白旗立小学校の銘板

大叔父のソトナムドルジは小さい時この学校で学び、のちにこの学校で教鞭を執っていた。

写真 10-2　同じく東大ゴビ砂漠学術探検隊によって撮影された、正白旗立小学校の放課後の様子

男の子たちは校内でモンゴル相撲を取って遊んでいる。
写真は『ゴビの砂漠』（1943）より。

一九二八年七月、中華民国政府は、熱河《ねっか》、綏遠《すいえん》、チャハルの三つの特別区から成立していた内モンゴルに中国式の省制を導入し、熱河省、チャハル省、綏遠省にすることを発表した。これに対していち早く反対の声をあげたのはチャハル草原のモンゴル人だった。彼らはニムオドスル（中国語名「尼冠州」、一八九四―一九三六）をはじめとする代表団を南京に送り、国民党政府と会談をした。それは、中国式の省制が導入されれば盟や旗が地方行政機構としての機能を失い、結果的に漢人農民のモンゴル草原への大量流入を招き、大規模な草原開墾が行われることを懸念したからであった。今日、公王の世襲制やそれに伴う遊牧民に対する絶対的な権力が封建主義の残滓として批判されがちだが、当時、王公を含む草原の権力者には地域の顔、社会の頭脳としての一面があり、彼らが、例えば「ウジムチン人」「チャハル人」といった地域のアイデンティティの中核として果たす役割も大きかったからである。何より、彼らの絶対的な権力は草原に無断で侵入する漢人移民に対しても有効であった。また、当時のモンゴル人には、内モンゴルは漢族地域と異なる特別な地域、換言すれば、内モンゴルは中国に属さないという意識があった。もし中国式の省制が導入されれば、それは内モンゴルが中国の管轄に入ったことを意味するので、中国式の省制導入に反対だった。

この国民党と会談する代表団に中国語が堪能な大叔父のソトナムドルジも加わった。その時、大叔父たちは、チャハル草原のモンゴル人は漢族から成立した省の管轄に入るのではなく、チャハル及び内モンゴルの各盟や旗を連携させた連合自治を結成させ、直接国民党政府の管轄下に入ることと、各盟や旗の人事は自分たちで決めることなどを求めたが、国民党側はあくまでも省制を導入することを主張し、会談は決裂した［Jimbajab-nar 1990: 66］。

この時、北京政府内務部主事だった呉鶴齢《ごかくれい》というモンゴル人は、チャハル草原のモンゴル人の活動に便乗する形で、それまでの盟旗制度に進歩的改革を加え、現行の盟旗の上に内蒙古地方政治委員会を組織することを主張し始めた。それに対して徳王はあくまでも「高度自治」にこだわり、両者が対立した。つまり、チャハル草原のモンゴル人による国民党との会談がきっかけで徳王をはじめとする内モンゴルにおける自治運動が本格的に動き出したと言っても過言ではない。

紆余曲折を経て、一九三二年に日本は満洲国を樹立させた。その翌年に関東軍は満洲国の安定や領土拡大を狙った「熱河作戦」に乗り出した。この熱河省は地理的に内モンゴルの一部であることなどから、関東軍の「内蒙古工作」が急速に進められた。当初、一部の日本人は、内モンゴルを中国から独立させ、将来的に外モンゴルを加える形で全蒙古の独立を謳っていたが、関東軍は徳王を含む一部のモンゴル人の有力者を支援する形で「蒙古軍総司令部」及び「蒙古軍政府」の樹立を図った。

大叔父は一九三六年からチャハル省正白旗の旗長の代理として働いた。この正白旗は日本の傀儡ともいわれている徳王の母親の実家がある地域であり、母親の実家で育てられた徳王と大叔父は小さい時から面識があった。また、大叔父は語学に堪能な人だったこともあり、徳王を含む政界の大物たちと親交が深かった。

一九三六年四月二四日、徳王が蒙古軍政府成立の準備会議である、第一回蒙古大会を西ウジムチンで開催した。その時、大叔父のソトナムドルジが、シリンゴル盟の盟長の索王（ソドナムラプダン）と林王（リンチンワンドン）と並んで会議に出席している。そして、一九三六年五月一二日、関東軍の支援で化徳に蒙古軍政府が成立した時、大叔父は徳王によって内務署長に任命され、翌月に満洲国と協定を結ぶために徳王らと一緒に満洲国首都の新京を訪問している。こうして大叔父が「日本帝国主義の走狗」という冠を被ったのである。

蒙古軍政府は非常に短命だった。一九三九年に関東軍は、張家口の察南自治政府や大同の晋北自治政府、そして、モンゴル人による蒙古連盟自治政府を再び統合し、張家口を首都とした傀儡政権の蒙古連合自治政府を樹立させ、勢力を南下させていった。このモンゴル民族の自決より目前の利益を優先する関東軍の暴走は、大叔父を含む多くのモンゴル人に不満を持たせる結果となった。ちょうどその時、毛沢東の「三五宣言」を携えた中国共産党の活動家たちがチャハル草原に現れ、「内モンゴルのモンゴル人には自分たちの政府をつくり、他の民族と連邦を結成する権利がある」と宣伝し始めた。それを信じた大叔父たちは共産党側に傾き始め、いわゆる「革命」に参加したのである。大叔父は中国建国後の一九五〇年から約一〇年間、正白旗の旗長を務め、文化大革命後もシリンゴル盟政治協商会議（通称「政協」）主席などを務めた。こうして大叔父のソトナムドルジは、国民党政権、蒙疆政権と中国共産党政権といった三つの政権下で政治家として活躍した珍しい経歴を持つことになった。

晩年、認知症で苦しんでいた大叔父がよく壁に向かって「徳王！　早く決断してください」と繰り返し怒鳴っていたそうだ。徳王やその後ろ盾である日本への苛立ちであるともとらえられる、この謎めいた言葉が私たちに多くを物語っているのかもしれない。

4　治安部隊が「馬賊」となった瞬間

ここで積極分子のガンガが祖父母に与えた「モンゴル人の馬賊を支援した罪」について詳しく説明したい。

彼女がいう「モンゴル人の馬賊」とは、先ほどふれた合同治安部隊のことである。本来、万里の長城が漢人の農耕地帯とモンゴル人の遊牧地帯の境であるが、一九三〇年代になると、チャヘル草原では、現在のオランチャブ市商都縣あたりが農耕地帯と遊牧地帯の境目となっていた（写真11）。そこにチャガン・ボグドという切り立つ石灰岩でできた山があった。チャガン・ボグドはモンゴル語で「聖なる白い山」という意味であり、白い石灰岩が多いことから、このように呼ばれた。現在は商都縣西井子鎮格化司台村の近くにあり（鎮は行政単位、旗に相当する）、周囲に漢人しか住んでいないが、もともとモンゴル人の牧草地だった。格化司台はモンゴル語で「閉められ

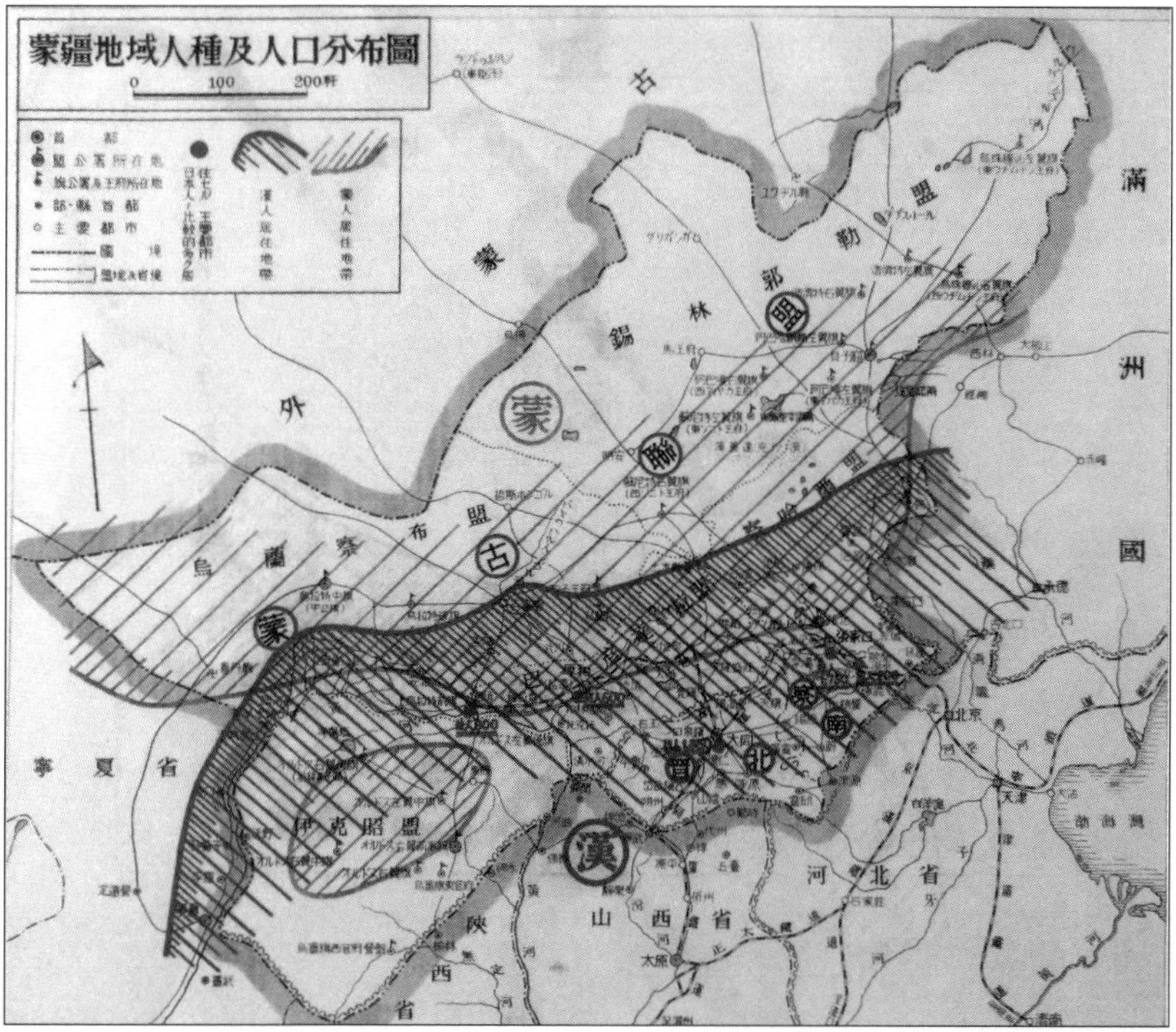

写真 11　関東軍の働きかけによって成立した蒙疆地域の人種及び人口分布図

当時、蒙疆地域の総人口は 550 万人で、その 19％に当たる約 29 万人がモンゴル人だった。この図を見てもわかるように、この頃からモンゴル人は漢人農民に押される形で北の遊牧地帯である蒙古連盟（聯盟）に集中して暮らすようになっていた。

写真は『蒙疆の資源と経済』（1938 年）より。

た蓋」を意味するハフハステに当てた漢字である。合同治安部隊は、チャガン・ボグドの切り立つ岩を砦として利用して草原に無断で入植する漢人匪賊や武装漢族農民と戦っていたので、やがて合同治安部隊がチャガン・ボグドの軍と呼ばれるようになった。

私の母方の祖父はこのチャガン・ボグド山の麓に生まれ育った者であるが、のちに入植する漢人に押される形で水資源が乏しいゴビ地域に移り住んだ。その祖父が合同治安部隊ことチャガン・ボグドの軍についてこんな話をしてくれた。

チャガン・ボグドの軍は、自発的に編制された治安部隊で、貧弱な装備しかなかったにもかかわらずモンゴル騎兵の伝統的な戦術を大いに用いてゲリラ戦を展開させる精鋭部隊だった。時にはのんびりと草を食べる馬群の中から現れ、時には砂山から這い上がってくるその姿を、人々は「雪崩のように現れ、稲妻のように去る」と表現した。漢人匪賊や武装農民はその名を聞くだけで震えが止まらなくなるという。見方を変えてみれば、貧弱な装備に、羊の皮で作られた民族衣装、そして馬に乗って現れる治安部隊が漢人の目に「馬賊」として映ったのかもしれない。

チャガン・ボグドの軍が来ると、モンゴル人は最高の御馳走である羊を捌いてもてなし、帰りに携帯食料として干し肉やチーズを持たせた。多くの青年が「チャガン・ボグドの軍に入隊した、チャガン・ボゴロル（白髪）の母を独り残していった」と歌いながら家にあった狩猟用の火縄銃を背負って隊列に加わった。私が中学生の頃、隣の集落にドォードォという老人がいた。彼は若い頃、一時期チャガン・ボグドの軍に入隊していたらしく、「チャガン・ボグドの軍こそ我がモンゴル人の軍隊だ。紅軍は我がモンゴル人の軍ではない」と話していた。

このようにチャガン・ボグドの軍はモンゴル草原に侵入する漢人匪賊や武装農民から牧草地を守ってくれる強い味方というだけではなく、人々の精神的な支えでもあった。繰り返しになるが、彼らの戦う相手は日本でもなければ国民党の軍閥でもなく、無断で草原に入植する漢人匪賊や武装漢族農民から牧草地を守る集団であった。大叔父のソトナムドルジは、この治安部隊の結成を呼びかけた一人であり、結成当初、大叔父も銃を持って戦っていた。

当時、祖父のツリンは年に二、三回羊毛や皮革を売りにキャラバン隊を率いて張家口まで出かけていた。その帰りにお茶や砂糖の中に弾薬を隠し、その弾薬を治安部隊に提供していたという。ガンガの旦那のゴンブジャブは一時期、祖父の家で馬の放牧を担当していたので、そのことを知っていた。

前に述べたように、一九三六年に徳王が関東軍の支援で蒙古軍政府を成立させた時、この合同治安部隊を中心に蒙古政府軍の主力部隊のひとつである蒙古軍政府軍第九師団が編成された。一九四四年にウルジオチル（一九〇一―一九八九）という人物が、この第九師団の師団長になる。彼は内モンゴル東部のハラチン地域出身のモンゴル人であった。彼は一九二五年からコミンテルンの指示でモンゴル人民共和国の首都ウランバートルにあった党幹部学校で一年ほど学び、それから引き続きモスクワ東洋学院に留学し、一九二八年五月に内モンゴルに戻った。そして、一九三六年にコミンテルンの指示で徳王が統治する蒙古政府軍に入った人物であるといわれている。一九四五年の八月、ソ連・モンゴル人民共和国連合軍が対日参戦した時、ウルジオチルの第九師団はソ連・モンゴル人民共和国連合軍に呼応し、自分たちを内モンゴル人民革命軍と名乗る。そして、日本が内モンゴルを撤退したのち、またもソ連の指導で部隊を連れてモンゴル人民共和国に移動して再教育と訓練を受けた。

話は少し変わるが、ソ連がナチス・ドイツと戦っていた時代、モンゴル人民共和国は国をあげてソ連軍を支援し、食糧や衣類を提供した。ナチス・ドイツが敗北すると、ソ連はその礼としてモンゴル人民共和国にナチス・ドイツの武器を分け与えた。ウルジオチルがモンゴル人民共和国に滞在していた時、その武器の一部を手に入れ、内モンゴルに戻ったあとの一九四六年から部隊を再編した。当時、チャハル盟の役所の所在地は、今のシリンゴル盟のハビラガという町にあった。私の父方の大叔父のソニンバヤル（一九二四年生まれ）がそこで秘書として働いていた。そこにウルジオチルとその部下のゴリミンスやテグスらが徴兵するためにやってきたという。彼らの徴兵の仕事の手伝いをしていた大叔父のソニンバヤルが、その銃を試し撃ちしたことがあるそうだ。「ナチス・ドイツのＭＰ40はいい銃だが、動いているものに対して全然当たらなかった」と大叔父が振り返っていた。

部隊を内モンゴル騎兵第一一師団として再編させたウルジオチルらは、前に述べた合同治安部隊が拠点にしていた、基地として最適なチャガン・ボグド山の麓に新たな駐屯地を作った。そこから「チャガン・ボグドの軍」という呼び名が中国の歴史書物に登場するようになったが、部隊そのものは前から存在したし、「チャガン・ボグドの軍」という呼び名も前から存在した。つまり、蒙古軍政府の成立に伴い、合同治安部隊が正規軍隊として名前を変えて再出発しただけのことである。いずれにせよ、合同治安部隊にしろ、チャガン・ボグド軍にしろ、馬賊ではなかったことは明らかである。

前にふれたように、一九三九年に関東軍は、張家口を首都とした傀儡政権の蒙古連合自治政府を樹立させ、勢力を南下させていった。その機会に徳化や張北を中心としたチャハル地域が中国共産党の活動の拠点になってしまった。日本が中国大陸を撤退して間もなく、中国国内で第二次国共内戦が勃発し、一九四六年九月に国民党軍閥の傅作義《ふさくぎ》が共産党の支配権にあるチャハル地域に全部隊を投入し、掃共戦に乗り出した。共産党軍はアメリカ製の装備で武装された傅作義の軍隊に太刀打ちできず、チャハル地域のもっとも険しい山である八佐山《ネームイン・オール》に撤退し、ゲリラ戦を展開させた。それを受けて翌年の一一月に傅作義の手下の孫蘭峰《そんらんほう》の機甲師団が八佐山に集中攻撃を仕掛けた。現地では「八佐山戦闘」と呼ばれている。この時、内モンゴル騎兵団パルチザン部隊として再編成されていたチャガン・ボグドの軍が孫蘭峰の軍隊と勇敢に戦い、部隊の半分以上を失うものの、見事勝利を導いたことからその名が広く知られるようになった。

要するに、チャガン・ボグドの軍は人民解放軍以上に中国建国に貢献した軍隊であることは明らかである。それが文化大革命になると、「馬賊」と非難されたのである。

5　スパイの道具となった日本製の望遠鏡

ガンガが祖父母の「罪を暴いた」日から、「革命者」たちの厳しい取り調べが始まった。我が生産大隊では「内モンゴル人民革命党粛清」も厳しかったが、徳王の活動の基盤地であった張北や化徳が私の故郷に近いことから「日本特務」「日本帝国主義の走狗」への風当たりが最も強く、母方の一族もその風に飲み込まれていった。抗日戦争映画や外部から来た漢人革命者の教育によって愛国主義が芽生えたモンゴル人の「積極分子」も次々と我が家に攻撃を仕掛けた。

「革命者」たちは祖父母に学生用の机にのぼるように指示した。祖父は黙ったままのぼったが、祖母が「私は足腰が悪いからここに立ってもよろしいですか」と任に頼んだ。祖母は羊飼いの任に毎日のように美味しいご飯を用意し、破れた服や靴を縫ってあげていた。だから、足腰の悪い自分のことを少しは理解してくれると思っていた。しかし、その考えは甘かった。祖母の話が終わらないうちに任の大きな足が祖母の顔面を直撃した。祖母は血まみれの顔を抑えながら無言で岩山を登るかのように机によじ登った。それからというもの、祖母は何も言わず机にのぼるようになった。それを見た漢人「革命者」たちは、「蒙古人にしては学習能力が高いなぁ」とゲラゲラ笑っていたという。蒙古という漢字は漢人によってつけられた差別的な蔑称であり、そこに「無知、古い」という意味がある。つまり、「無知で古い人間にしては学習能力が高いなぁ」という意味のからかいである。

二人を学生用に机の上でお辞儀をするかのように頭を下げさせて立たせ、背中に煉瓦を置いて取り調べた。このように一週間ほど取り調べをしたが、「革命者」たちは手応えを得なかったようで取り調べの方法を変えた。今度は祖父母を、石炭を燃やした熱々のストーブの前で頭を下げさせて、背中に煉瓦を置き、その数を徐々に増やしながら「日本と連絡するスパイの道具をどこに隠しているのか？　白状せよ」と迫った。祖父母の顔が熱く燃えるストーブにすれすれになり、流れ落ちた汗がストーブの鉄板に落ちた瞬間に蒸発していた。

「白状します。いますぐ白状します」

と、祖母が弱い声で言った。

「革命者」たちは二人の髪を引っ張って部屋の角に行き、バケツの冷たい水を二人の頭に一気にかけた。その瞬間、二人は白目をむき、意識を失って倒れた。「革命者」たちはこの拷問を「熱烈に歓迎し、冷静に考えさせる」と名づけていた。二人にやっと意識が戻ると「革命者」たちは二人を連れて出かけた。当時、子どもだった叔母（父の妹）のアルタンチチグが、一連の動きを窓の隙間から見ていた。

その日、「革命者」たちは祖父の馬の鞍にかけてあった、ぼろぼろの日本製の望遠鏡を取り押さえ、「決定的な証拠を見つけた」と勝利の歌を歌いながら帰っていったという。前回の捜索で祖父母の家の床下や壁まで壊したが、誰もが家の外にあった鞍に目を向けてなかった。祖母がそれを思い出し、一時難を逃れたのである。

母の話によれば、その望遠鏡は大叔父（祖父の兄）が正白旗の役所で顧問として働いていたタグリ（漢字不明）という日本人からお土産にもらったものであるという。当時、関東軍は内モンゴル各地の政府機関や部署に「顧問」という肩書で関東軍の関係者を配属させていて、関東軍を後ろ盾にした日本人顧問らが実質的決定権を握っていた。彼ら顧問は定期的にお土産を持参して地方の有力者に挨拶に回っていたという。大叔父には望遠鏡の他日本製のピストルもプレゼントされた。机仕事の多い大叔父はその望遠鏡を弟（私の祖父）に譲った。牧畜民にとって望遠鏡は必需品である。群れからはぐれた家畜を探したり狩猟をしたりする時はなくてはならない道具である。

「ソ連製の望遠鏡に比べて軽くていいものだ」と祖父も喜んで使っていたが、その望遠鏡が悲劇の種となった。

「初冬のある日、大叔父がタグリという軍曹らしき日本人と実家に寄った。あの日本人はモンゴル語で『犬を……』と叫んでから馬を降りた。ちょうど冬用の食肉を用意するための家畜の屠殺が終わった時期だったので、家畜の胃袋から出てきた、消化しきれなかった草の塊を集めて、家の近くに置いてあった。あの日本人はそこに刀を刺しておき、その隣で小便してから家に入ってきたとあなたの祖母が話していた」

と、母は回想する。モンゴル草原には獰猛な番犬が多いので、旅人は必ず「犬を……」(「犬をなんとかしてください」という意味)と叫んでから乗り物を降りる習慣がある。そのことからすると、あのタグリはかなり草原慣れした日本人であり、大叔父とかなり親しかったようである。

自称「革命者」たちはさっそく上層部に「日本帝国主義の走狗の家からスパイの道具を見つけた」と報告した。旗長だった大叔父を倒そうと企んでいた、漢人が中心になって編成されていた「上層部」はそれを聞いて舞い上がった。その日、「革命者」たちは祖父の家の倉から袋半分の乾燥した馬の糞を見つけ、「爆薬の材料を見つけた」と喜んだ。モンゴル牧畜民は牧草を食べた家畜の糞を乾かして燃料として使う。特に馬は食べた牧草のごく一部しか消化できないので、その糞に食物繊維が多く、乾かすと火を点けるのにうってつけのものである。それを家の外に集めておくのが普通だが、雨に濡れないように一部を物置などに入れておく。それがなんと「爆薬の材料」となったわけである。昔、粗末な爆薬には馬の糞や炭が入っていたらしいが、火薬がないとそれだけでは爆破しない。子どもでもわかる常識である。

このように「革命者」たちは自分たちが描いた脚本通りに劇を進めていった。

6 「日本の走狗のアバズレ娘」

母は一九六五年に名門宝昌《ボーチャン》医学院に入学した。宝昌はモンゴル語でボンボン・ゴルという。ボンボンはカッピング療法に用いる吸い玉のことであり、ゴルは川を意味する。吸い玉のようなふたつの山の前を川が流れていたので、そのように名づけられた。もともとチャハル・モンゴル人の牧草地であり、乳製品の産地として知られていたが、今はほとんど牧畜業を行っていない。祖父は駱駝で一〇〇キロ以上離れた宝唱という町まで母を送った。

当時、中国の情勢は極めて不安定であり、相次ぐ政治運動に学生たちも翻弄されていた。もともと母の名前は「セーペルマ」（長寿を意味する）というチベット語の名前だった。医学院に入学してから間もなく、母の名前が問題となった。「チベット語の名前は古臭く、封建的である。今は新しい時代が到来したので、新しい名前が必要である」と学生課から指摘された。母は友人と相談し、赤い革命にちなんでオラントヤ（赤いコロナ）と名前を変えて難を逃れた（写真12）。

それからというもの個人への攻撃はなかったものの毎日のように共産党革命に関する思想教育を受けながら三学年を迎えた。当時、医学院は三年間で卒業し、一年間実習するという仕組みだった。母と同級生の三人はシリンゴル盟の西スニト草原で実習することが決まった。いよいよ三年間勉強したことを実践に移すと思うとわくわくし、その日が待ち遠しかったという。

一九六八年六月、母とその仲間は西スニト旗の各人民公社の医療室に配属された。だが、待ち遠しかった実習生活はそんなに甘いものではなかった。文化大革命が勃発してまもない時期でもあって、母のところに運ばれてくるのは手足を折られたり耳をちぎられたりした「患者」ばかりだった。実家とも連絡が取れなくなり、手紙を書いても返事が来なかった。

一九六九年の春のある日、実習先の革命委員会に呼び出された。そこで地元の革命委員会から呼び出しがあったことを告げられ、今すぐ荷物を片づけるようにと指示された。母の地元の「革命者」たちは中学校を卒業するまで大叔父の家で育った母のことを忘れていなかった。

その日、武装した二人の民兵が母を地元の町まで護送することになった。バスを乗り換えること三回、やっとチャガンノールという町に到着した。二人の民兵は母を地元革命委員会に渡してから帰っていった。母はそのまま学校の教室を改造して作られた簡易独房に入れられた。その夜、母の兄嫁が会いに来たという。そこで大叔父や兄が捕まったことや、大叔父の家から「時限爆弾」の装置が見つかり、「革命者」たちが爆薬を隠している場所を探していることを聞かされた。青天の霹靂だった。

写真12　文化大革命が勃発した1966年の時の母

母はこの時からチベット語の名前を捨て、赤い革命にちなんだ名前をもらい、胸に毛沢東のバッジ、腕に紅衛兵の腕章をつけるなど積極的に時代の流れに沿って歩こうとした。しかし、「日本帝国主義の走狗」と称された大叔父の家で育ったことで「日本の走狗のアバズレ娘」という冠を被ることとなった。

「あなたの家からも日本と連絡するスパイの道具が見つかったらしい。心の準備を……」

と言って、兄嫁は蒸しパン一個を渡して帰っていった。母はその蒸しパンを握りながら暗闇の中で静かに泣いた。

翌朝、またも武装した民兵の「保護」で生産大隊に向かった。母が地元の生産大隊に着いた時、革命委員会は会議中だった。しばらく待っていると、会議室に通された。そこにガンガ夫婦が漢人の「革命者」とタバコをふかしながら話をしていた。母が入ると、ガンガの旦那のゴンブジャブが申し訳なさそうに椅子を出したら、革命委員会の主任の豊がその椅子を蹴っ飛ばした。椅子は勢いよく壁にぶつかり、足が折れた。

「日《リー》本《ベン》走《ヅオウ》狗《ゴウ》的《ドア》臭《チョウ》婊《ビアオ》子《ヅー》、站《ヂアン》着《ヂョア》説《シュオ》話《ホア》」（日本の走狗のアバズレ娘、立ったまま話せ）という豊の怒鳴り声が部屋中に響いた。

その日、母は革命委員会に「ただちに親と縁を切り、革命者の一員として親や大叔父の罪を暴くように」と求められた。母は静かに聞いただけで何も言えなかった。すると、ゴンブジャブが「今、我が生産大隊の医療室に医者がいないので、この子をそこで働かせたらどうですか」と、ていねいな口調で任に頼んだ。彼は病気がちで点滴をしてくれる人が必要だった。ボスの任はしばらく白目で彼を睨んでから首を縦に振った。その日、母は家に帰ることが許された。家に帰ってスパイの道具とされたものが望遠鏡であることがわかり、笑ってよいか、泣いてよいか、わからなくなったという。

母は毎日のように繰り広げられる闘争会を「見学」しながら生産大隊の医療室で働いた。仕事を終えると、一日中、革命者によって吊るし上げられて今にも倒れそうな両親を支えて家に帰る日々が続いた。金銀財宝をはじめ千頭を超える羊や山羊、百頭を超える牛や馬、そして、食器、布団や衣服までが没収され、一家は食うや食わずの生活を送った。時折、祖父は草原から狼が食い残した家畜の死体を持ち帰り、塩茹でして飢えをしのいだ。狼は家畜の内臓部分を好んで食べるので、死骸の太もも部分がほぼ無傷で残ることが多い。祖父はそれを知っていたので、朝早く起きて狼の足跡を追うようになった。すると、祖父に「狼と組んで国家の財産を盗んだ」という罪が加算された。

吊るし上げられる人の数が日に日に増え、医療室に運び込まれる「患者」も多くなっていった。なぜかびしょ濡れになった「患者」が多かったが、すぐにその理由がわかったという。医療室に運ぶ前、「革命者」による応急手当が施されていた。それはというと、意識を失った「牛鬼蛇神」を強くビンタしたり上唇を棒で圧したりするものであった。それでも反応がなかったら顔に小便をしたり、水をかけたりする。それでも意識が戻らなかったら医療室に引きずってくる。医療室で死んだら母のせいになるので、母は一所懸命救急手当てを施した。

ある「患者」は「革命者」に蹴られ、アバラ骨が肺に刺さっていて、緊急手術をしないと命の危険があった。母は蝋燭や懐中電灯の下で震えながら手術を施した。その時、私の父親が手伝いにきていて、皮肉なことにこれが縁で二人は結婚した。

ガンガの夫のゴンブジャブはもともと病弱な人だったが、ある時、駱駝から落ちて完全に寝たきりになってしまった。私の母は毎日のように彼の治療に当たった。すると、革命に燃えたガンガは二人の幼い娘を連れて革命委員会の事務室に引っ越しをしてしまった。仕方なく近所に住んでいた祖父が排泄まみれになったゴンブジャブの身体を洗い、母はあるだけの抗生物質を打ち、傷口を消毒した。それ以外方法がなかった。その時、彼は泣きながら「うちのガンガはそんな悪い奴ではないよ。こいつら漢人の言いなりになっているだけです。許してやってください」と毎日のように母に頼んでいたという。

ある朝、母がいつものように点滴をしに行ったら、ゴンブジャブはすでに布団の中で息を引き取っていた。慌てて革命委員会に報告した。すると、四、五人の漢人「革命者」が来て、彼の遺体に布団を巻き、砂丘に捨てて帰った。妻のガンガは来なかった。後日、それを聞いた祖父がゴンブジャブの遺体をきちんと埋葬してあげた。

7 「日本の走狗のアバズレ娘と結婚した、立場の曖昧な奴」

革命者たちは生産大隊の唯一の医者である母親を吊るし上げなかったものの、母親の周囲の人が次々と吊るし上げられた。「偉大な革命者」でも病気にかかることはある。その時、母が仇を討つのではないかと怖がっていたようで、脅しとして母の周囲の人を次々と吊るし上げていた。中国革命特有の発想である。その一人が私の父親だった。

ある日、張という漢人革命者が父を呼びにきた。その時、父は隣の生産大隊で会計士として働いていた。張は父に「我が生産大隊で緊急会議があるので、今すぐ私と一緒に戻りなさい」と言って、二人で馬に乗って戻った。途中、二人は世間話に花を咲かせながら馬を走らせた。父が生産大隊に着くや否や大勢の人が父を囲い込み、いきなり殴ったり蹴ったりし始めた。

父に与えられた罪は「日本の走狗のアバズレ娘と結婚した、立場の曖昧な奴」だった。その時、「革命者」の張が木刀で父の腕を叩き、筋肉が切れてしまい、今も障害が残っている。その一週間後に張の妻が出産し、私の母が赤ちゃんを無事に取り上げた。父はそのまま労働によって思想を改める「労働教育」を受け、各集落の水井戸を掘る仕事に従事させられ、筋肉が切れた手はやがて動かせられなくなった。その後、張の妻が女の子二人と男の子一人を出産したが、すべて私の母が取り上げた。

ガンガによれば、あの時、張の妻が出産を控えていたので、彼は仲間たちに「日本の走狗のアバズレ娘にあまり触れるな！　医術が必要だから。その代わりに彼女の心がぼろぼろになるまで周りの人を痛めつけろ！」と指示していたという。だから、彼は故意に父の手を叩き、障害を残したのである。

文化大革命後、片腕の代償として、政府から父に小さな赤色の手帳が送られてきた。そこに「この手帳を乗務員に見せれば市内バスに無料で乗車することができる」と書かれてあった。草原にはバスがないことを政府が知らない訳がない。本気で解決したいと思っていなかっただけのことだ。バスのない草原で暮らす父親が、一度フフホトという都会に行った際、その手帳をバスの乗務員に見せたら「金を払うか、降りるか、どっちかにして」と怒鳴られたそうだ。二〇一〇年に国の政策が改められ、父に障害者特別手当として月に二〇〇元（約三〇〇〇円）が支払われるようになった。この頃になると、あの暴力を伴った政治嵐が遠い記憶になり、まるで父はもともと障害者であり、国の思いやりでその障害者に特別手当を給付しているかのように扱われてしまった。二〇〇元といえば安い煙草一カートンの金額である。父は「我々モンゴル人の手は煙草一カートンの値打ちしかないのだ」と嘆いている。

「前日のお昼に遊びに来ていた人が、翌日にそんなことを言うので、自分の耳を疑った。そういえば、その日より何日か前からガンガの家の前に緑色のジープが頻繁に停まっているのが見えた。誰かに洗脳されたに違いないとあなたの祖父母が言っていた」

と、母は振り返る。母はガンガのことを許し、息子の私の結婚式にまで招待したが、叔母（母の姉）は今でも彼女のことを憎んでいる。

「どうして羊飼いの任が命の恩人である祖父母のことをそれほど憎んだのか。心当たりがあると祖父母が話していたという。羊飼いの任は呼び起こさないと朝はなかなか起きてこず、いつまでも寝ていた。それで何回か祖父に叱られたことがある。それに祖父は時々、任を連れて狼猟にいった。モンゴル人は殺した狼の皮と漢方薬に入れる舌や心臓などを使うだけで他は捨てる。狼の肉に病原菌があるので、その肉は絶対に食べない。このことをいくら説明しても羊飼いの任は、狼の肉は犬の肉とあまり変わらないといって狼の肉を食べると言い張って祖父によく叱られていた。また、任は栄養価が高いといって家畜の流産した胎児（胎子）を煮込んで食べて祖父母に厳しく叱られたことがある。このように任のためだと思ってした日々の好意や親切が仇となったと祖母が振り返っていた」と、母は振り返る。

「あの時、任と張が私の家にも来ました。兄と兄嫁と縁を切り、彼らの罪を暴いたら、私を革命者の一員として迎えるとのことでした。私は小さかったので何が何だかわからず、ただぼうっとするだけでした。その時、あなたの祖母（父方）が入って来て『子どもを巻き込むな』と怒って二人を追い出しました。ところが、翌日、元僧侶だった義理の父（祖母の再婚相手）が封建社会の残滓として捕まり、家にあった金銀食器やあなたの祖母の頭の飾り二セットが没収されました。あの頭の飾りは一セットが牛一四頭の値打ちがあるものですが、いまだに戻っていません」

と、叔母のアルタンチチグは振り返る。

隣の生産大隊では「牛鬼蛇神」が次々と死んでいったが、幸いなことに我が生産大隊では死んだ人は出なかった。文化大革命が終結したあと、「革命者」たちが「もしあなたがいなかったら我が生産大隊でも死人が出たと思う。すべてあなたのおかげです」と母に頭を下げたという。死人が出なかったということで、彼らは何の刑罰も受けることなく済んだ。

私の父の手を木刀で殴り、障害を残したあの張は、今も我が家の近くに住んでいる。一九九九年の春、私が日本に留学した時、彼はテーブルを叩いて「ほら、やっぱりあの家族は日本の走狗だった！　あの時、息の根を止めていたらよかった」と叫んだそうだ。その時、張と一緒に酒を飲んでいた羊飼いが、この話を私に話してくれた。

革命とは闘争であり、闘争とは人を苦しめ、血を流すことである。それこそが正義であり、人類に平和をもたらす正しき道であるという思想で心身を武装した張のような「元革命者」は反省どころか、もう一度文化大革命が到来し、モンゴル人を踏みにじることを待ち望んでいるようである。彼らにとって日本留学も「対日協力」であるようだ。

8　「時限爆弾」劇

二〇一二年の夏、私が地元の小さな本屋で本を探していた時のことである。年配の店長がもう一人の年配の男性と熱く話していた。二人の話は政治をはじめ民俗学にまで及んでいた。私は二人の会話に何気なく耳を傾けながら本を探していた。

「昔、我が旗にソトナムドルジという旗長《ホシヨー・ダルガ》がいた」

と言って、店長が語り出した。それがなんと文化大革命中に「日本帝国主義の走狗」と呼ばれた母方の大叔父のことだった。彼の話はこうだった。

当時、旗政府（日本の市役所に相当する）で働いていた二人の漢人秘書がよくモンゴル人幹部の中国語の訛りを真似してからかっていた。それが日に日にエスカレートし、会議の際もモンゴル人幹部の訛りを真似して発言するようになり、役所の仕事に支障が出てきた。

中国建国前、モンゴル草原で暮らしていた漢人はやや控えめだったといえよう。というのは、彼らの脳裏に自分たちがモンゴル人の土地を借りて生活しているという意識があったからである。しかし、中国建国以降、新中国の主人公になった漢人の間に徐々に大漢族主義が芽生え、やがて自分たちがモンゴル人より優れているとの態度に転じた。この頃、内モンゴルの最高指導者であったウラーンフーは、少数民族出身の幹部が意欲的に中国語を学ぶ一方、少数民族地域で仕事をしている漢人幹部にも現地の言語を学ぶことを求めていた。これこそが民族平等を実現させた新中国の新しい姿であるとウラーンフーは考えていた。しかし、少数民族出身の幹部らは中国語をマスターしたが、漢人幹部らはモンゴル語を「立ち遅れた人々の立ち遅れた言葉」とみなし、学ぼうとしなかった。仕方なくモンゴル人幹部らは、漢人幹部のために中国語でコミュニケーションを取ったが、二人の漢人秘書はそれを逆にネタにしてモンゴル人を馬鹿にしていた。そこで大叔父が二人の秘書を懲らしめる秘策を考えた。

ある日、大叔父は二人の漢人秘書の机にメモを残して出張に出かけた。出かける前、モンゴル人の職員らに「明日、あの二人が一日中騒ぐと思う。放っておいてください」と言ったそうだ。

翌朝、漢人秘書が机にあるメモを手にした時、驚いて目を見張ったという。そこに達筆な繁体字で漢詩が書かれていた。二人は手分けをして漢文が読める人を探し始めた。大叔父が言った通り二人を乗せたジープが一日中走り回った。夕方、二人はそこから四〇キロ離れている村に漢文が読める長老がいると聞き、彼に助けを求めた。長老はその場でメモを簡体字に直してくれた。そこに「他人の弱点を責めることは自分の弱点を責められることでもある」といった趣旨の諺が書かれていたという。

次の日、二人は頭をかきながら「旗長の冗談はきつかった」と大叔父のところに現れた。それからというもの二人はモンゴル人幹部らを馬鹿にすることをきっぱりやめたとのこと。

「今は彼のようなモンゴル人のリーダーがいなくなった。みんな漢人の尻をなめる連中ばかり……」

と言って、店長はため息をついた。それを聞いていた私は思わず二人の会話に飛び込んだ。実は店長が話したエピソードには続編があった。

文化大革命が勃発して間もなく、例の二人の漢人秘書は報復に乗り出した。二人はいち早く「大字報」という壁新聞を貼り出し、大叔父を非難し始めた。

「ソトナムドルジは羊の皮を被った狼である。彼は長年、日本帝国主義の走狗として働いたにも関わらず、旗長として偉そうに振る舞っている」「ソトナムドルジは蒙奸徳王の忠実な犬であり、地方民族主義者である。毎日のように漢人職員を差別し、圧力をかけ内モンゴルを偉大な祖国から分立させることを企んできた」「ソトナムドルジの兄弟は牧主であり、旗長である兄の権力を悪用し、偉大な無産階級を家畜のように扱い、心身ともに大きな傷を負わせた」「打倒日本走狗ソトナムドルジ！　打倒ソトナムドルジ一族」……。

二人は革命の仲間を連れ、大叔父の家を隅々まで捜査した。その際、大叔父の書斎から銀色の日本製の懐中時計を見つけ、小踊りしたという。「我々革命者は日本特務、日本帝国主義の走狗、封建社会の残滓であるソトナムドルジの自宅から時限爆弾の装置を見つけた」と大々的に宣伝した。その懐中時計は大叔父が一九三六年六月、満洲国と協定を結ぶために徳王と一緒に蒙古軍政府の代表として新京を訪れた際、ラストエンペラーこと溥儀から贈られたものであった。「革命者」たちはさっそく私の地元に行き、大叔父に関する新しいネタを探し始めた。その仕事のために選ばれたのがガンガ夫婦だったのである。

9　偉大な革命がもたらした「輝かしい功績」

私の話を聞いていた店長は静かに語り出した。

「あなたの大叔父は大変な目にあったと聞いている。あいつらはあなたの大叔父を毎日のように拷問したが、『日本の走狗』だと認めなかった。すると、手足の爪に串を打ったらしい。そのトラウマからあなたの大叔父は人と握手することができなくなったらしい。人が手を伸ばして握手を求めると、驚いて二、三歩下がるようになっていたらしい。心の傷はそんな簡単に癒されないからね」

「晩年、認知症が悪化し、家族も大変だったみたい。あなたの母も介護していたからよく知っているはずだ。突然、窓の外に人がいると言って真昼でも部屋中のカーテンを閉めたり、家中の明かりを消したり、無意味に手足を包帯で巻いたりしていたらしい。あの偉大な革命がもたらした『輝かしい功績』だ」

「……」

私は大叔父のことをチャガンノール・イン・アブと呼んでいた。チャガンノールは地名で、アブは父または祖父を意味するが、年配の方の敬称にも用いる。父方と母方に大叔父が多かったので、私たちは彼らの住んでいる地名を用いて、例えば、大阪の大叔父、京都の大叔父といった具合で区別していた。子どもならではの工夫である。

小さい時、私はよくチャガンノール・イン・アブの家に遊びに行っていた。大叔父はカイゼル髭が特徴的な口数の少ない凛々しい男だった。いつも私に会うと、「手を見せてごらん！　ウンチがついていないよね」と笑いながら抱っこしてキスしてくれたことをかすかに覚えている。それにはこんなエピソードがあるそうだ。

ある日、母が私の手を洗ってから台所で私のご飯を冷ましていたらしい。その間に私は泥遊びをして手を汚してしまったそうだ。ご飯を持って戻ってきた母が私の汚れた手を見て「今洗ってやったばかりなのに……」と怒って私の手を叩いたそうだ。すると私は「もう一回叩いたらウンチを触ってやる」と言ったらしい。その言葉が大叔父のツボにはまったらしく、私に会うたび「手を見せてごらん！　ウンチがついていないよね」とからかって遊ぶようになったとのこと。

その時に「時限爆弾の装置」とされた懐中時計が大叔父の手元に戻されていた。私はその懐中時計のカチカチという音が大好きで、いつも机に耳を当て、板を通して聞こえるその音を聞いていた。そういう時、大叔父は私を膝の上に座らせ、時計を私に握らせ、耳に当てて聞かせてくれる。時には大きな手で懐中時計を握り、指の間を通して聞こえる音を聞かせてくれたり、懐中時計の蓋を開け閉めしたりするのを見せてくれる。

文化大革命が終結を宣言したあとの一九七九年に大叔父の復職が決まった。そこから我が家のもうひとつの歴史の幕が開いた。

五歳の秋、私と母が草刈りの仕事から戻っている最中、緑色のジープが私たちを目指して走ってきた。ジープを降りてきた二人はとてもていねいな口調で母に挨拶をした。その時、母は放牧の仕事の傍ら自分の家に併設した小さな診療所で患者を診ていた。

「あなたはセーペルマ、つまりオラントヤですよね？」

「そうですけど」

と、母は躊躇しながら答えた。

「よかった！　あなたのことをだいぶ探しました」

と、言って二人は母と握手をした。母は状況をうまく飲み込めず、その場でぼうっとするだけだった。

「あなたの復職が決まりました。これから手続きをしますので、ご希望の職場をおっしゃってください」

「……」

翌日、母は私を連れて大叔父を探した。母が復職することを聞いて大叔父も驚いていた。休職期間である約一五年間の給料がすべて支払われることになっていたが、周りの人たちに「何か裏があるかもしれない」と止められた。母に与えられたのは衛生局の副局長、もしくは保健所所長の職だったが、母は「私は医者です。管理職には向いていません」と断った。その後、母は牧場から最も近いアラタンガダス人民公社の病院に医師として配属された。

一九八四年に大叔父が病気で亡くなった。享年七五歳であった。大叔父の葬式は大々的に行われた。二人の漢人の秘書が、かつて自らが吊るし上げた「日本帝国主義の走狗」の慰霊碑の前で大きな声を上げて泣いていたという。私の叔父（母の兄）が政界の中心人物となっていたからであろう。あとから聞いた話だが、母親の復職はあの二人の漢人の秘書が調整したとのこと。大叔父が復職することを聞いて復讐されるのではないかと思い、自ら「罪を償った」のである。二人は父に財政局の会計士の仕事を勧めたが父は断った。その仕事を引き受けることは父にとってプライドを傷つけられることだったからかもしれない。

「あの頃は、助産師として赤ちゃんを取り上げる瞬間が一番心の安らぎを得られる瞬間でした。赤ちゃんのオギャーという泣き声を聞いた瞬間、自分が生きていることが実感できるのでした。私は今まで何百人という赤ちゃんを取り上げました。モンゴル人であれ、チベット人であれ、満洲人であれ、回族であれ、漢人であれ、赤ちゃんはみんな同じですが、大きくなってから変わってしまうのはなぜかしら……」「もし医者の仕事を選んでいなかったら、今日、私はここにいないと思います。もちろん、あなたたちも生まれてこなかったでしょう……」と言って、母は涙を拭いた。そして「だから、私は自分たちを苦しめた人を許しました。時には人を許すことも大切だと思っています……」と続けた。モンゴルには「母親の心の傷は世代を超えて継承される」という言い方がある。これは私が「日本帝国主義の走狗のアバズレ娘」から生まれた子どもとして、母親の心の傷がわかったし、自分の心の傷もよくわかった瞬間である。

一九九九年、私が教員の仕事を辞めて日本に留学すると言った時、親族のほとんどは反対した。そのようななかで、母親は周りの反対を押し切って、経営する診療所まで担保にして私を応援してくれた。もちろん、我が子を応援するのは母親の務めであるが、「日本帝国主義の走狗のアバズレ娘」とされた過去や、その過去への疑問がそうさせたに違いない。母のその思いが私にこの本を書かせたと言っても過言ではない。

第二章 「あの若い日本人夫婦は無事帰国したのかなあ!」

——ラマ・イン・クレー寺の活仏の兄アヨシの回想

1 謎の日本人夫婦

二〇一七年五月二九日、内モンゴルのフフホト市のあるアパートでアヨシ(一九三五年生まれ)と会った。アヨシは修行名であり、彼の本名はチムドである。修行名とは、寺に入門する際、師匠から授かるチベット語の名前のことである。敬虔なラマ教徒である彼は、今でも修行名を使っている。

アヨシは内モンゴルの東ウジムチン草原で遊牧民として生活していたが、リウマチのため暖房設備が整っている都会のマンション生活を選んだ。アヨシの娘のサランと私は日本留学の仲間である。これまでアヨシと何回か会ったことがあったが、体調がすぐれず、なかなかまとまった話を聞くことができなかった。

「文化大革命の時代だったら、わしは日本のスパイに協力した者となる。重罪だよ!」

と言って、アヨシは笑った。私にはアヨシの言葉と笑いが多くを語っているように思われた。娘のサランは耳が遠くなった父親の隣に座って、時折父親の話を整理してくれた。

アヨシの弟のナヤンテ(一九三九年生まれ)は四歳の時、内モンゴル草原の名刹ラマ・イン・クレー寺の八代目活仏の化身として選ばれた(写真13)。九代目の活仏に当たる。四歳の子が一人で親元を離れるのが可哀そうなの

写真 13　4歳でラマ・イン・クレー寺の9代目活仏として選ばれたナヤンテ（左）と兄のアヨシ（右）

写真14　現在のラマ・イン・クレー寺
『図説東烏』（Wechat版）より。

で、アヨシが弟の遊び相手兼世話係として寺に住み込むことになった。修行が終わると、二人は自分たちのガルブ（邸宅）を自由に走り回った。子どもの二人を止める人はいなかった。

ラマ・イン・クレー寺の中国語名は集恵寺であり、一七八三年に創設された歴史ある総合寺院である。現在は行政区画上、内モンゴルシリンゴル盟の東ウジムチン旗の政府所在地のウリヤスタイという町にあるが、もともと西ウジムチン旗に属していた（写真14）。

一九三〇年代のウジムチン草原は、東ウジムチン旗、西ウジムチン旗、東ホーチト旗、西ホーチト旗といった順に縦に分かれていて、どの旗も現在のモンゴル国と接していた。それに不安を感じた政府は、中国建国直前の一九四九年七月一日、東ウジムチン旗、西ウジムチン旗、東ホーチト旗を合併させて東連合旗とし、行政機関をモンゴル国との国境線から遠く離す形で、現在の西ウジムチン旗のオラン・ハガラガ寺に設置した。そして、西ホーチト旗と貝子廟周辺のアバハノール旗を合併させて西連合旗とし、行政機関を貝子廟（現「シリンホト市」）に設置した。

中国とソ連の対立が深まるにつれて一九五六年七月三日に内モンゴル自治区人民委員会が再び発令し、東連合旗を東ウジムチン旗と西ウジムチン旗に分け、西連合旗をアバガ旗と変えることを発表した。その際、ラマ・イン・クレー寺を含む西ウジムチンの一部の地域を東ウジムチンの領土に入れたのである。

このマラ・イン・クレー寺は、日本では知る人ぞ知る場所である。それは、満洲国時代、この寺に関東軍情報部がアバガ特務機関ラマ・イン・クレー分機を設置し、ソ連軍の動きを観察させていたからである。地元史によれば、一九三六年から一九四五年の間、日本軍はラマ・イン・クレー寺を占領し、国境哨兵隊、特務機関及び無線機基地を作り、僧侶か一般人かを問わず、多くの人を「赤党」「モンゴル人民共和国スパイ」といった容疑で拘束し、残酷な拷問を繰り返していたという [Na. Bökeqada 2007: 3]。というのは、この寺の所在地から北方へ一〇〇キロほどの所にあるモンゴル国のタムスク・ボラグにソ連軍の大部隊が駐屯していたからである。

日本語の訛りなのか、中国名の音読みなのか、日本国内の資料では「ラマクレ」と記されることが多いが、本書ではモンゴル語の発音通りにラマ・イン・クレー寺にする。ラマはラマ教の「ラマ」であり、もともと名僧を意味していたが、今は僧侶の総称として使われるようになった。クレーは「囲い」もしくは「庭」を原義とする言葉である。もともと、信者たちは寺を囲む形で移動式家屋であるゲルを建てて生活していたので、ラマ・イン・クレー寺と呼ばれるようになった。インは助詞であり、日本語で言えば「の」に相当する。

「ボグド・イン・クレーとゴンドン・クレーは、宗教だけではなく政治にも関与していたが、我がラマ・イン・クレー寺はまったく政治に関与していなかった」

と、アヨシは語る。

一九三〇年代のモンゴル高原に、「～クレー」と呼ばれた名門寺が三つあった。ひとつがボグド・イン・クレーである。通常、「クレー」もしくは「イフ・クレー」と呼ばれている。ボグドとは一九一一年に清朝から現在のモンゴル国を独立させた、モンゴル国の国師であり、宗教と政治の両方を握っていたボグド・ハーンことジェプツンダンバ・ホトクト八世のことである。このイフ・クレーが発展して現在のウランバートル市になった。もうひとつが現在の内モンゴルの通遼市庫倫《クレー》旗に位置するゴンドン・クレーである。そして、このラマ・イン・クレー寺である。この三つのクレーを巡礼することが、日本でいうところの四国八十八箇所を巡るのと同じような意味を持っていた。

「トゥージョーゴワンの建物の上にたくさんの棒が立てられていた。当時、それが何かはわからなかったが、今にして思えばアンテナだったと思う。我がガルブに二〇代の日本人夫婦が住んでいた。一年以上住んでいたと思う。いつも妻が黒色の手回しの発電機を汗が流れるまで回していた。その間、旦那が奥で仕事をしていた。何をしていたのかわからなかった」

と、アヨシは回想する。

写真 15　今も地名として残る「川井」を示す標識

鉄鋼の一大産地として知られている包頭市の西側に隣接するバヤンノール市にチォンジ（モンゴル語で狼煙台を意味する）という地域がある。中国語で「川井」と表記するが、この表記が日本と関係するという。一説によれば、1930 年代の後半から 40 年代の前半まで、この地域に川井という日本人が特務として活躍していた。川井の中国語発音「チョワンジン」が、モンゴル語のチォンジの発音に似ているので、現地のモンゴル人はチォンジに「川井」という漢字を当てたという。川井本人によって当てられたという説もある。いずれにせよ、モンゴル草原の地名の表記に日本人が関わっていて、その表記が今なお使われているということは、あの川井という日本人は現地のモンゴル人に好かれていたということを意味するのではないだろうか。

隣にいた娘のサランは「私は小さい頃からこの話を聞かされて育ちました。それが私の日本留学のきっかけでもあります」と補足してくれた。彼女だけでなく、数多くのモンゴル人が日本を留学先として選んだ理由がそこにある。親や親族から、かつて内モンゴル草原で活動していた日本人のエピソードを聞きながら育つうちに、自ずと日本に興味を持ち始めるのである。もちろんそれは日本人に対する悪口ではなく、いいエピソードだったので、日本という国に興味を持ったに違いない（写真15）。私もその一人である。大叔父（母方の祖父の兄）は長年、日本の傀儡政権とも呼ばれている蒙彊政権（一九三七―一九四五）で働き、父方の大叔父もその蒙彊政権によって創立された張北青年学院の卒業生だったので、私も小さい頃から日本という国名を聞かされて育ち、それがやがて私の日本留学に繋がったのだ。歴史は点線ではあるが、実線でもある。

2　味方なのか？　敵なのか？

ラマ・イン・クレー寺はモンゴル草原にある数少ない総合寺院のひとつである。本堂の長さだけで八〇丈《じょう》（約二四〇メートル）あり、約二〇の建物（寺）、四つの支院、二五の牧場を持っていた。ツェンニー・タツァン（顕教学堂）、ギュパ・タツァン（密教学堂）、ドゥンクル・タツァン（時論学堂）、マンバ・タツァン（医学堂）といった四つの学堂、一三の活仏がおり、最盛期には一五〇〇人の僧侶が在籍していた。アヨシの弟のナヤンテは顕教学堂で毎日のように経文を暗記していて、兄のアヨシも弟に同伴していた。

「我がラマ・イン・クレー寺にオチルという三〇代の僧侶がいた。彼はある日本人から日本語を学んでいた。だが、我が寺の僧侶たちは『本当はあの日本人は彼に日本語を教えるふりをして、様々な情報を聞き出している』と話していた。そのせいでオチルは我が寺のみんなに嫌われていた」

と、アヨシは振り返る。

アヨシ兄弟は自分たちのガルブを自由に散策することができたが、寺の合同行事以外は他のガルブに行くことが許されなかった。門をひとつくぐれば行ける距離だったが、しきたりが厳しい僧侶の世界では、それは高い壁だった。だから、他のガルブにも日本人がいると聞いていたが、会ったことがないという。

「撤退する朝、男女合わせて約二〇名の日本人がトラックの荷台に箱乗りして走り去るのを見た。それまでいったいどこにいたのか。ネズミの穴からでも出てきたのかと思った。我がガルブに住んでいたあの二人もいつの間にかいなくなっていた」

と、アヨシは回想する。特務機関の仕事は陰の仕事でもあるので、彼らは現地のモンゴル人とほとんど交流しなかったのだろう。

「我がガルブに住んでいた日本人夫婦は狼を飼い馴らしていた（シェパードだと思われる——著者）。とても気の荒い狼だが、同じガルブに住んでいた私たちのことは全然吠えなかった。私たちは二人の真似をして『アシ、アシ』と言うと足をあげてくれる。とても賢かった」（写真16）

写真16　靖国神社遊就館前広場に建つ「軍犬慰霊像」

碑文に「満洲事件勃発以降、大東亜戦争終結までの間、シェパードを主とする軍犬がわが将兵の忠実な戦友として第一線で活躍した」とある。子どもの時のアヨシは、シェパードを狼だと勘違いしたと思われる。

「若い奥さんの布団のカバーの取りつけ方がとても芸術的だった。布団を片方から棒状に丸めていく。それをカバーにいれて、カバーと布団を合わせて掴み、力強く振る。すると、一瞬にしてカバーが取りつけられてしまう。本当に魔法のようだった。私たちは部屋に戻って見た通りに試すが、なかなかうまくできなかった。それで、もう一度見に行き、戻って試すが同じ結果だった。日本の女性って器用だねと感心するばかりだった」

と言ってアヨシは笑った。その様子が彼の頭の中に蘇っているように見えた。私の目にも一瞬、紫の僧衣を羽織った二人の子どもがガルブの中を無邪気に走り回る姿が映った。決して清潔とはいえない身なりだが、二人の目は輝いていた。

「旦那の方は非常に無愛想な人だった。笑うどころか、話しているのもあまり見たことがない。彼はいつも野良犬に毒を挟んだパンをやっていた。犬がそれを食べてから、もがきながら死ぬのをずっと観察してニヤニヤしていた。それで近所のモンゴル人に嫌われていた。モンゴル人は狂犬病の犬以外は殺さないからね！」

と語りながら、アヨシの顔が曇っていった。

犬に毒を与え、しかも、その犬が死ぬのをずっと観察するとは、モンゴル人からすれば違和感を覚えざるを得ない行為だ。前に述べた日本におけるモンゴル研究の第一人者であった磯野富士子が一九四四年の一一月、夫の法社会学者の磯野誠一に伴って貝子廟の近くの大蒙公司に滞在していた時のことをこのように記している。

今朝（貝子）廟に出かける前に表門に方へ行くと、犬が足を棒のように突っぱって、ころげてはまたよろよろと立ち上っている。どうしたことかと思ったら、春になると狂犬が出るので、毛皮が一番よい今の時期に殺すのだというお話。もっともこれはモンゴルの習慣ではない。ストリキニーネをのますと十五分くらいで死ぬ。ここは水がアルカリ性なので青酸カリでは中和してしまうためか、よく利かないのだそうだ。廟から帰った頃にはもう白い大きな犬の皮が高くつるして乾してあった。夕方になると皮をむかれた犬が六つ七つ門の前にあちこちころがっていて、（後略）

［磯野　一九八六：四〇］

野良犬が嫌だったのか、単にストレス発散だったのか、あるいは組織的に行われた薬物実験だったのかは知るすべもないが、ラマ・イン・クレー分機の上層部に当たるアバガ特務機関に勤務をしていた日本人の回想録の中にもこんな記述がある。

　蒙古犬は飼主に忠実なのだが、どうしたはずみか野生化すると手のつけようがない。風葬の死体を食っているせいか、とにかく獰猛で狼より恐ろしかった。
　この野犬で毒薬のストリキニーネの効目を確かめようということになった。毒入り肉饅頭を作って、風葬場に向った。いる、いる、三〜四頭が牙をむき出しにしてウロウロしている。トラックの上から毒饅頭を投げて見ていた。争ってたいらげ、しばらくすると痙攣し、ぐるぐる回りだしたかと思うとバッタリと倒れた。（中略）
　煮ても焼いても食えそうにない敵のスパイが一人いた。利用価値はまったくない。いつまで収容しておく訳にもいかず、処分することになった。銃殺か、いやストリキニーネがいいようだ。効目も実験済み。本人にこう伝えた。「今日は貴殿を天国に送ってあげる。今まで御馳走らしいものも食べさせられず申訳ない。今日はご馳走をたらふく食べてくれ」。そして肉料理とストリキニーネ入りの丼を出す。彼は美味しい、美味しいと、なめるようにきれいにたいらげた。
　まもなく身体全体が痙攣しだした。毒を盛られたことに気付いた彼は、「幽霊になって化けて出てやる！」とわめいた。

［岡村　一九九〇：付録「語られざる実話」猛毒ストリキニーネ］

3 「日本人はいますか？ 酒はありますか？ バターはありますか？」

日本人が撤退して間もなく、長蛇の列をなしたソ連・モンゴル人民共和国の連合軍の戦車やトラックが土煙をあげながら現れた（写真17）。現地のモンゴル人はソ連兵のことを「ブドゥン・ハマルト（鼻が長くて高い人）」と呼んだ。ソ連兵はモンゴル人の家に入ってくると、「日本人はいますか、酒はありますか、バターはありますか」と片言のモンゴル語で質問する。家の人が頭を横に振ると、家の中をしばらく観察してから出ていく。時には、タンスなどを開けて調べる兵もいた。このような日々がしばらく続いた。

「なぜバターなのかなあ？」

と、私は何気なく聞いた。

「パンにつけて食べるためだと思う。当時、ソ連兵は携帯食料として煉瓦のような大きなパンを持っていた。それにつけて食べたかったのではないかなあ」

と、アヨシは言う。

最初に現れたのはソ連軍の後方支援部隊だった。彼らはラマ・イン・クレー寺の前にドラム缶のような大きな鍋を二、三十個並べ、近所から集めてきた牛や羊を屠殺し、その肉を茹で始めた。

「ソ連兵の牛の屠殺の仕方がとても残酷だった。牛の頭を切り落とし、それからトラックで引っ張らせて皮を剥がし取っていた。血があたりに飛び散り、残酷な光景が広がった」

と、アヨシは言う。翌日からソ連軍の機械化部隊が次々と到着した。前の部隊が食べ終わると順番を待っていたかのように次の部隊が入ってきた。このように一週間ほど火を止めず、肉を茹で続けた。

写真17　内モンゴルの5つの霊山のひとつである東ウジムチン草原のノゴンオテ山とその麓にあったノゴンオテ・スムの跡地

モンゴル国との境界線から近かったので、アバガ特務機関ラマ・イン・クレー分機が、この霊山の険しい岩山や洞窟を利用して諜報活動を行っていた。ノゴンオテ・スムは1945年8月、ソ連軍によって爆破された。寺の近くに住んでいた遊牧民の男が、ソ連軍の探索機の爆音に腹を立て、家にあった火縄銃で探索機を撃ったという。その瞬間、探索機が旋回し、寺の上に爆弾を落とし、一瞬にしてあたりは火の海になった。のちの文化大革命中、この男は修正主義国家と闘った英雄とされたとのこと。

「ソ連兵は緑色の四角のアルミの器にご飯を入れ、スプーンの先にフォークを取りつけたような道具（スポーク・スプーンのことだと思う——著者）で食べていた。その茹で肉を私たちにもくれた。とても塩辛かったことを覚えている。夏だったし、肉は早く傷むので塩辛くしたのだと思う。パンは美味しかった。缶詰のようなものを食べている兵士もいた。子どもというのは何より食い物に目がいってしまうから」

と、アヨシは笑った。

ソ連軍の捨てた牛や羊の皮や内臓が地面いっぱいに広がり、周囲にひどい悪臭が漂っていた。それが野良犬にとって天国だったみたい。最初は捨てられた内臓の横でいがみあっていた野良犬が、いつのまにか皮や内臓の山の横で仲良くひなたぼっこしたりじゃれ合ったりするのが見えた。

ソ連軍の侵攻とともにラマ・イン・クレー寺のほとんどの僧侶が避難してしまったので集会もなくなった。もちろん読経する必要もなくなった。アヨシ兄弟は、籠を出た鳥のように飛び回った。出入りが禁止されていた他のガルブにも自由に出入りすることができた。しかし、調理師や世話人も避難してしまったので、お腹が空くことも多くなった。だから、二人はよくソ連兵の周りで遊んだ。自分たちと異なる顔つきのソ連兵が不思議でたまらなかったが、ソ連兵から食べ物をもらうのが一番の狙いだった。すると、一人の兵士が水を汲むバケツを頭に被ってふざけてみせた。それからというもの二人はソ連兵の拳銃に触ったりすることも許された。

「ある日、一人の兵士が私たちにひとつかみほどの拳銃の弾をくれた。それを持って帰ったら師匠にすごく怒鳴られた。人の命を奪うもので遊ぶなと……」

と言って、アヨシは笑った。

「戦車やトラック用の燃料を運ぶ給油車の運転手たちは、とても行儀が悪かった。あの人たちは暇だったようで、手当たり次第、物を奪っていた。ロシア人はすごく力持ちだった。重さ五〇キロもあると思われる箱詰めのたん茶を片手でトラックの荷台に投げ入れていた」

「ある日、一人の給油車の運転手が一〇歳のモンゴル人少年の手を撃った。ソ連兵と一緒に来たモンゴル人民共和国のペルジという軍曹がそれを見て、少年を撃った兵士をその場で射殺した。ソ連兵は普通に遊んでいる子どもに危害を加えなかった。あの子は彼らの目の前を横切って走ったから撃たれたといわれている。間もなくソ連兵を撃ったモンゴル人軍曹のペルジもソ連兵に拘束された。ソ連兵が彼をトラックの前に縛って走り去るのを見た」

「ある日、私が住んでいた家の前に二台の車が止まり、ソ連兵が家に入ってきた。私と弟は台所にいた。すると、ソ連兵はポケットから小さなナイフを出してみせてロシア語で何か話した。おそらく武器はあるかと聞いているると思い、私は台所で使っている包丁を指してみせたら頭を横に振って出ていった。私たちもついていった。ソ連兵は庭にあった蔵のドアを蹴り壊して中へ入った。そして、そこにあった穀物の袋を破って中を調べた。そこに黄色の民族衣装があった。弟がその衣装を指したらソ連兵は何も言わずそれを弟へ投げた。弟は新しい服をもらって喜んでいた。私たちは彼らについて自由に走り回った」

「私たちの部屋の床に牛のきれいななめし革が一枚敷かれていた。それをソ連兵が丸めて脇に挟んで部屋を出たが、歩いているうちにその革が落ちてしまった。拾うのが面倒くさかったのか、彼は一目見てからそのまま歩いていった」

「ソ連兵は仏壇にあった仏像を興味津々な様子で見ていたが、中からひとつを取り、車の前に飾りとして縛っておいてから二人で楽しそうに笑っていた」

「周囲の大人たちは私たちに『ソ連兵に近づくな！　殺されるよ！』と注意していたが、ソ連兵は私たち子どもの僧侶に何もしなかった。しかし、大人の僧侶には厳しかった。あとから聞いた話だが、貝子廟が日本のスパイを隠していて、それに怒ったソ連兵は貝子廟の僧侶約四〇名を銃殺したそうだ」

アヨシは堰を切ったように話しだした。それを見た娘が「今日、お父さんは調子いいね」と笑っていた。私はボイスレコーダの電池残量を確認しながら話に耳を傾けた。

4　土地改革下における寺院の運命

現在の内モンゴル自治区は一九四七年に内モンゴル自治政府として成立した。中華人民共和国が成立する二年前のことである。そして、一九四九年に中華人民共和国の成立とともに正式に中国に編入されたことにより、もうひとつの歴史が幕開けした。

建国当初は中国の少数民族政策がほぼ円満に運ばれていて、少数民族の人々も心の底から喜んでいたといえよう。だが、その日々は長くは続かなかった。次々と起きる政治の荒波にモンゴル人も巻き込まれていった。日本では、土地改革を伴う階級闘争、人民公社や文化大革命が知られているが、それだけではなかった。反革命分子を鎮圧する「鎮反運動」、反汚職・反浪費・反官僚主義を唱えた「三反運動」、反体制狩りを指す「反右運動」、文化大革命の前奏曲となった「四清運動」……何が何だかわからないほどだった。その中で、中国建国前から始まった、土地改革の一環として行われた寺院改革についてはあまり知られていない。

モンゴル草原の名門寺の活仏だったナヤンテとその兄のアヨシも逃れることはできなかった。幼かったナヤンテは強制還俗させられたが、ちょうど働き盛りの兄アヨシは雑用係として寺に残された。寺といっても寺院改革に伴い、ほとんどの僧侶が強制還俗させられ、ラマ・イン・クレー寺も完全に寺としての機能を失った。抜け殻となった寺院は、外部から来た漢人によって編成された寺院改革委員会の宿泊施設、倉庫、養豚場と化していった。金銀の食器や仏像などがどこかに運ばれていった。寺院改革者たちは木造の仏像や経伝が彫られた木版印刷用の板を斧で叩き割り、火を起こしてご飯を作っていた。

アヨシは弟とはしゃぎ回った日々を懐かしみながらもくもくと働いた。師匠に叱られた日々が懐かしく、静かに涙を流した。

一九五〇年に朝鮮戦争が勃発すると、共産主義の同盟だった中国やモンゴル人民共和国がそろって北朝鮮支援に乗り出した。アヨシは自ら志願して軍隊の馬を調達する仕事に従事した。それ以上寺に残ることができなかった。日々破壊されていく寺を見るに忍びなかったからだ。その破壊を止めさせる力のなかったアヨシには、そこから逃げるしか方法はなかったのだ。

間もなくモンゴル人民共和国から黒一色の軍馬が送られてきた。その馬をラマ・イン・クレー寺の後ろにあった、アルハシヤトという大きな井戸の周りにいったん集めた。それからラマ・イン・クレー寺の近くにあったチョーホル・ヘルムという煉瓦の囲いに入れて、病気の馬を選別した。当時、ヤムという馬の鼻の病気が流行っていた。

アヨシとその仲間約二〇人が三〇〇〇頭の馬をいくつかの群れに分けて出発した。途中、農村地帯を通るたびに、漢人の農民からの嫌がらせが絶えなかった。当時、朝鮮戦争支援は国家規模のプロジェクトだったが、彼らは知らんぷりしていた。だから、アヨシたちは昼も夜も眠ることができなかった。

「なぜか、漢人は馬を嫌う傾向がある。生理的に受けつけないみたい。私たちモンゴル人が豚を生理的に受けつけないことと同じかもしれない。静かに畑や水路の横を移動している馬の群れに向かって大声で叫んだり爆竹を鳴らしたりして脅かす。畑や水路に入らないように警戒しているらしい。それがまったく逆効果で、馬の群れが驚いて走り出すとコントロールが難しく、畑でも水路でも関係なく入るからね。馬は賢く、警戒心の強い生き物だから絶対に畑や水路に入らない。その横にある草を食べるだけ。それが漢人たちには畑の作物を食べているように見えたようだ」

と、アヨシは残念そうに話す。隣にいた娘が「騎馬民族の攻撃が彼らのＤＮＡに馬の群れ＝怖いという印象を与えたかもしれない」と自分の見解を述べる。私も彼女の意見に同感だ。

このような約半年をかけた移動のあと、旧正月を過ぎる頃、やっと中国の丹東という港町に到着した。鴨緑江《おうりょくこう》を隔てて北朝鮮と接する港町で、馬はそこから船で運ぶことになっていたので、アヨシとその仲間が草原に戻された。長い距離移動した上、温帯モンスーン気候特有の寒気にモンゴル馬が適応できるかと心配しながらアヨシは帰りの列車に乗った。

「あの馬たちはどうなったのか？　軍馬になっていればいいが。朝鮮人は犬を食べると聞いたことがあるが、さすがに馬は食べないだろうね！　昔、秋になると、今のモンゴル国から野生のノロジカが何万匹という群れを作ってウジムチン草原に入ってきていた。一九五〇年に朝鮮戦争が勃発すると、朝鮮戦争支援といって人民解放軍が機関銃で撃ちまくり、絶滅させてしまった。トラックの荷台から流れ出した野生ノロの血で、道が真っ赤に染まっていたという」

と、アヨシは心配そうに話す。

5　文化大革命の嵐と逃亡

子どもだったことで兄弟は寺院改革の波を無事に乗り越えることができた。しかし、さらに大きな波が彼らを容赦なく襲った。文化大革命である。一般の女性や子どもまでもが巻き込まれたこの運動から、かつてモンゴル草原の名刹の活仏だったナヤンテとその兄が逃れられるはずがなかった。「日本統治時代、私は子どもだった」と言っても聞く人はいなかった。

運動が始まって間もなく、兄弟は吊るし上げられた。罪名は「日本特務」「日本帝国主義の走狗」だった。同じガルブの中に住んでいた日本人夫婦の手足で、彼らの諜報員だったということだった。そこに日本人夫婦が住んでいたことは事実であり、お菓子をもらったことも事実であるが、諜報員とは何のことなのか。はっきりいって彼らがそこに住んでいる理由すらわからなかった。おそらく師匠も知らなかっただろう。まったくの濡れ衣であった。二人は否定し続けたが、毎日のように行われた闘争会で罵倒され、大衆の前で頭を下げさせられ、殴られた。

この時代、マルクスの「宗教はアヘン」という言葉が、毛沢東の口を通して歪曲され、それがただの人を攻撃する武器と化した。だから、活仏だったナヤンテへの風当たりはさらに強くなった。日々の闘争の中で心身ともに疲れ果てたナヤンテに、同じ独房にいたスブグジャブという男が「このままじゃ死ぬのは時間の問題だ。逃げよう！」と話しかけた。

心優しいナヤンテは躊躇した。自分は逃げ切れても家族が逃げることはできない。そう思って彼は何も言わなかった。

「俺は逃げる。頼むから俺の縄を解いてくれ！　あそこにナイフを隠してある」

と言って、スブグジャブは後ろに縛られた手で床下を指した。彼は罪を認めるどころか、自称「革命者」に罵声を浴びせ続けたので、両手を後ろに縛られていた。ナヤンテはしぶしぶとナイフを取り出し、彼の縄を切った。

「俺の縄を解いてくれたあなたを、あいつらが黙って見逃すことはない。ここに残って殺されるより、逃げて死ぬ方がましだ」

と言いながら、彼はナイフで窓の蝶番《ちょうつがい》を壊し始めた。

二人は草原で馬を見つけ、星を目印にしてモンゴル人民共和国に向かって暗闇の草原を走り続けた。一九六八年の春のことである。間違いなく追っ手が来るので、二人はまっすぐ国境には向かわず、国境線に向かって斜めに進んだ。スブグジャブが考えた方法である。

「弟のナヤンテとスブグジャブを翌日に処刑することが決まっていたそうだ。神が彼を送って弟を救ったとしか言いようがない。二人が逃走したすぐあと、『革命者』たちは武装民兵を出動させ二人を探した。暗闇の草原で、鞍のない裸の馬に乗った人は遠くには行けないはずだと判断し、国境線あたりを重点的に捜索したようだった。あのスブグジャブという男はそれを知っていて、まっすぐ国境線に向かうような足跡を残してから、方向を変えて斜めに進んだという。あの男はただ者じゃなかった」

と、アヨシは語る。

しばらく沈黙してからアヨシは続けた。

「弟が逃亡したあと、私たちも動員され、このラマ・イン・クレー寺の後ろに見えるウリヤスタイ山を捜索した。周りにたくさんの洞窟があり、ひとつずつ調べた。調べ終わった洞窟の入り口にペンキで確認済みの印として番号を書いた。一〇〇以上はあったと思う。その中に明らかに人間の手が加わったような洞窟があった。石で作った貯水タンクのようなものもあり、雨水がそこに流れて入るように作られていた。日本特務機関が掘った洞窟だという。よくこんなものを掘ったなあと思いながら黙々と調べた。ある洞窟に狼の子が隠れていた。『革命者』たちが大喜びして、足で踏み殺して鞄に入れて持ち帰った。それからというもの彼らは逃亡犯より狼の子どもを探すことに夢中だった。漢人たちは防寒性が優れている犬や狼の皮の外套を好んで着ていたから」

一九〇〇年代以降、ウジムチン草原のモンゴル人は、隣接するモンゴル人民共和国（現「モンゴル国」）に三回ほど集団移住している。一回目は「丑年の乱」の時である。一九一一年にモンゴル国の国師であり、宗教と政治の両方をつかさどっていたボグド・ハーンことジェプツンダンバ・ホトクト八世は、清朝から現在のモンゴル国を独立させたのち、一九一三年一月に内モンゴルにも軍隊を派遣し、内外モンゴルを統一することを試みた。モンゴルでは「丑年の乱」と呼ばれている。このことがきっかけで一九一四年に東ホーチト旗と東ウジムチン旗の大半のモンゴル人が、「母国の懐に帰る」と言って現在のモンゴル国に集団移住した。その時、西ウジムチン王が警備隊を作り、移住する人々を強制的に引き留めたので、西ウジムチンからモンゴル国に移住した人はほとんどいなかった。一九一五年頃、ごく一部が故郷に戻った。

二回目は日本の敗戦がきっかけである。一九四五年八月、ソ連・モンゴル人民共和国の連合軍の侵攻に伴い日本人はウジムチン草原を撤退した。それを待っていたかのように、漢人匪賊が次々とモンゴル草原に侵入し、治安が悪化していった。その時、ウジムチン草原のモンゴル人の多くが「亡国のバターをなめるより、母国の水をすすった方がまし」と言ってモンゴル国へ集団移住をした。東ホーチトの人々は今のモンゴル国のスフバートル県のエルデニチャガン・ソムへ、東ウジムチンの人々はドルジ王に連れられてドルノト県のスルグルン・ソムへそれぞれ集団移住したのである。

三回目は文化大革命の時である。この時は大集団での移住はなかったものの、五、六戸での移住はよくあった。そのほとんどがアヨシの弟のナヤンテと同じく「夜逃げ」だった。新しい土地への移住はかなり覚悟が必要である。今と違って混沌とした時代でもあったので、移動中に盗賊に遭遇して殺されるかもしれないし、とにかく危険を伴う行為であったが、人々は移住という道を選択した。モンゴル人にとって遊牧は単に水や牧草を求める行為ではなく、自由への探求でもある。

前に述べたウジムチン草原のモンゴル人のモンゴル人民共和国への二回目の集団移住にこんな歴史的真実が関わっていた。

6　国境を跨る集団移動と活仏を巡る画策

一九三〇年代初期、モンゴル人民共和国南部の遊牧民が内モンゴルや新疆ウイグル自治区へ、西部の遊牧民がカザフスタンへ集団移住することが起きた。ソ連の指導で行われた暴力的公有化政策やそれに伴う階級闘争、有産階級とされた活仏や名僧をターゲットにした寺院破壊、旧正月など民族古来の習慣を禁じたことに対して不満を持った人々やその被害から逃れた人々である。これについて日本の『時事新報』（現「毎日新聞」）も次のように報道している（神戸大学経済経営研究所 新聞記事文庫 アジア諸国（7―014）一次情報による――著者）。

【昭和十（一九三五）年二月三日―二月五日】一昨年、三三年度にこの樂園（モンゴル人民共和国――著者）を脱出して内蒙古に永住の地を求め來つた者が約二萬人もある。二萬人といへば、外蒙の人口八十萬の約二・五パーセントに當たる。（中略）

ロシヤの強壓下より内蒙古に逃れ來つた外蒙古の避難民は錫林果勒盟《シリンゴロ》に約四千八百、烏蘭察布盟《ウランチャブ》に約七千、伊克昭盟《イクチャオ》に約八千を數へるが、（後略）

同新聞はモンゴル人民共和国の遊牧民が内モンゴルに集団移住した要因を、その指導者でもあった活仏デロワ・ホトクトの話として「現在蒙古国ではその家畜が全部国有に移され、彼等は単にこれを国家より委託管理しているにすぎない。しかもその内から食料として一年一人三頭を屠殺することを許されるのみで、規則に反して一頭でも余分に屠殺し、食糧に供した者は家畜全部を没収されるばかりか、家族は銃殺に処される」と記している。

シリンゴル盟の徳王ことデムチョクドンロブは、関東軍特務機関の働きかけで、匪賊に襲われながら放浪するモンゴル人民共和国からの移住民に牧草地を提供することを決め、彼らの精神的指導者でもあった活仏デロワ・ホトクトに、各地に散らばっていた移住民を集めるように依頼する。そして、一九三八年に徳王の活動の拠点だったシリンゴル盟西スニト旗に、活仏デロワ・ホトクトの名前にちなんで「デロワ・イン・アイムグ」または「シン・スニト」と呼ばれる、モンゴル人民共和国からの移住民の部落が誕生し、その近くの滂江《パンジャン》にあった日本特務機関の管轄下におかれた。これは、名僧デロワ・ホトクトを対モンゴル人民共和国工作に利用するための、関東軍特務機関が練った画策でもあった。なお、シン・スニトこと移住民の集落は、当初現在の西スニト旗のサンボラグ・ソムあたりにあったが、のちにアチドオール・ソムあたりに移った。

一九三九年頃、シン・スニトに小学校まで新しく建設され、子どもたちはそこで日本語を習い始めた。もちろん、部落内に日本の特務機関分機が設置されていて、移住民に紛れ込んだソ連のスパイを取り締まる一方、移住民の中からモンゴル人民共和国に送るスパイを訓練したり、移住民がもたらした情報をもとにモンゴル人民共和国の地形に関する詳細な地図を作製したり、一部の青年をもって謀略部隊を編成したりしていた。

一方、モンゴル人民共和国からの移住民は滂江で「ハルハ・イン・ホラル」という法会を開く傍ら自分たちが進むべき道を模索していた。滂江はモンゴル語でガションノ・ホンホルという盆地のことであり、現在の西スニトのバヤンゴビあたりにあった。雨季になると盆地に雨水が溜まるので、「水が湧き出る江」という意味で滂江と名づけられた。雨水がみなぎって逆巻くことからモンゴル語でハノホとも呼ばれていた。滂江はもともと張家口とウランバートルを結ぶキャラバン隊が使用する宿場のひとつであり、周りに無人の草原が広がっていることから陸の

写真18　徳王が初めて自ら結成させた内モンゴル烏滂国境守備隊第1班の兵士

結成当初の隊員は1500名で、徳王は自ら隊長を務めた。

オアシスとも呼ばれていた。滂江の次の宿舎は現在の中国からウランバートルまで走る列車の中間駅であるザミンウード（エレンホト）あたりである。一八八九年に清朝政府が滂江に無線機基地を作り、一九一七年にさらに車の走る道路が整備されたことにより、様々な人々が行き来する商業町として栄えた。徳王が初めて自ら結成させた内モンゴル烏滂《ウーパン》国境守備隊もこの商業ルートの治安を守る名目で結成された部隊であり、ザミンウードの中国語表記「扎門烏徳」の烏と、「滂江」の滂を用いて「内蒙烏滂守境隊」と名づけられた（写真18）。

日本特務機関は、モンゴル人民共和国からの移住民を利用して自分たちの影響力をゴビ地域の北にまで広げることを計画した。この時、一九二四年に他界したジェプツンダンバ・ホトクト八世がチベット高原に転生したというニュースが舞い込んだ。このニュースにいち早く注目したのは関東軍特務機関だった。関東軍はジェプツンダンバ・ホトクト九世（一九三二―二〇一二）を内モンゴル草原、正確にいえば、移住民集落に招致し、自分たちの庇護下に置くことを計画し、一九三九年、デロワ・ホトクトに大金を持たせて密かにチベットに派遣するが、この計画が国民党側に知られ、デロワ・ホトクトは重慶で軟禁される羽目になった。軟禁される前の一九三八年の春、デロワ・ホトクトは日本特務機関が企画した視察団に参加し、四五日間、満洲国、朝鮮半島や日本を視察していて、日本滞在中、挨拶に来たモンゴル人留学生全員にお小遣いとして金貨を渡したといわれている。

そこで日本特務機関は、徳王の三男ワチルバト（一九三四―二〇〇九）をジェプツンダンバ・ホトクト九世として即位させる計画を立て、ダライ・ラマ法王に認定してもらうため、一九四二年に再びデロワ・ホトクトをチベットに派遣した。しかし、ガンデンポタン摂政政権によってジェプツンダンバ・ホトクト九世がすでに認定されていたことや、徳王自身もあまり賛成しなかったことなどで、この計画も尻切れトンボに終わった。ちなみに、一九九八年の冬、私は内モンゴルのフフホト市のあるモンゴル料理の店で毎週のようにワチルバトと会い、彼の話を聞いていた。

一九四五年八月、対日参戦のために内モンゴルに侵攻してきたモンゴル人民共和国軍は、飛行機でビラを撒くなどして、内モンゴルに移住した自国民に帰国するように呼びかけた。その時、活仏デロワ・ホトクトは「内モンゴルの社会情勢がとても不安定になってきたので、あなたたちはここに残れば全員が苦労すると思う。帰国すれば一部の人々は苦労するかもしれないが、全員が苦労することはまずないだろう」と諭したという。そこでデロワ・イン・アイムグの人々は母国を目指して動き出し、シリンゴル草原に誕生したデロワ・イン・アイムグも幻と消えた。その波に飲み込まれる形でシリンゴル草原のモンゴル人も集団移住に加わり、その移動が一九五〇年代まで続いた。

つけ加えていうと、帰国した移住民を待っていたのは、「反逆者」「日本特務」「日本帝国主義の走狗」といった非難や差別であり、到着するやいなやほとんどの男性が拘束され、強制労働をさせられたという。それを知っていたかのように、活仏デロワ・ホトクトは帰国せず、アメリカ情報機関のオーウェン・ラティモアの手助けで一九四九年にアメリカに渡り、一九六五年に他界した。

7　日本特務機関の手先となった「義賊ネムフ」

「そういえば、一九五二年に『義賊ネムフ』が潜伏しているといって警察や民兵が動員され、ウリヤスタイ山を捜索したことがあった。革命工作隊がネムフに食料を提供した疑いがある老僧侶を捕らえ、厳しく取り調べをした結果、ネムフがウリヤスタイ山に隠れていることがわかった（写真19）。そして、何日も観察し、彼が洞窟に戻るのを確認してから、警察や民兵がウリヤスタイ山を囲んだ。しかし、洞窟の中の簡易ストーブにお茶が湧いていて、手製爆弾が何個か置かれているだけでネムフはいなかった。その苦い経験もあって、『革命者』たちは弟たちが逃げた時、すべての洞窟を入念に調べさせた」

と、アヨシは語る。

アヨシがいうネムフとは名高い義賊である。ネムフは西ウジムチン旗の東北部出身でボラグ寺の僧侶だったが、寺院生活に馴染まず、自ら還俗した。彼は幼い時から乗馬が得意で、名馬に目がなかった。さらに射撃の名手である上、自ら銃を改造したり手製爆弾を作ったりするほど手先が器用だった。その生まれつきの才能が、彼を義賊の世界へ引き入れてしまったようである。ネムフの銃は彼にしか扱えないもので、他人にその銃を渡して自分を撃ってもらったことがあったが、至近距離からも当たらなかったという。彼はもともと僧侶だったこともあり、人を殺すことを嫌った。だから、自ら銃や銃弾を改造したりした。また、ネムフの手製爆弾の材料は主に馬の糞、塩、赤粘土だったので、大きな音がするわりに殺傷能力がなかったという。

このように、今でも地元の人々の間に義賊ネムフに関する武勇伝が語り継がれているが、なぜ彼が軍隊にまで追われることになったのか。それにはこんな史実があった。

民俗学者のナ・ブヘハダによれば、ラマ・イン・クレー寺にあったアバガ特務機関ラマ・イン・クレー分機は、モンゴル人民共和国の国境線沿いの小さな寺にも分機を設置したり情報員を派遣したりしていた。また、国境近くの重点地域に約二〇名のモンゴル人から編成された国境哨兵隊を配置し、モンゴル人民共和国にスパイを送り込んでいた。スパイの中ではネムフという人がとても有名だった。彼はモンゴル人民共和国に頻繁に出入りをしてスパイ活動を行っていただけでなく、毎回のようにモンゴル人民共和国から軍馬を群れごと盗んできていたという[Na.Bökeqada 2007: 201]。

写真 19　「義賊ネムフ」が隠れたウリヤスタイ山
今は観光地になっている。

一九四五年に対日参戦したソ連・モンゴル人民共和国連合軍は、ウジムチン草原に来るや否やスパイ活動だけでなく、自分たちの軍馬を群れごと盗んだネムフを探し始めた。当時、ソ連側も日本特務機関が活動している地域にモンゴル人民共和国のモンゴル人をスパイとして送っていたので、ネムフの隠れ場も間もなく見つかり、彼は連合軍に拘束されていった。

一年後、ネムフは脱獄し、ウジムチン草原に帰ってくる。しかし、故郷は様変わりしつつあった。一九四五年に日本がウジムチン草原を撤退したのち、内モンゴル全体に中国共産党の影響力が増し、中国共産党が率いる、内モンゴル自治運動連合会シリンゴル盟分会が成立し、共産党幹部が中心となった革命工作隊が各地で土地改革を展開させていたのだ。

一九四八年に西ウジムチン王室の家庭教師のホトランガーが土地改革に反対し武器を持って立ち上がった時（第五章参照）、義賊ネムフもホトランガーに賛同し、彼の部下となり、各地で戦闘を繰り返すが、ホトランガーの部隊は徐々に内モンゴル騎馬師団に押され、やがてモンゴル人民共和国に逃げることを計画する。その時、モンゴル側が「脱獄犯ネムフ」を引き渡すことを条件とした。一九四九年六月、ホトランガーはしぶしぶ承諾し、部下のネムフをモンゴル側に渡すが、またも逃げられてしまう。ホトランガーがネムフをモンゴル人民共和国の国境警備隊に渡したあと、両者が煙草をふかして雑談している隙に、ネムフは両手を縛られたまま馬を走らせた。慌てた警備隊が拳銃を発砲するが、ネムフは馬の首から垂れ下がる姿勢で走り去ったとのこと。馬を撃てば一瞬にして捕まえることができたが、モンゴル人は馬を撃たない主義である。

かつて日本に雇われてモンゴル人民共和国でスパイ活動をしただけではなく、雇い主のために軍馬まで盗んだネムフには、共産主義の赤い革命に染まっていく故郷にさえも居場所がなくなっていた。彼はウリヤスタイ山を拠点としながら一九五二年まで野宿生活を続けたのだった。その時、ネムフの胸中に去来したのはいったいどんな境地だったのだろうか。

歴史研究家のゲレルによれば、当時、内モンゴルの主席だったウラーンフーから東連合旗に「放牧地域に盗賊を一人も残してはならない」と指示があり、それを受けて東連合旗警察署長のエンヘバトをリーダーとする約一〇名から成る捜索隊が結成された。捜索隊が三年以上をかけて調査した結果、ネムフがウリヤスタイ山を拠点にしていることが判明した。そして、一九五二年旧暦八月中旬に何百人もの警察や民兵を総動員させてウリヤスタイ山を包囲し、捜索したがネムフを捕らえることはできなかった。アヨシが言ったように、洞窟の中のストーブに火が燃えていて、乾燥させた羊の肉や山羊のなめし皮の布団類、手製爆弾があるだけだったという。当日、ネムフはどうやって大規模な捜索網をかいくぐったのか、謎のままである。しかし、その一〇日後にネムフが西スニト旗の北部にいることが目撃され、待ち伏せをしていた政府幹部に撃ち殺されたという［Gerel　1987: 198］。

ネムフが殺されたあと、彼が使っていた銃や手製爆弾を各地で展示し、政府役人が「盗賊になればネムフと同じ運命を辿ることになる」と高らかに宣伝していたという。

8　再会

「弟が逃げたことにより一家は大丈夫でしたか？」

と、私は聞いた。大丈夫ではなかったことは知っていたが、どうしても真実を、目の前にいる歴史の生きた証人の口から直接聞きたかったのだ。私の質問を聞いてアヨシの目が曇った。そして、ハンカチを取り出して涙を拭いた。私には続けて聞く勇気がなかった。それを察知したアヨシの娘が話題を変えた。

モンゴル遊牧民は喜怒哀楽の表現が非常に乏しい民族である。特に自分の苦労を口にして表現するのが大の苦手で我慢強い民族である。厳しい自然界の中で生きてきた経験によって生まれた性質であるが、ラマ教の影響であらゆる苦楽を前世からの運命であると甘受する一面もある。忘れてはいけないことは、文化大革命がモンゴル人にもたらした「苦労」は、自然界がもたらす苦労などと大きく異なる。あれはあまりにも非人道的な行為を伴った「苦労」である。八〇歳を超えた老人の涙はそれを語っている。

「ナヤンテ叔父はモンゴル国のボラガン県でモンゴル国民として生活しています。高校生の頃、私は他人に聞いた情報をもとに叔父に手紙を書き続けました。他人というより、一九六八年に叔父と一緒に逃げたスブグジャブという男が強制送還されて帰ってきたのです。彼が戻ってきたことを聞いてすぐに、父は彼の所を訪ねました。厳しい取り調べの中でなんとか住所を聞くことができました。住所というか、日本でいえば県と町名しかわからなかったのです。それを頼りに手紙を書き続けました」

「私はモンゴル国で使われているキリル文字が書けないので、キリル文字ができる知人に頼んでたくさんの封筒に住所を書いてもらいました。それから一通でも届くだろうと思って二年間書き続けました。ちょうど諦めかけていた時、突然、返事が来ました。そこに『手紙が届いた』とだけ書かれていましたが、私は喜んで飛び上がりました。今と違って厳しい時代だったので、それ以上書けなかったのだと思います。それから便箋でのやり取りが始まりました」

「一九九八年にナヤンテ叔父が家族とともに一時里帰りしました。父はナヤンテ叔父をすごく可愛がっていて、四歳しか年の差がなかったけど、小さい頃、いつも叔父を肩車して遊んでいたらしい。だから、約三〇年ぶりの再会に父親は感動してずっと泣いていました」

と言いながら、娘のサランは涙を拭いた。

「スブグジャブという男は何者だったの？　どうして強制送還されたのかな？」

と、私は聞いた。この謎の男のことが気になってきた。

「風来坊である。簡単にいえば義賊かなあ！　とにかく馬が好きで、気に入った馬があれば必ず手に入れた。いつも県外から馬を盗んできて貧しい人にあげていた。有力者や金持ちばかり狙っていた。といっても自分は乗っている馬と着ている衣装以外は何も持たなかった。モンゴル国に逃走してからもその癖が治らず、国中を荒らしたという」

と、アヨシは答える。

モンゴル人は昔から義賊を憎まない。あれは男の中の男がやる仕事であり、義賊がモンゴルの英雄叙事詩の一環を担ってきた一面もある。だから、モンゴル側もスブグジャブを処刑せず、故郷に強制送還したのである。

「スブグジャブは人民公社があまり好きじゃなかったようで、文化大革命の前、人民公社の馬群をモンゴル国の方へ追い出していた。だから、文化大革命中に国家の財産を盗んだという罪で捕まえられたらしい。彼が漢人『革命者』らに向かって、お前らこそ糞泥棒だ。俺は自分の家の物を動かしているだけ。よそ者に何の関係もないことだと叫んでいた。だから、殺されるのは時間の問題だったみたい。彼もそれを知っていて逃げたと思う」

アヨシは時々休みながら話した。

「一九九三年にラマ・イン・クレー寺の本堂を復元させた時、叔父のナヤンテを住持として招きましたが叔父は拒みました。叔父は内モンゴルで活仏として優雅に暮らすより、モンゴル国でごく普通の牧畜民として生きることを誇りとしているようです。九八年に叔父が一時期里帰りした時、多くの遊牧民が謁見を望んだが、叔父はそれを拒み続けました。それでも我が家に向かって、一番の清らかな供え物とされる牛乳を捧げながらひれ伏して拝む人が絶えませんでした。活仏だからこそあの革命の嵐を生き抜いたとみんなが話していました」

と、サランは言う。

アヨシの顔に疲れが見えてきたので、私も話題を変えた。

9　「あの若い日本人夫婦は無事帰国したのかなあ！」

私は日本の古本屋で見つけた日本語の文献の中にある、一九四〇年代のラマ・イン・クレー寺の写真をアヨシに見せた。鮮明とは言いがたい白黒の写真だったが、アヨシは見た瞬間「我がチョクチン・ドガン（総本堂）」だと言った。その目が輝いた。彼はその写真を見つめながら「もうない……」と呟いた。隣にいた娘が父親の言葉を整理して「今のラマ・イン・クレー寺は建て直されたものです。文化大革命中に完全に壊されたので。父はそのことを言っていると思います」と説明してくれた。だが、私にはアヨシの言葉は違った意味に聞こえた。今の内モンゴルには、かつてのラマ・イン・クレー寺もなければ綺麗な草原もない……。

「あの日本人の奥さんはとても優しい人だった。私たちが遊びに行くと、いつもお菓子をくれた。私たちが両手の掌を合わせて茶碗の形にすると、笑いながら私たちの掌がいっぱいになるまで入れてくれた」

と言いながら、アヨシは両手を合わせて真似してみせた。そして、その手を額に当てたまましばらく口の中で読経した。目が潤んだように見えた。

モンゴルやチベットでは、子どもが大人から何かをもらうと必ず両手の掌を合わせて茶碗の形にする習慣がある。相手への敬意である。日本ではあまり見かけない習慣だったので、彼女が笑ったのかもしれない。読経が終わると、アヨシが「とても美味しそうだったが、一口も食べなかった」と残念そうに話した。

「どうして食べなかったのですか」

と、私は慌てるかのように聞き返した。アヨシはミルクティを一口飲んでから続けた。

「私たちは菓子を持って帰った。すると、ベッドの上であぐらを組んで座り、読経をしていた師匠が、私たちが持っているお菓子を見た瞬間、ベッドを飛び降りた。まるで鷹が獲物を掴むように私たちの手からお菓子を取り、全部厨房の薪ストーブに入れた。そして、ゆっくりと一息してから言った。『くれる時はニコニコしながらもらえばよい。だが、それを食べてはならん。見ただろう！　あの男が犬に毒をやっているのを。それを食べたら君らもあの犬のようにもがきながら死ぬ』と叱られた。それからというもの、私たちはお菓子をもらうたび、師匠に持っていくようになった。師匠はそれを薪ストーブに入れたり穴を掘って埋めたりした」

モンゴルでは歩きながら食べることは行儀の良くない行為に当たる。活仏どころか、普通の子どもも歩きながら食べることは禁じられているから、二人はお菓子をそのまま持って帰ったであろう。もしそのお菓子を食べていたら、彼らの距離が一気に縮んだかもしれないと私は勝手に思った。

「時々、あの若い奥さんは師匠にもお菓子や果物類を持ってきてくれた。故郷から送られてきたと言っていたと思うが、身振り手振りで説明しながらハンカチのようなものに包んだお菓子を師匠に渡していた。師匠はすごく喜ぶふりをして両手を合わせて感謝するが、彼女が帰るや否やそれをストーブに入れていた。そして、私たちに『食べるな！　毒が入っているかもしれない。あの男が犬の毒をやるのを見ただろう！　あの犬が苦しみながら最後に尻尾だけが動いていたのを見ただろう！　これを食べたら君らもあの犬と同じく苦しみながら死ぬ。だから、絶対に食べるな』と言っていた。当時、誰が敵で誰が味方かわからない状況だった」

「あれは最後に自分たちが自殺するための毒であり、犬で効果を試していると話している僧侶もいた。その僧侶は『この話を内緒にして！　絶対に彼らにしゃべるな！』と私たちに注意していた」と言って、アヨシは懺悔《ざんげ》するかのように両手を合わせて拝んだ。しばらく沈黙が続いた。それからアヨシはリビングにあったテレビを見つめながら何かをしゃべった。私にははっきりとは聞こえなかった。隣にいたアヨシの娘が「当時、周囲の大人たちは、日本人は平気で切腹するのだから、お前らを殺すのは朝飯前だと話していました。だが、私は彼らが人を殺しているのを見たことがない」と父親の話を整理してくれた。この言葉は私にではなく、テレビに向かって言っているように思えた。テレビに向かって「お前は真実を語っていない」と言っているように思われた。

「あの二人は無事帰国したのかなあ！　撤退中、道を逸れたり殺されたりした者も多かったそうだが……。子どもだったので名前さえ覚えていない。もし名前を覚えていたらあなたに探してもらったのに……。彼らが帰ったあと、我がガルブのみんなが心配していた。短い期間だったけどいい思い出だった」

そう言ってからアヨシは静かに読経した。そして、「あの女性は立派な方だった。子どもの私にもわかる。彼女なしではあの無愛想な男はやっていけない」と呟いた。

日本と雲煙万里を隔てたモンゴル草原で暮らす遊牧民が、子どもの時に出会った日本人のことを鮮明に覚えており、今でも彼らの無事を祈り続けている。彼らと出会ったことにより「日本特務」「日本帝国主義の走狗」としてひどく拷問され、人生の歯車が大きく狂ったのにも関わらず、彼らの無事を祈り続けている。過去にとらわれ、今日でも憎しみ合い、対立し続ける人々と対照的である。そう思うと私の目が潤んできた。彼のこの偉大な精神はどこからきたのか？　私が日本から内モンゴルに帰ってしまえば、何十年かのち、私のことを覚えている日本人はどれほどいるのだろうか？　私はいろいろと考えながら席を立った。

アヨシと出会い、話を聞くことができたことに私は感謝している。彼は私に多くのものを気づかせてくれた。

第三章 「かつてウジムチン草原は日本の統治下にあったことを今の日本人は知っているか」

――ラマ・イン・クレー寺の住持ポンソグの回想

1　母なる塩湖「エージ・ノール」

二〇一七年の六月一四日の午後、友人のソルトラトの案内でラマ・イン・クレー寺を訪問した。住持ポンソグ（一九三二―二〇一九）に会うためである。友人のソルトラトはこの寺の若手の僧侶であり、チベット医学に精通した名医でもある（写真20）。

ポンソグは第二章に登場するアヨシと幼少の頃からラマ・イン・クレー寺で一緒に修行していた。アヨシへのインタビューが終わって帰る時、彼は「私は活仏の兄であり、遊び相手であったので縛りも多く、自分の時間がほとんどなかった。ポンソグは私たちと違って一般の僧侶だったので、比較的自由に他のガルブにも出入りすることが許されたと思う。だから、同じ寺にいたけれど、彼が見たものと、私が見たものは違うはずである。是非とも彼に会ってください」と、ポンソグを紹介してくれた。

私たちが部屋に入ると、ポンソグは昼寝をしていた。少し待っていると彼は起き上がった。八五歳と思えないほど手足がしっかりした人だった。私の出身地などを尋ねてから「さすがチャハル草原の若者！」と一言褒めた。チャハル地域は内モンゴルの中で比較的学識が高い地域として知られている。ポンソグの言葉はそういう意味である。

写真 20　ラマ・イン・クレー寺の住持ポンソグ

ポンソグの修行名はロブソン・シャルブというが、文化大革命の「恐怖症」から修行名を使えなくなったという。ポンソグは一九四三年にラマ・イン・クレー寺に入門し、顕教学堂でチョイールと占星術について学んだ。彼は目の前にあった茶碗を手に取って「チョイールとは、与えられた課題について様々な視点から論争する仏教教理問答・教義問答の技術のことである。例えば、この茶碗は、今は白色であるが、もともと白色だったのか、様々な観点から互いに問答し合って論争する。だから、私は口喧嘩が上手なんだ」と笑いながら自分の専門を紹介した。

ラマ・イン・クレー寺は、最盛期には約一五〇〇人の僧侶が在籍していた。一九四五年に関東軍の特務機関がラマ・イン・クレー寺を撤退した時も八八一人の僧侶がいたが、中国建国と同時に実施された寺院改革中に、ほとんどの僧侶が還俗させられた［Na.Bökeqada　2007: 4］。前に述べたナヤンテとアヨシもその中の二人である。そして、かの文化大革命中、地位の高い僧侶が「革命者」によって吊るし上げられ、残りの僧侶は強制還俗され、寺は跡形なく壊された。一九九〇年代、ラマ・イン・クレー寺を再建した時、ポンソグを含め当時の僧侶七七人が集まったが、今も生きているのは彼のみである。だから、私は何百キロの道のりを超えて、歴史の生きた証人に会いに行ったわけである。

「先生《バクシ》の出身地はどこですか」

と、私は話を切り出した。

「私はエージ・ノールの近くで生まれ育った。当時、エージ・ノールは西ウジムチンの領土であった。だから、正確にいえば私は西ウジムチンの人間なのである。一九三〇年代のウジムチン草原は、東ウジムチン旗、西ウジムチン旗、東ホーチト旗、西ホーチト旗といった順に縦に分かれていた。中国建国直前、東ウジムチン旗、西ウジムチン旗、東ホーチト旗を合併させて東連合旗としたが、ソビエトと中国の間におけるイデオロギーの対立を背景に一九五六年にもう一度行政区画が整理され、東連合旗を横に分ける形で今の東西ウジムチンが生まれた。その際、エージ・ノールは東ウジムチンに入ってしまった」

と、ポンソグは語り出した。

エージはモンゴル語で「母」の意味であり、ノールは「湖」を意味する。人々の生活に必要不可欠な塩を提供してくれる、この塩湖《ダブスン・ノール》のことをモンゴル人は母なる湖「エージ・ノール」と崇めてきた。

「日本統治時代、日本人がエージ・ノールの経営権を握っていたようで、エージ・ノールの塩をトラックや駱駝でアバガまで運び、そこから中国各地に運んでいたとのこと。当時、エージ・ノールの塩を巡る争いやその話題が絶えなかった」

と、ポンソグは回想する。

内モンゴルに塩ができる湖はいくつかあるが、その中で母なる湖「エージ・ノール」と呼ばれているのは、この湖だけである。つまり、それほど塩の質が良いということである。そこに当時の統治者でもあった日本人が目をつけるのは当然といえば当然である。森によれば、大蒙公司は内モンゴルにおいてアヘン、塩務と胡麻の統制を図っていた。塩務においても主に運送を担当していたという［森久男　二〇〇九ａ：六二—六四］。だから、ポンソグが聞いた「日本人がエージ・ノールの塩をトラックで運んだ」という話は信憑性が高い。

2　縁起

「我がラマ・イン・クレー寺にボヤンチョグトというモンゴル相撲の力士がいた。彼は僧侶でありながら名力士でもあった。徳王が訪日の際、ボヤンチョグト力士と、我が寺の支院であるインジガン寺のユンタン力士を連れていき、天皇陛下の目の前でモンゴル相撲を披露したという話がある」
と、ポンソグは語る。

徳王の一回目の訪日は一九三八年一〇月一九日であり、二回目の訪日は一九四一年二月一五日である。二回とも昭和天皇に謁見しているが、昭和天皇の前でモンゴル相撲の公演を披露したという記録はない。ポンソグがいう「天皇陛下の目の前で相撲を披露した」というのは、おそらく一九四〇年六月に開かれた東亜競技大会のことであろう。ただし、この時は徳王の訪日はなかったはずである。

この時の東亜競技大会は東京大会と関西大会に分けて行われた。東京大会は六月五～六日に明治神宮外苑競技場で、関西大会は一三～一六日に関西地域の各競技場で開かれた。東京大会では二日目の六日に蒙古聯盟自治政府の代表によるモンゴル相撲と中国代表による国術（武術）の公演が行われた。関西大会の場合は、大会のプログラムでは甲子園で開かれた閉会式前に両代表による公演が行われるとあり、日程表に「備考　国術並に蒙古角力を適宜追加す」とあり、いつ行われたのか不明であるが、選手名簿にユンタンを含む計一一名のモンゴル人（監督一名）の名前が掲載されている。ただし、選手名簿にボヤンチョグトという名前がなく、ボヤントという名前があるが、この二人は同一人物であるという。モンゴル側の資料では、大会中に行われた親善試合でボルバトルは日本人力士一七名を、ユンタンは日本人力士七名を次々に倒し、観客の称賛を浴びたと記録されている［Agwanglabsüm 2014: 839-842］。この競技大会後、どこかの研究機関がモンゴル人力士の精子を採取したという話もあれば、日本人女性とモンゴル人力士を結婚させる計画が密かに進められていたという話もあるが、真相は不明である。

東亜競技大会関西大会番組表（一九四〇年六月一三日発行）によると、モンゴル相撲を公演した蒙古聯盟自治政府の代表はこのようになっている。

団長：久光正男　　副団長：久来修身　　監督：ナチン（Način）

選手：ボルバトル（Borobayatur）、チョジヤ（Čojjoo）、ウルヂホトホ（Ürjihotog）、ユンタン（Yongdon）、ボヤント（Buyantü）、ダマバルラ（Demberil）、アラバサル（Arabsal）、ホンジフ（Ɣongǰoo）、ジグムド（Jigmid）、ドンユド（Dongyid）　　（モンゴル語のローマ字は著者）

この東亜競技大会について当時の雑誌では「想へばオリムピック東京大会を放棄、ひたすら聖戦貫徹に邁進すること三年、昭和五年極東オリムピック大会以来十年ぶりに開かれた本大会は、日本、満洲国、新生中華民国、比律賓、布哇、蒙古の若人二千名が、スポーツによつていよ〳〵固き善隣友好と東亜若人の意気を世界に顕示するわれらが民族の祭典である」（漢字は現行表記に改めた――著者）［「寫眞週報」第一二一号：一八―一九］と紹介しているように、モンゴル人は日本にとって良きパートナーだった。

「この老人は何が言いたいのかと思っているだろう！　私が言いたいのは、あなたははるばる日本から我が寺に来て、私と会って話をしている。これはつまり先人によって結ばれた縁起である。歴史の延長線だといえるかもしれないが、我々はこれを縁起だと理解している。物事は縁起によって存在する。例えば、種が芽を出して葉を茂らせ、花をつけ、そして実を結ぶには、水、肥料、太陽の光など様々な外的条件と原因があってはじめて可能となる。私たち人間も同じく縁起で結ばれている。だからあなたと私はこうして出会った」

と、ポンソグは意味ありげに語る。

「当時、我が寺にモンゴル相撲の名力士も何人かいたし、今でいうボクシング大会も定期的に開いていた。名力士がいたということは収入があるということだよ。また、若い僧侶たちを動員して木版印刷を行ったり、羊毛絨毯も製作したりしていた。よく僧侶は封建社会の象徴とか、搾取階級とかいわれるけど私たちはちゃんと働いて稼いでいた」

と言ってから、彼は顎の下のひげをなでた。

「私がこの寺に入門した時、今の学校のように、子どもの僧侶が門を入りきれないぐらいたくさん出入りしていた。今はこの寺に十何人しかいない。私を除き、みんなが若人だ。私もそろそろあの世に行くから。今日かもしれないし、一〇年後かもしれない。私は時々、彼らにこのことを話す。これは本に書いてあるものではなく、その場にいた人々の記憶の中にあるものだから、責任を持って次世代に伝えなければならない。私は本を書くことができない。書物にして記録しておけばいつでも読むことができるが、記憶はその人が死ねば終わりだから。当時、私は一三歳だった。人間は、歳をとると昨日食べたご飯のことは忘れるが、一〇代のことは簡単に忘れない不思議な生き物だ」

と言いながら、本題に入った。

「一九四五年陰暦七月二日（西暦八月九日）、朝食後、私は燃料用のアルガルの近くにいた。西北の方面から二機の白色の飛行機が轟音を立てて飛んできて、しばらく寺の本堂すれすれに低空飛行してから引き返した。それまで日本の飛行機が時々来ていたが、西南から来ることが多く、色も違っていた。何よりそんなに低空飛行することがなかったので少し気になっていたら、僧侶たちが騒ぎ始めた。ソ連・モンゴル人民共和国が参戦したとのことだった。私は子どもだったので、あまり事情を理解しなかった」

3　羊毛のトーチカ

「当時、ラマ・イン・クレー寺の近くに日本のトウミンゴンシとトゥージョーゴワンがあった。トゥージョーゴワンのボスはタルガン・ノヤンという日本人だった。彼は自分のことをチンギス・ハーンに例えていたという。トゥージョーゴワンの建物の周りには堀があり、部外者は立ち寄ることがなかったが、モンゴル人のタグノール（スパイ）がよく出入りをしていた」

と、ポンソグは回想する。

ポンソグがいう「トウミンゴンシ」とは東蒙公司のことである。東蒙とは満洲国に編入されていた内モンゴルの東部を意味する。私はポンソグと話している時、大蒙公司の間違いではないかと思っていたが、民俗研究家であるナ・ブヘハダが主編した『ラマ・イン・クレー寺』（二〇〇七）などで確認したところ、やっぱり東蒙公司だった。

前にも述べたように、アバガ特務機関に在籍していた元特務員が「蒙疆に大蒙公司が設置され、満内蒙古に東蒙公司が設けられて、蒙古に対する経済基盤が着々として築かれたのもこの時代であったが、これ等事業の系統の中には巧みに軍の諜報工作員が混入し活動していたのである」［岡村　一九九〇：三八］と回想している。ウジムチン草原は蒙疆地域に入るが、関東軍は、アバガ特務機関の活動基盤であるシリンゴル草原の東側を満洲国領土だとみなし、大蒙公司ではなく東蒙公司と呼んでいたようである。

　ところで、ポンソグの話に登場するタルガン・ノヤンはかなり暴君だったらしく、調査中、彼の横暴ぶりについてよく耳にした。モンゴル語の資料でも彼の名前が頻繁に登場する。タルガンはモンゴル語で「太っている」または「デブ」で、「ノヤン」は「官僚」または「偉いさん」という意味であるが、ここには「デブ野郎」という意味も含まれている。民俗研究家であるナ・ブヘハダによれば、タルガン・ノヤンの本名は左近允《さこんじょう》（下の名前が「正也」）といい、タルガン・ナランとも呼ばれていたという。ナランは「日本」を意味する。

　一九四三年に内モンゴルを旅した小説家の貴司山治が、その旅行記『蒙古日記』（村田裕和・澤辺真人翻刻）の中で、左近允との出会いをはじめ、西ウジムチンにある左近允の所に滞在していた日々のことを細かく記している。それによれば、車を降りる左近允に対してモンゴル人は一人ずつ片脚を地に折って挨拶していて、左近允は自分のことを「私はかれら（モンゴル人）の最高審判官」と自慢したり、割箸が足りないといって何かその辺にある物を使用人に投げつけたり、茶碗に埃がついていると大声で怒鳴ったり、味噌汁が美味しくないと、皿にあった骨のついた肉を使用人の頭を目がけて投げつけたりしたという。ある時、左近允が大きな海軍ナイフを、悲鳴をあげて逃げ走る十一、二歳の子どもの後ろから投げつけるのを見たと記しているものもある［村田裕和・澤辺真人　二〇一四：一三六―一三九］。

　貴司によれば、モンゴル人は彼のことをタラカン・バクシ（タルガンの方がモンゴル語の発音に近い）と呼んでいた。左近允本人はこのあだ名に大変満足しているらしく、タルガンはモンゴル語で「巨大」、バクシは「先生」を意味すると貴司に説明したらしいが［村田・澤辺　二〇一四：一三七］、前に説明したようにタルガンはどちらかというと「デブ」という意味が強い。おそらくモンゴル人は本人の前ではタルガン・バクシと呼び、裏ではタルガン・ノヤン（デブ野郎）またはタルガン・ナラン（デブ日本人）とからかって呼んでいたかもしれない。

ナ・フヘハダによれば、最初に西ウジムチン草原に派遣されてきたのは左近允という日本人顧問だった。地元の人々は彼を「タルガン・ナラン」というあだ名で呼んでいた。彼は一九三〇年代の初期から西ウジムチンの王府に頻繁に滞在するようになり、のちに西ウジムチン王府やラマ・イン・クレー寺に特務機関と無線機基地が作られた時にボスとなった。ラマ・イン・クレー寺にあったトゥージョーゴワンは他の寺にも分機を設置したり情報員を派遣したりしていた。ジブホラントとウルジバイルといった約二〇名のモンゴル人の諜報員を使っていたが、なぜか全員が地元出身者ではなかった。まだ、国境近くの重点地域に約二〇名のモンゴル人から編成された国境哨兵隊を配置し、モンゴル人民共和国にスパイを送り込んでいた。スパイの中でネムフという人がとても有名だった。彼はモンゴル人民共和国に頻繁に出入りをして、スパイ活動を行っていただけではなく、毎回のようにモンゴル人民共和国から軍馬を群れごと盗んできていたという［Na. Bökeqada　2007 : 201］。

「トゥージョーゴワンの人たちはラマ・イン・クレー寺にあった羊毛を使って、この寺の裏山の上にトーチカを作っていた。周りに小さな覗き口があり、そこから望遠鏡を使って北の草原を観察していた。私は中に入ったことがない。子どもだから周りから観察していただけ。それに私は非常にのろまだったので入る勇気もなかった」と、ポンソグは謙虚に語った。

羊毛で作ったトーチカと聞くと、ほとんどの日本人が不思議に思うかもしれない。実はチンギス・ハーンの時代からモンゴル人は羊毛で鎧などを作っていた。羊の毛をフェルト状に固め、それを何十にも重ねると銃弾も通さないし、大砲の弾が落ちて爆発しても威力が吸収されるので被害を最小限に食い止めることができる。水で濡らしておけば簡単には燃えない。それに夏には涼しく、冬は暖かい。戦時中、羊毛でできたゲル（伝統家屋）をトーチカにして戦った例は多くある。

「よく考えたなあ！」

と、私は感心して言った。

「現地の人々の協力なしにそんな簡単に思いつくものではないと思う。ラマ・イン・クレー寺のモンゴル人とトゥージョーゴワンの日本人は、互いに協力し合っていた。少なくとも一部のモンゴル人が協力的だったことは紛れもない事実であろう」

「のちにラマ・イン・クレー寺の僧侶たちを使って石や水を運ばせたりして、石のトーチカを建設した。羊毛だと塔のように高くすることができないので。私も水タンクを運ぶ牛車を操縦させられた。ソ連・モンゴル人民共和国の連合軍が侵攻してくると、建設中のトーチカをそのままにして撤退した」

と、ポンソグは回想する。

特務機関員の回想録の中にも、シリンゴル草原から直線距離で八〇〇キロもある張家口という町から、トラック、時にはラクダ隊を使ってセメントを運ばせ、偵察員を残置しておき、敵の後方から敵情を特務機関に知らせるための隠れ穴を掘ったという記録がある［岡村　一九九〇：一三一―一三二］。ポンソグがいう石のトーチカとはこのような隠れ穴のことかもしれない。要するに、日本トゥージョーゴワンは、モンゴル草原で長期間にわたって活動する計画を立てていたようである。

4　親日派活仏ワンチョグダンビニマー

ラマ・イン・クレー寺にいくつかの支院があった。そのひとつがホルゴ・イン・シルゲト支院である。もともと、ラマ・イン・クレー寺から北方、現在のモンゴル国と内モンゴルの境界線沿いにあったが、日本統治下にあった一九四一年に内モンゴル側に深く入る形で移築された。

「ホルゴ・イン・シルゲト寺の第六代目のハンブ・ラマ（住持に当たる）がワンチョグダンビニマー（一八八六—一九四三）という人物だった。彼の幼少の名がバルダンだったと思う。名医であり、ウジムチン草原の北方地域の活仏でもあるので、大衆だけではなく、社会の上層部の中でも知名度が高かった。彼は進歩主義者としてもよく知られている。彼を抜きにラマ・イン・クレー寺にあった日本トゥージョーゴワンについて語ることはできない。私が知っているかぎり、彼は日本トゥージョーゴワンの手足となっていた、ラマ・イン・クレー寺の僧侶の中で最も地位の高い人物だった」

と、ポンソグは語った。

この活仏ワンチョグダンビニマーについて調べてみると、民俗研究家であるナ・ブヘハダ編『集恵寺——ラマ・イン・クレー寺』（二〇〇七）にワンチョグダンビニマーに関する多くのエピソードが載っている。ここにいくつか紹介する（写真21）。

写真21　親日派活仏ワンチョグダンビニマー

『集恵寺——ラマ・イン・クレー寺』（2009）より。

ワンチョグダンビニマーは進歩主義者であった。彼は三〇年代から外国製のジープを乗り回していた。ロシア人の運転手がいない時は、自ら運転して走った。スーツで正装し、ピカピカの皮靴を履き、外国製の望遠鏡やカメラを使っていた。時には般若湯を嗜み、経営能力も高かった。彼はいち早く草刈り機を導入し、家畜の品種改良に取り組み、モダンな建築を建て、外国製品を好んで使った。自宅の床いっぱいに絨毯を敷き、蓄音器を聞いたり、美人と同棲したりして僧侶とは思えない優雅な生活をしていた。

日本統治時代、ワンチョグダンビニマーは日本特務機関と親密な関係を持っており、（特務機関関係の）寺院を自由に出入りしていた。

[Na.Bökeqada　2007: 148]

まだ、親日派活仏として有名なガブジョ・ラマという人は（第四章参照）「ずっとあとになってから知ったことだが、ワンチョグダンビニマーは貝子廟にあったアバガ特務機関と関係が深く、マキノという日本人の支援を得ていた」[Wa.Namjilsürüng　Na.Temčeltü　1998: 40] と証言している。ここでいうマキノとはおそらくアバガ特務機関初代機関長牧野正民のことであろう。

ポンソグも活仏ワンチョグダンビニマーに関するこんなエピソードを話してくれた。このエピソードは今でも民衆の間で語り継がれている。

一九三一年、チベット仏教のグルク派においてダライ・ラマに次ぐ高位のラマであるパンチェン・ラマ九世が、ラマ・イン・クレー寺を訪問した時、ワンチョグダンビニマーはパンチェン・ラマ九世を迎えるために用意された、フェルトを敷きつめた貴賓通路の上を車で走って寺の敷地内に入った。驚いたパンチェン・ラマ九世が寺の関係者に「この人は何者ですか?」と聞くと、寺の関係者が仕方なく「思うまま生きる我が寺の弟子でございます」と渋々答えた。すると、パンチェン・ラマ九世が「構わない！　構わない！　こんな思うままに生きる人はどこにでもいるから」とおっしゃったという（写真22）。

いくら進歩主義者だからといって、これはやりすぎであると言わざるを得ない。特に活仏たる人物からすれば、あってはいけない行為だ。これはおそらく日本とトゥージョーゴワンの指示でやった嫌がらせではないかと思われる。

この時、パンチェン・ラマ九世は、イギリスの支援を受けたダライ・ラマ一三世との対立からチベット高原を離れ、国民党が政権を握る中華民国に亡命していた。このような国民党側に身を寄せた高位のラマが、自分たちが完全に足場を固めきっていない地域で法話会を開くことに対して、日本側は不満であったはずだ。また、当時、徳王をはじめとする内モンゴルの諸王は、モンゴル人民共和国はジェプツンダンバ・ホトクトという宗教指導者がいて、彼を中心とする信仰があってこそ独立ができたと考えていて、パンチェン・ラマを内モンゴルの宗教指導者とすることを望んでいた。実際にパンチェン・ラマのための廟も建てていた。その意味で、パンチェン・ラマがウジムチン草原で法話会を開くことは、内モンゴルの独立を承認したくない日本にとって厄介な存在だったかもしれない。

ポンソグもワンチョグダンビニマーの外国製の車に乗ったり、馬で引っ張らせる草刈り機を導入したり、羊の品種改良に伴う人工授精を試みた話も知っていた。その上でポンソグは「これはつまり日本が侵略戦争を起こした『悪人』であっただけではなく、モンゴル人に近代的な技術を輸出した『善人』でもあったことを意味している」と結論づけた。私はポンソグの意見に賛成である。

私はワンチョグダンビニマーの派手な振る舞いには、日本の対内モンゴル植民地政策を宣伝する一面があったの

写真22　西ウジムチン王の寺（通称「ワンガイ寺」）の一角

1931年、親日派活仏のワンチョグダンビニマーが、パンチェン・ラマ9世を迎えるために用意されたフェルトを敷きつめた貴賓通路の上を車で走ったのは、この寺である。文化大革命中には穀物倉庫として使われていたので破壊を逃れた。

ではないかと思う。一九三三年に関東軍参謀部が作成した内蒙古経済施策起案に「家畜の品種改良・畜産品の製法改良によって、蒙古人の利益を増やす」［森　二〇〇九a：五二］という項目がある。つまり、活仏ワンチョグダンビニマーが草刈り機を導入したり家畜の品種改良をしたりしたことも、この起案に基づいて実施されたことではないだろうか。ということは、ワンチョグダンビニマーの派手な振る舞いは、一個人の個性によるものではなく、日本に協力すればこんな優雅な人生が送れるというメッセージをモンゴル人に伝える「見本」でもあった。その意味で彼は日本トゥージョーゴワンのアメとムチの下で働いた操り人形にすぎなかったのかもしれない。

ワンチョグダンビニマーは一九四三年に五七歳で死んだ。飲酒が原因だといわれているが、日本トゥージョーゴワンによって毒殺されたという噂もある。

5　ふたつの顔を持つ諜報員ウルジバイル

「トゥージョーゴワン（特務機関）はスパイの巣だから外部者が立ち寄ることは不可能である。それは誰もがわかるけど、貿易機関であるはずのトウミンゴンシ（東蒙公司）にも外部者が出入ることが禁じられていたそうだ。トウミンゴンシは獰猛な犬を飼っていて、関係者以外立ち寄ることもできなかったらしい。狼を飼っているという人もいたが、おそらくシェパードだったと思う。当時、獰猛な野良犬は多かったが、なかでもトウミンゴンシの犬は断トツで有名だった。高い塀を軽々と飛び越えたとか、馬に乗った人の背中に飛び乗ったとか……噂が絶えなかった」

「そんなトゥージョーゴワンとトウミンゴンシに、何人かのモンゴル人の諜報員が自由に出入りをしていた。なぜかゲシクテン草原出身のモンゴル人が多かった。その中では、ウルジバヤルとジブホラントという二人が有名だった。ウルジバヤルはいつも日本軍の軍服で正装し、拳銃を携帯していた。私たち子どもにも厳しく、荒地に生えた灌木のようなまばらな髭を偉そうに撫でながら睨んでくる。近寄ると鞭打ちすることもあった。彼は私たち子どもの間でも『有名人』だった。彼が来ると私たち子どもは互いに知らせていた。あいつがきたぜ！　気をつけろ！といった感じで」

「日本人はあまり表に出なかったが、取り締まりが厳しかったように思う。ウルジバイルは中国語もできるそうだが、モンゴル語に多少東部の訛りがあったように覚えている。トゥージョーゴワンのボスのタルガン・ノヤンは、ウルジバイルのことがかなり気に入ったようで、彼はウジムチン草原の三つの旗を自由に行き来しながら生活していた。日本がラマ・イン・クレー寺を撤退したあと、彼も姿を消した」

と、ポンソグは回想する。

私にはこのウルジバイルという人の名前に聞き覚えがあった。そうだ！　アヨシもウルジバイルが子どもたちを鞭打ちしていたことについてふれたことがある。それだけではなく、何か書物の中で彼の名前を見たように思われ、日本に戻ってから調べてみた。すると、すぐに見つかった。日本におけるモンゴル研究の第一人者であった磯野富士子の著書『冬のモンゴル』（中央公論社）に彼の名前が頻繁に登場していたのだ。磯野は一九四四年一二月から翌年二月まで、夫の法社会学者である磯野誠一の研究に伴って西ウジムチンに滞在していた時、このウルジバイルとほぼ毎日のように顔を合わせていた。磯野夫妻のこの研究旅行も大蒙公司や特務機関の支援で実現されたものであった。

磯野はウルジバイルの招待で彼の家を訪れ、彼の奥さんと仲良くなったという。彼女の目にウルジバイルは九歳の娘を愛する優しい父親であり、優しい旦那として映っていたが、時には「学問のある人間は妻がわからないことをいえばそれをたしなめる」と言って頬を平手打ちにするまねをしてみせたりして磯野を驚かせた。磯野は彼に乗馬、モンゴル語やモンゴルの習慣についてもいろいろ教えてもらったとのこと。ウルジバイルの外見ついて磯野は「うすい頭髪をなでつけて細い鰌《どじょう》ひげを生やしている」と記しているだけで、そこからは子どもをも鞭打ちする一面はみられなかった。

「日本が撤退したあと、モンゴル人民共和国側に拘束されたとか、家族を連れて外モンゴルに移住したとか、いろいろ噂が飛び交っていたが、ずっとあとになってからウルジバイルが漢人労働者に混ざってエージ・ノールで働いていた。知人が声をかけたら知らんふりをされたという噂も流れていた。私は自分の目で確認していないが……」

と、ポンソグは呟いた。

日本統治時代、エージ・ノールにおける塩産業を日本人が統制していたことから考えると、「ウルジバイルがエージ・ノールでこっそり働いていた」というのは単なる噂ではないかもしれない。だとすると、彼の人生は大国の狭間で生きる、一人のモンゴル人の人間ドラマである。

西ウジムチンは牧草地が豊かだった上、塩税も入っていたので、他の地域に比べて財政が安定していた。それもあって西ウジムチン王の権力も大きかった。それに前にも述べた「丑年の乱」で東ホーチト旗と東ウジムチン旗のモンゴル人の多くが現在のモンゴル国に移住してしまったこともあり、両旗はどちらかというと西ウジムチンの陰的な存在だった。だから、日本人が西ウジムチンに狙いをつけた。当時、西ウジムチン旗の行政機関の所在地であったワンガイ（王の寺）の近くに日本居住地があり、王府が経営する小学校では日本語を教えていたことが地元史に記録されている。

ソ連・モンゴル人民共和国の連合軍が入ってくる二日前に、反日家として知られている東ウジムチンのドルジ王が使用人のロブサンという人に「赤党が入ってくるそうです」と話したとのこと。その直前にドルジ王からウルジバイルに馬を贈ったという［Arbjiqu　2004: 201］。このことからすると、ドルジ王はウルジバイルの口から赤党の話を聞いた可能性が高く、ウルジバイルは二重スパイだったとも考えられる。

6　国境哨兵隊隊長ゴルブン・ハマル・イン・モンコ

ラマ・イン・クレー寺に滞在していた日本人について調査していると、ゴルブン・ハマル・イン・モンコという男の名前をよく耳にする。彼は射撃の名人でもあった。

ゴルブン・ハマル・イン・モンコについて語る時、人々の目が輝き、まるで英雄叙事詩の中に登場する勇敢な戦士を讃えているようにも、そのような戦士が再び登場することを渇望しているようにも見えた。ポンソグもその一人だった。

彼の本名はモンコであるが、人々は彼の出身地にちなんでゴルブン・ハマル・イン・モンコと呼んでいた。「ゴルブン」は数字の「三つ」を意味し、「ハマル」は「鼻」を意味するが、地名の場合は「鼻の形をしている三つの山」という意味である。

彼はアバガ特務機関ラマ・イン・クレー分機が編成した国境哨兵隊隊長だったようである。モンゴル人民共和国の方から入ってくる諜報員を取り締まる傍ら、現地の日本特務機関員の安全を守ることが彼らの役目だったようである。

ポンソグはこのように回想している。

「その日（一九四五年八月九日）、ソ連軍の大部隊がこの寺の裏山の北側に待機していた。ラマ・イン・クレー寺の僧侶たちが話し合った結果、六人の僧侶を派遣し、裏山の上でソ連軍を出迎えさせた。両者が話し合っている最中、銃声が響き、ソ連軍の軍曹の一人が倒れた。ゴルブン・ハマル・イン・モンコとその部下がやったことだった。彼は『我々は軍人であって銃声もなしで黙ってソ連軍を入れるとは情けない話だ』と言って、僧侶たちと話し合っていたソ連軍に向かって発砲したとのことだった」

「怒ったソ連兵がその場で三人の僧侶を射殺し、残りの三人を縛ってラマ・イン・クレー寺を囲み、寺の本堂に向かって大砲を撃った。その弾が当たって本堂の柱が折れたが、運良く銃弾は信者が本堂の柱に縛っておいた数多くのハダグ（チベット人やモンゴル人が挨拶などで用いるシルクの布）に絡んで爆発しなかった。奇跡としか言いようがない」

と言って、ポンソグは口の中でお経を唱えた。

子どもだったポンソグはソ連軍の動きをずっと観察していた。

「午後二時ぐらいだったと思うが、サイレンが鳴ると、寺を囲んでいたソ連軍が三人の僧侶をトラックに乗せたまま裏山の北側に撤退した。しばらくしてから山の東側を通って寺の東南にある平地に列を作って集合した。トゥージョーゴワンの建物がその近くにあった。子どもたちがその隊列の間を走り回っていた。ソ連軍は子どもたちに無関心だった。それを聞いた師匠たちは『君らも行ってみてください。ソ連軍が何をしているのかを見てきてください』と私たちを行かせた。私がその車の列の間を走っていたら、ソ連軍に捕まえられた三人の僧侶が縛られたままトラックの日陰に座っていた。それからしばらくすると、三人を乗せたトラックはそこから東の草原へ走り去った。そこで三人を銃殺したとのことだった。ソ連軍が撤退したあと、遺族が遺体を確認して泣き騒いでいた。大衆の中に銃殺された僧侶やゴルブン・ハマル・イン・モンコについての噂が飛び交っていた」

「例のゴルブン・ハマル・イン・モンコはどうなったの？」

と、私は慌てるかのように聞いた。いつの間にか私の中でも彼の存在が膨らんでいった。

「二、三日経ってからだと思うが、連合軍に逮捕されたと聞いた。殺さずトラックの前に縛ったまま走り去ったとのことだった」

と、ポンソグは残念そうに話した。第二章の回想者であるアヨシは「ソ連軍がゴルブン・ハマル・イン・モンコをトラックの前に縛って走っているのを見た」と話していた。地元史に関する書物では「その後、モンゴル人民共和国軍がゴルブン・ハマル・イン・モンコを連行していった」［Gerel 1987: 96］と書かれていて、そこから消息は途絶えている。

このゴルブン・ハマル・イン・モンコという男は何者だったのか。どうして彼がソ連軍の大部隊に向かって発砲する無謀なことを起こしたのか。私は勝手にこう想像した。もしかして彼の発砲はソ連軍の動きを鈍らせ、ラマ・イン・クレー寺を撤退した日本人が安全な場所に避難することを手助けするためのものだったのではないか。だから、連合軍は彼を即座に銃殺せず、連れて行ったに違いない。だとすれば、この男は最後の最後まで自分の雇い主を裏切らなかった武士である。彼のその後について今も探し続けている。

つけ加えていうと、アバガ特務機関員の回想録の中にゴルブン・ハマル・イン・モンコだと思われるモンゴル人が登場する。「ムングはこれまた分機長の信頼ことのほか厚く、必要のないとき分機近隣に生活していた。彼は秘密要員の監視網をにぎっていたようである。少し行動がおかしいと思えば、すぐ分機長のところに連れて来て分機長の査問をうけたようである」［岡村　一九九〇：九三］。

このムングという人は、あの話題のゴルブン・ハマル・イン・モンコである可能性が高い。というのは、モンゴル語の話し言葉の中でモンコをムングと発音したりすることがある。それに、当時、多くのモンゴル人が特務機関に協力していたが、特務機関に厚く信頼されていた人間は少なく、その中に同じ名前の人が二人いる確率は極めて低いからである。いずれにせよ、ゴルブン・ハマル・イン・モンコが日本人によって育て上げられた武士であることは間違いない。

7　特務機関によるリンチ

「日本人はモンゴル人を使ってスパイ活動をさせていたという話を聞いたことがある。逆にソ連のスパイも頻繁に出入りしていた。ソ連もモンゴル人（主にモンゴル人民共和国のモンゴル人）をスパイとして使っていた。その中の一人がアバガ特務機関ラマ・イン・クレー分機に捕らえられ、焼き殺されたと聞いたことがある。燃えている薪を脇に挟んで拷問したそうだ。私は見たことがないけど、日本人はたしかに野蛮だった。そうでなかったら戦争を起こさないからね！」

という時、ポンソグの顔が曇った。

ポンソグがいうこの事件はおそらく例のタルガン・ナランこと左近允が行った事件だと思う。ナ・ブヘハダ編『集恵寺──ラマ・イン・クレー寺』の中でタルガン・ナランの取り調べの方法についてこのように記されている。

一九四三年ないし一九四四年にタルガン・ナランと警察隊隊長のガリンディビの二人がラマ・イン・クレー寺の倉の前にふたつのゲルを建てて住み、毎日のように「モンゴルのスパイ」（モンゴル人民共和国のスパイ）を逮捕し、彼らの着ている服で目を隠し、手を縛って窓のない暗い部屋に閉じ込めた。そして、厳しく取り調べをしてから容疑者を上層部に当たる、貝子廟にあった本部へ送還していた。貝子廟にあった特務機関は送還されてきた容疑者の鼻に唐辛子水を入れたり、爪に串を刺したりするなど様々な方法で厳しく取り調べをした。彼らはラマ・イン・クレー寺医学堂のジスダンダルという僧侶を、燃えた金属で焼き殺した。もう一人ベヒテムルという人を逮捕し、ラマ・イン・クレー寺の倉の後ろの梁から吊るし、車の金属部品を火で燃やし、それを使って焼き殺した。ベヒテムルは「お前ら人様の集落を襲う狼同然な奴だ！　日本に無事に帰れると思うな」と叫びながら息を引き取った［Na.Bökeqada　2007: 202-204］。

日本側の資料ではその様子を「第一線分派機関からは、目かくしされ、うしろ手にしばられた外蒙からの密偵が逮捕され、本部に護送されて来る。うなりをあげて到着する車輌、あわただしいひととき。昨日も今日もである。こうしているうちにも国境線では死と対決の日夜が明け暮れていることを思わしめるのであった」［岡村一九九〇：四〇］と記している。

ことの真相はこうだった。

モンゴル人民共和国の革命に影響を受けた、西ウジムチン出身のニマーという若者が友人のホルジラーと一緒にモンゴル人民共和国の情報機関の指示でラマ・イン・クレー寺に潜入し、日本人に関する情報を集めていた。そのホルジラーの紹介でもう一人のリンジンという人が日本特務機関の馬を放牧していた。

ある晩、リンジンが放牧していた馬が群れごといなくなった。リンジンが足跡を辿ってみると、馬の群れはモンゴル人民共和国の国境警備隊がいる方向に向かったことがわかった。彼がそのことを友人のホルジラーに相談すると、友人は「南の山のどこかに入っていると思うよ。二、三日経ったら出てくるだろう！　もう少し探してみたらどう！」とアドバイスした。本当に二、三日経ったら馬が見つかった。実は、ホルジラーが友人のために密かにモンゴル人民共和国の国境警備隊に話をつけ、馬を取り返したのだった。このことにより日本特務機関が彼らのことを疑い始め、間もなくホルジラーが特務機関に捕まった。

ホルジラーはいくら拷問されても、自分がモンゴル人民共和国のスパイだと認めなかった。特務機関はニマーに友人のホルジラーを草原に連れていって銃殺するようにと命じた。しかし、ニマーは友人のホルジラーを逃がし、自分も逃げた。このことが発端となりラマ・イン・クレー寺の特務機関の「赤党」「モンゴル人民共和国のスパイ」狩りが始まったという。そのボスが例のタルガン・ナランこと左近允であった。

8「どっちもどっち……」

私は何かを考えて黙り込んだポンソグに聞いた。

「そのあとに入ってきたロシア人はどうでしたか？」

「ソ連軍の機械化部隊が通り過ぎたあと、燃料を運ぶ給油車隊が入ってきた。燃料の補給が終わって帰る時、給油車の運転手は手当たり次第、悪事を働いた。物や家畜を奪ったり、人を殴ったり、道端にある遊牧民の家屋をトラックで押し潰したりしながら走った。仕方がなく、給油車隊が遊牧民の集落に立ち寄らないようにモンゴル人民共和国の兵隊が警備に当たったが完全に取り締まることはできなかった。彼らの悪事は絶えなかった」

と、ポンソグは回想する。

ソ連軍の給油車の運転手が犯した悪事についてアヨシも同じく答えている。ポンソグはしらばく黙ってから「アヨシは体調がよくないと聞いたが、どうですか」

と、私に聞いた。

「二、三年前、脳出血で倒れたが、今は回復しつつあります。多少、後遺症が残っていますが」

と、私は答えた。

「一九四〇年代後半から行われた寺院改革中、ナヤンテやアヨシは還俗させられたが、私は二人と違って地位の低い僧侶だったので、私への風当たりはそれほどではなかった。それに、私は貧乏な家庭の出身なので、共産党政策の宗教への寛大さの象徴として寺に残された。自分が選んだ道を究めてほしいと親が還俗することに反対だったこともあるが……」

「ナヤンテは私と違って活仏だったので、文化大革命中、彼への風当たりは強かった。革命者らはナヤンテを逮捕し、火で焼いたりした。第一に、活仏であること。第二に、どうしてあの二人の日本人があなたたちのガルブに住んでいたのか、といった諸々の理由からひどく拷問された。結果的に家族をおいて逃げざるを得なかった。彼だけではなく、数多くの内モンゴル人が当時のモンゴル人民共和国へ逃げた。弟が活仏だったことで兄のアヨシも大変な目にあったと聞いている」

と、ポンソグは言葉を選びながら話す。

文化大革命について話す時、先ほどまで楽しく話していたポンソグも言葉を選ぶかのように慎重になった。私も話題を変えた。

「あなたは日本・ソ連・そして中国、この三つの異なる民族の統治を体験した数少ないモンゴル人の一人です。だから是非とも聞かせてほしい。あなたにとってどの時代が一番よかったのですか？」

と、私はさらにねばった。彼はしばらく考えてから静かに「どっちもどっち……」と呟いた。そして、その言葉を補うかのように「日本人がこのラマ・イン・クレーを撤退した時、自分たちの住んでいた建物を跡形もなく爆破したが、この寺は綺麗なまま残った。ソ連軍は我が本堂を大砲で撃ったが奇跡的に柱だけが折れた。だが、文化大革命中、中国人はこの寺を跡形もなく壊し、僧侶の大半が拷問され、殺された。国宝レベルの宝もすべて失った。いまあるのは私たちの記憶だけ……」と、ゆっくりと言った。

私たちはポンソグに礼をして帰りの支度をした。私を門まで送ってきたポンソグは急に「かつてこのウジムチン草原は日本の統治下にあったことを今の日本人は知っているか」と聞いた。私はその答えに困った。「ほぼ知らない」と言ってしまえば、彼が悲しむのではないか。「知っている人もいる」と答えてもよかったが、私はこれまでそんな日本人と会ったことがない。返答に窮した私はしばらく黙り込んでから「だから、私はその時の話を集めて

写真23　現在のラマ・イン・クレー寺から見た、アバガ特務機関ラマ・イン・クレー分機の跡地

赤煉瓦の家屋に埋め尽くされたその場所に往昔の面影はもはやない。

いる」と答えた。彼は何も言わなかった。私の答えが「答え」になっていなかったのかもしれない。

私は寺の高台から、かつて日本人が住んでいた場所を眺めた。半世紀以上も離れた時の記憶を、自分の中で一所懸命繋いでみた。しかし、赤煉瓦の家屋に埋め尽くされたその場所に往昔の面影はもはやない。真夏の強い陽射しがあたりを容赦なく照らし、干ばつに覆われ、緑がほとんどない草原が今にも燃えそうに暑かった。そこにあの時の日本人もいなければ、あの時の草原もない……。私の目尻が湿り、無意識のうちに一滴の涙がぽとりと落ちた（写真23）。

私は帰りの車に乗った。車は徐々にスピードを上げ、ラマ・イン・クレー寺の所在地であるウリヤスタイの街並みが視野から消えていった。私は何かを探すかのように車の窓から悠々たる起伏が続く草原をひたすら眺めた。運転手は助手席に座る私を一目見てから、緑のない草原にそびえ立つ風車の大軍や石炭の露天掘りでできた砂山を指して話しかけてきた。

「草原に風車が設置されてから渡り鳥が来なくなったし、石炭鉱山ができてから雨が降らなくなった。雨が降ると鉱山は崩落の危険性が高まるので作業を停止しないといけないらしく、それが鉱山の損失に繋がるということで、あいつらが科学物質を積んだロケット弾を発射し、雨雲を消している。二〇〇八年に開催された北京オリンピックのために開発された技術らしい。地元政府が人工降雨のためのロケットだと説明しているが、ロケットを撃つたびにせっかく集まった雨雲がみるみる消えていく。何が人工降雨だ。この前、チャハル草原の若者たちがロケットを撃つ前に雨雲を撃つロケット車を壊し、当局に捕まってしまった。ところが、翌日からチャハル地域に大雨が降ったのよ。これはつまり、あいつらが撃ち続けているロケットは、人工消雨のためのロケットであるということが証明されたということである。政府役人は鉱山開発者からもらう賄賂に目が眩み、牧畜民の利益を踏みにじっている。雨が降らなければ牧草が育たない。牧草が育たなかったら、やがて家畜がいなくなる。いろんな意味でモンゴルは終わりだ……」

「この風車はエコ・エネルギーのための風車であるというが、すぐ近くでは石炭の露天掘りによって草原が破壊され、生態系が崩れている（写真24）。世の中は矛盾だらけだが、こんなリアルな矛盾はないだろうね！　結局、狙いは銭……。草原はどうなるのか、モンゴル人はどうやって生活していくのか、この地球がどうなるのか……といった問題はあいつらの頭にない。今年から各地で井戸が干上がったという話をよく耳にするようになった。あなたたちは外国にいるからいいけど、近い将来、私たちは飲む水がなく渇き死ぬに違いない」

……

モンゴル高原で採掘されている石炭は、褐炭《かったん》といって不純物が多い低品位炭であるので、洗って不純物や不良炭を取り除く必要があり、そのため、地下水を大量に汲み上げたり、川を塞き止めてダムを作ったりしなければなら

写真 24　炭鉱から運び出された砂の山
集落とジャガイモ畑が今にもその砂山に埋もれそうになっている。

ない。一トンの褐炭を洗浄するのに約三トンの水が必要だといわれていて、それが地下水源の枯渇を招いていて、各地に井戸が干上がる現象が起きている。

運転手はかなり興奮してきたようで、話が止まらなかった。彼の怒りは市場経済の悲劇に苦しむモンゴル人の悲鳴でもある。

沈む夕日に風車の陰が長々と伸びていて、ゆっくりと回転する羽根の陰が地面で重なり合い、不気味な動きを見せていた。

第四章　「俺はモンゴルの最高審判官だ」

——日本特務機関使用人の娘シルとその夫のヨンドンジャムソの回想

1　自ら足首を噛み切って逃げるオオカミ

「この近くに日本トゥージョーゴワン（特務機関）があった。当時、私は六歳だった。子どもだったからそう見えたのかもしれないが、すごく立派な建物で、周囲に大きな堀があり、軍服を着た男たちが頻繁に出入りしていた。大人の話によれば、その建物の周りに有刺鉄線が張り巡らされていて、人が近寄ることはできなかったという」

こう語るのはシル（一九三五年生まれ）である。彼女は涙を拭きながら続けた。

「その日、私が朝食を食べている時、突然、父が入ってきた。日本軍服を着ていたのを今も鮮明に覚えている。私に大人の拳ほどの氷飴をくれ、それから私を抱っこしてキスした。それが父の最後の姿だった。父も自分が帰れないと知っていたと思う。だから、そんな早い時間にわざわざ私に会いにきたのだ」

「父はどこかで誰かに殺されたと思う。戦死した軍人の場合は、着ていた服を家族のもとに返すのが軍隊の掟だと聞いたが、父の物は何も来なかった。もし生きていれば最愛の子どもたちを探しに来ないはずがない。死んだのは確かだと思う」

写真 25　シルと夫のヨンドンジャムソ
右は案内人ソルトラト。

私も思わず涙を拭いた。父親と別れたこの七六年間、彼女は一瞬たりとも父親のことを忘れなかった。八二歳の彼女の涙がそれを物語っている。

ラマ・イン・クレー寺の住持ポンソグの話の中で彼女の父親の名前が出た。娘のシルがこの町にいる。夫のヨンドンジャムソ（一九三二年生まれ）は元軍人なので私が知らないこともたくさん知っているはずだと言われ、友人らに頼んで探してもらったのだ。すると、二、三日後、友人のソルトラトから「見つけた」という連絡があった。私は跳び上がった。さっそく友人の案内で彼女の家へ向かった。二〇一七年七月一日のことである。

シルは夫と一緒に東ウジムチン旗のウリヤステ鎮に生活している（写真25）。

「トゥージョーゴワンの人たちは撤退する際、病気の家族や仲間を残したまま家に火をつけて帰ったという噂を聞いたことがある。

罠に足を挟まれた狼が、自ら足首を噛み切って逃げたという話を聞いたことがあるが、それと似ていると思った」と、シルは語る。

狼に対するモンゴル遊牧民の気持ちは複雑である。彼らにとって狼は、草の根っこを食し、草原を壊すネズミやウサギなどを退治してくれる「恩人」であると同時に、時には家畜を襲う天敵でもある。その一方、自分の足首を自ら噛み切る勇者でもある。だから、日常生活の中で、モンゴル語で狼を意味する「チォヌ」という言葉を口にするのを避け、かわりに「テンゲル・イン・ノハイ」（天の犬または神の使い）ないし「山犬」といった呼び方で呼んできた。感謝、恐怖、敬意が織り交ざった複雑な気持ちである。彼女の日本トゥージョーゴワンに対する気持ちは、モンゴル人の狼に対する気持ちと似ている部分があった。草原に日本トゥージョーゴワンができたことにより、漢族地域から襲ってくる盗賊などが減ったが、自分の父親はトゥージョーゴワンに使用人として取られてしまった。

「その朝（一九四五年八月九日）、祖母が牛の乳搾りをしながら『この飛行機の操縦士は何かおかしい。ずっと同じところを旋回している』と話していた。二機の飛行機が轟音を立てながらラマ・イン・クレー寺の上を低空飛行しているのが見えた。私は子どもだったので何が起きているのか知らなかった。その日、日本人がラマ・イン・クレー寺を撤退したということを私たちは知らなかった……」

と、シルは振り返る。

2　特務機関に捕らわれた父親

「これは親戚の伯父に聞いた話である。私は当時の社会情勢などは語ることができない。そんな知識も学問もない。だが、我が家に起きたことについては語ることができるし、その権利もある」

と言って、彼女は話し始めた。

シルの父はボヤンチョグトといい、一一人兄弟の末っ子だった。背が高く、とても格好良く、同じ年頃の娘たちの憧れの的だったという。地元の有力者や金持ちの娘たちからもあれこれアピールされていたが、シルの母に惚れてしまった。シルの母の家も兄弟が多く、裕福とはいえない家庭だった。ボヤンチョグトはとても頑固な上、正義感が強い男だったので、腐敗した一部の有力者と激しく対立していた。

ある日、親戚の男の子が結婚する際、ボヤンチョグト夫妻は、花嫁の髪を娘の形から既婚婦人の髪形に結び直す儀式を担当した。昔のモンゴルでは、結婚した女性の髪を真ん中でふたつに分け、後ろでそれぞれ三つ編みをしてから、その先をシャハルガという宝石で飾られた四角の銀製道具で止める習慣があった。結婚したという証であり、そのような女性を口説いたりしてはいけないことになっていた（写真26）。花嫁の髪の毛を編み直す作業をボヤンチョグトの妻が担当した。

その儀式を担当した二人は、その日から新郎新婦の義理の父母となり、二人が結婚したことを証明する証人でもあるので、一生、両家と良好な関係に結ばれる。だから、来客もその人に対して敬意を払わないといけない。昔からの習わしである。

その結婚式に地元の有力者らも大勢参加した。彼らは儀式の担当者であるボヤンチョグトには少しも敬意を払

写真 26　嫁いだ女性の髪飾り
『赤羽末吉スケッチ写真　モンゴル・1943 年』(2016)より。

わず、好き勝手に振る舞った。酒を飲んで少し酔っ払っていたボヤンチョグトが彼らの態度に腹立て「ここは発情犬が集まるところではない。日々の搾取が足りず、ここに食いにきたのか?」と怒鳴ったそうだ。大勢の前で恥をかかされた彼らが部下に命令し、ボヤンチョグトをフェルトで簀巻きにして、家の裏に捨てた。これも儀式などで騒ぎを起こす人に対する一種の伝統的な罰である。

　このいざこざがことの発端だった。

　その秋、地元の有力者から租税の通知が来た。ボヤンチョグトの家は経済的に苦しい家庭であるにもかかわらず、統治者である日本人への租税と特務機関が編成した国境警備隊の給与などを含め、牛一頭、羊一五匹を租税として出すように求められた。

　ボヤンチョグトは「うちは経済的に苦しい上、子どもも多いので無理です」と拒否した。翌五月、有力者たちが集落の近くにテントを建て、人々が租税として連れてきた家畜が基準に合っているどうかを厳しく選別しなら集め始めた。有言実行のボヤンチョグトは何も出さなかった。すると、地元の有力者から「西ウジムチンのワンガイ(王の寺というモンゴル語の訛り。今の西ウジムチン旗の政府所在地の近くにある——著者)というところにある日本人居住地まで、租税として集めた家畜を送ってくれれば、税収を免除してもよい」という話があった。ボヤンチョグトは了承し、争いは終わったかのようにみえた。

しかし、数日後、ボヤンチョグトが地元の有力者に急に呼ばれた。部屋に入ると、「そこに座って待ってください」と指示されたという。しばらくすると、一人の男が入ってきて無言のまま彼の辮髪を切り落とした。当時、モンゴル人も満洲族と同じく辮髪を残す習慣があった。一瞬の出来事だったのでボヤンチョグトは抵抗することができなかった。そして、「君は国民の義務である税金を払わなかった。それは重大な法律違反である。よって兵役でその罪を償いなさい」と一方的に言われたそうだ。ボヤンチョグトは抵抗しても無駄だと思い「私は今、他人の家畜を放牧して生計を立てている。その家畜を主人のもとに返さなければならない。それを返してから来る」と約束して家に帰った。ところが、逃げると思ったのか、ボヤンチョグトが家に帰って間もなく、日本トゥージョーゴワンの人が来て連れていったという。

3　審判官「タルガン・ノヤン」こと左近允正也

当時、シルの家に牛車用のオス牛が一頭いた。地元でも珍しく大きな牛だった。牛車は水運び、引っ越しなど日々の生活になくてはならないものであった。

「父親が行方不明になったあと、その牛も没収され、木材運搬に使われた。その牛は荷物を乗せ過ぎたことにより、木材を運んでいる最中に息が詰まって死んでしまったそうだ。大切な牛を失った母親は裁判官のタルガン・ノヤンにこのことを訴えた。当時、このあたりをタルガン・ノヤンと呼ばれる日本人が仕切っていたらしく、彼は自分のことを「俺はモンゴルの第二のチンギス・ハーンだ」と言っていたらしい。結果、我が家の牛の代わりとして白い色の大きな牛をくれた。だが、その牛は病気だったらしく、我が家に来た二、三日後に死んでしまった」と、シルは回想する。ここでいうタルガン・ノヤンは左近允正也のことである（写真27）。

小説家の貴司山治が、その旅行記『蒙古日記』の中でも、裁判官としての左近允の仕事ぶりを記している。それによれば、タルガン・ノヤンは貴族用の赤い屋根のゲルの床一面に赤い座布団を敷いた法廷で「王様になつたつもりで」相談に応じ、叱ったり頷いたりしながら判決をくだす。本人は「ここへは西ウヂムチン中の蒙古人たちがあらゆる訴へ事を持つてやつてくるのです。私はかれらの最高審判官です」と言っていたという［村田・澤辺二〇一四：一三七］。

「父親がいなくなって我が家の家計はどんどん苦しくなった。母が仕方なく、子どもたちを親戚に預けた。それで私はラマ・イン・クレー寺の牛の乳搾りの仕事で生計を立てていた母方の祖母と一緒にラマ・イン・クレー寺の近くで暮らすようになった。私も毎朝、祖母の乳搾りの仕事を手伝った」

と、シルは話す。

当時、ラマ・イン・クレー寺のような総合寺院のほとんどが牧場を持っていた。信者が布施として持ってきた家畜が増えるからである。それをいくつかの家族に割り当てて、ミルク用の牛や羊として寺の近くで放牧していた。僧侶たちが飲むミルクやミルクティー、食べるチーズやヨーグルトなどを提供するためである（写真28）。ラマ・イン・クレー寺のような名門寺の牧場で働くことは、熱心なラマ教信者たちにとって誇れる仕事でもあった。

六歳の子どもが乳搾りを手伝うというと、日本人にはあまりピンとこない話だと思うので少し説明したい。モンゴル在来の牛は、牛乳用でもなく、肉用でもなく、ほぼ野生の牛である。だから、人間がいきなり乳を搾ると牛が拒絶してしまい、乳が出にくくなる。生き物の本能的な行為である。ゆえに、乳搾りをする前、子牛に母親のおっぱいを少し飲ませておく。すると我が子を愛する母牛の乳があふれんばかりに出てきて、子牛の唇の横を流れ出

写真 27-1　西ウジムチン旗オラン・ハガラガ寺の近くにあったアバガ特務機関オラン・ハガラガ分機の跡地

左近允はここを拠点に活動していたとみられる。現在は草むらに葬られ、煉瓦の欠片も見当たらない。

写真 27-2　オラン・ハガラガ分機を建設するために掘られた窯の跡

手前の小さな丘（円の中）が窯の跡である。奥に見えるのは現在のオラン・ハガラガ寺。

写真 28　牛の乳搾り

現在も同じ方法で乳搾りをしている。
『ゴビの砂漠』(1943) より。

す。その瞬間、子牛を母親からそっと離し、子牛が母親の乳を飲んでいるような仕草で乳搾りを始める。この子牛を母親から離す仕事を、主に子どもたちがするのだ。子どもだと牛の警戒心が緩み、驚いて逃げたり暴れたりするリスクが減るからである。このように人間がしばらく乳を搾っているとまたも乳が出にくくなる。その時は、もう一度、子牛におっぱいを飲ます。このような作業を繰り返しながら乳搾りをするのだ。

「牛の数も多かったので、私たちは朝の三、四時から乳搾りを始めていた。かなりの重労働だった。朝日が昇る頃、ラマ・イン・クレー寺の鐘の音があたりに響き、人々に新しい一日がスタートしたことを告げる。その時、祖母がラマ・イン・クレー寺から見える日本トゥージョーゴワンの建物を眺めながら『可哀そうに！　ちゃんとご飯を食べているかしら……』と父のことを心配していた」

と言って、彼女はもう一度涙を拭いた。

4　日本を巡るモンゴル人同士の駆け引き

一九四一年、冬季。

「それまでも父は時々私に会いに来ていたが、朝早く来たのは初めてだった。私が朝食を食べている時、父親が入ってきた。もともと背の高い人だったし、軍服姿がすごく逞しく見えた。私は茶碗を置き、父に飛びついた。その時の父の匂いがいまだに忘れられない。父は祖母に『今から貝子廟に行きます』と言っていた。のちに祖母に聞いた話だが、その日、父はトゥージョーゴワンのラクダ隊と一緒に出発したとのことだった」

「その日、父が大人の拳ぐらいの大きさの氷砂糖を、自分のデール（民族衣装）の帯に巻いてくれたことを、私は今も鮮明に覚えている。最愛の娘との最後の別れであることを父親は知っていたと思う。だから、形見として自分の着物の帯をくれたと思う。その日から父は音信不通となった。『フフホトという町にいる』、『フフホトから北の方の包頭《ボゴト》という町に移された』といった様々な噂が飛び交っていたが、真相は不明だった」

「父親を含め、三人のモンゴル人がトゥージョーゴワンのラクダ隊と一緒に出発したそうだ（写真29）。その中の一人であるオルトナストという男が貝子廟で病死したとのこと。だから、父ともう一人のモンゴル人がトゥージョーゴワンのラクダ隊と一緒にフフホトへ出発したという。それからだいぶ経ってから亡くなったという噂を聞いただけで、ことの真相はいまだに不明である。当時、犯罪者でも死んだあと、その人が着ていた衣服を家族のもとに返すのが掟だったと聞いたことがある。父親の衣服が来てないから母親はずっと待ち続けた」

「母親の話によれば、父が出発する何日か前に仲間と家に寄っていったという。どこかへ手紙を持っていく途中だと話していたそうだ。その時、私の弟が生まれて二一日しか経ってなかった。その子に会うために自ら危険を犯した。普段、家に帰ることも許されない生活をしていたので、任務中、家に寄るとは、相当覚悟しないとできないことだと思う」

「我が家には四人の娘がいたので、父は男の子がほしかったみたいで、生まれたばかりの子が男の子だと聞いてすごく喜んだという。そして、『この子の上に四人も姉がいるので、甘えん坊になるに違いない。だから、厳しく育ててほしい。私は今、ほとんど野宿生活をしている。厳しい世の中だから……』と言っていたそうだ。それが母への最後の言葉だった。父は自分が戻れないということを覚悟していたと思う」

日本から来たこの男が、自分の父親に関する情報を教えてくれるかもしれないと思ったのか、彼女は知っていることを次々と話した。そう思うと私は逆に申し訳ない気持ちでいっぱいになった。彼女の長年の思いが堤防を壊した洪水のように流れていた。

シルは父親が日本トゥージョーゴワンに捕らわれたと言っているが、もし捕らえられたのであれば、彼には逃げるチャンスがいくらでもあったはずだ。私はそう思いながら関連資料を調べた。すると、そこにはウジムチン草原を巡る日本人とモンゴル人の駆け引きがみえてきた。

当時、ウジムチン草原は三つの勢力に別れていた。親日派のガブジョ・ラマ（本名「ロブサンダンジンジャムス」一九〇五―一九八〇）と反日派のドルジ王（本名「ミンジュルドルジ」一九一六―一九五五）、そして中立を守りながら、やや日本側に偏ったドプタン公《グン》（爵位）である。四番目としてワンチンスルン補佐官をはじめとする保守派もあったが、彼らはあまり表舞台に出ることがなかったようである。

ドプタン公（一八八七―一九六〇）はドルジ王の叔父に当たる。ドルジ王の祖父が長年、子宝に恵まれなかったので、ドプタンを養子として迎えた。その後、ドルジ王の父と叔母が生まれた。ガブジョ・ラマはドルジ王のいとこ（ドルジ王の叔母の息子）である。つまり、一族の中の権力争いが地域の紛争に繋がったのである。シルの父親のボヤンチョグトもこの日本を巡る争いに巻き込まれた一人にすぎない。彼は心の底から日本人を敬っていたのではないが、腐敗した一部の有力者との争いから、仕方なく日本に協力した一人のモンゴル人にすぎなかったのではないか。

写真 29-1　日本軍の駱駝運送隊

シルは父親について「軍服を着ていた」と回想していることからすると、おそらくこのような運送隊を護衛していったと思われる。

写真は『特務機関』（1990）より。

写真 29-2　蒙疆銀行の紙幣に描かれているキャラバン隊

砂漠地帯の運送はやはり駱駝にかぎる。

5　反日派ドルジ王の悲劇

一九四三年九月から一一月にかけて内モンゴルを中心に約三カ月旅行した小説家の貴司山治は、『蒙古日記』（一九四三）という旅行記を残している。その中に、反日派のドルジ王に関する記述が、猪口三蔵という特務機関員の述懐として記録されている。

ここで『蒙古日記』に記された記述に基づき、日本人によって左右された反日派ドルジ王の波乱万丈の人生物語をみてみよう。貴司が「ドルジって一体だれのことです？」と質問した時、猪口三蔵がこのように答えたという。

ドルジーですか、前の東ウヂムチンの王様なんですよ。それが仕方のない低能児で、数かぎりもない悪政を領内に施して、旗民を塗炭の苦しみに陥れてしまひ、自治邦ができてからも持てあましてゐた男なのです。関東軍でも東ウヂムチンは西ウよりももつと軍事的に対外蒙の基地として重要なところですから、治安を確保しなければならないといふ建て前から、ドルジーのやうな王様に任せてはおけないといふ意見が強くて、結局僕らが手を打つて徳王にひつくくらせたのです。謀叛をおこしてゐるといふ嫌疑によつて……ほんたうは別段謀叛といふわけでもないでせうが、客観的にいへば謀叛と名づけられるくらゐ無茶苦茶なことをやつてゐたのですからね。覚醒する余地があればと思つてひつくくらせたのですが、根が低能児ですから何にもわかるわけがありません。少しでもわかる男ならかへつてその時殺されてしまつたかも知れませんが、よくみるとただのばかなので、どうしよう？　といふことになり、結局表面的には日本軍から徳王に頼んで助命を乞ふといふ形で釈放してもらつたのです。そして私が個人的に軍から身柄を預つた形になつて北京へつれて行つたのですがね……

［村田・澤辺　二〇一四：一四四―一四五］。

しかし、研究者のアルビジホは、「この時、ドプタン公から徳王に、銀貨十万両もするアメリカ製の車を送り、ドルジ王の科される刑罰を軽くした」と指摘しているとともに、「ドプタン公から徳王に豪華な車を送ったことには、権力の座を手に入れる目的もあった」と補足している［Arbijiqu　2004: 175］。このことについて徳王は自伝の中で「東ウジュムチン旗札薩克（王）ドルジは苛斂誅求《かれんちゅうきゅう》をおこない、旗民を抑圧して、人々に反対されたので、彼を免職する命令を下した。しかし、封建制度が動揺することをひたすら恐れて、彼の幼い息子を札薩克の後任にするよう命じ、しばらくの間ドプタンに札薩克の職務を後見させた」［ドムチョクドンロプ　一九九四：二九九］と回想しており、「日本軍から徳王に頼んで助命を乞うという形で釈放してもらった」ことについてふれていない。

また、研究者のアルビジホはその著作『東ウジムチン旗のドルジ王』の中で、ドルジ王の元妻やドルジ王と一緒にモンゴル国に移住した人々のインタビューを載せている。ドルジ王の元妻はアルビジホのインタビューに対して「私が思うには彼（ドルジ王）は荒くもなくおとなしくもなく、ごく普通の人間だったと思う。どちらかというと、すべての要因が部下たちにあったと思う」［Arbijiqu　2004: 47］と答えており、ドルジ王に連れられてモンゴル国に移住した人々も「シリンゴル盟では徳王を除けば我がドルジ王のように時代の流れをうまく読み取り、賢明な決断をした人はいなかった」と口ぐちに褒めていたという［Arbijiqu　2004: 299］。

ドルジ王は、内モンゴルは母国であるモンゴル人民共和国の懐に帰るべきだという思想を持つ男であり、密かにモンゴル人民共和国と連絡し合っていた。ガブジョ・ラマも自分の回想録の中で「ドルジ王はポンソグナムジルという人を派遣し、密かに私と我が寺にいた日本人の様子を探っていた。ところが、そのポンソグナムジルが我々側に寝返り、ドルジ王が多数にわたってソ連・モンゴル人民共和国に連絡したことを告白した」［Wa.Namjilsürüng Na.Temčeltü　1998: 32］と証言している。猪口がいう「謀叛」とはこれのことであろう。

　また、中立派のドプタン公（爵位）とドルジ王はもともと仲が悪かったので、日本人はそこに目をつけ、ドプタン公を使って徳王にドルジ王を訴えさせ、王座を剥奪させた。そして、世襲制によってドルジ王の七歳の長男を新しい東ウジムチン王にした日本人は、「ドプタンに札薩克の職務を後見させる」という徳王の命令を無視し、幼い王に代わって、軍事的に対ソ連の基地として重要な東ウジムチン旗を取り仕切ったとアルビジホは指摘している。世襲制によって七歳で東ウジムチン王となったグンガラプタン本人は一九九二年の冬、アルビジホのインタビューに対して「集会のたび、私は集会が終わるまで真ん中に座るだけだった」と回想している［Arbijiqu　2004: 86］。王座を退かされたドルジ王はというと、徳王の恩赦でモンゴル国との国境線から離れている西ウジムチンの奥地に流罪された形で密かに暮らしていた。

　貴司が西ウジムチンに滞在していた時、そのドルジ王が「命の恩人」である猪口とその仲間を自宅に招いたそうだ。その時、貴司が猪口から聞いたドルジ王が一番怖いのは鼻を手術する医者だという話を思い出し、自分のことを「北京からきた鼻の医者」と紹介し、鞄の中にある鉛筆箱をがちゃがちゃさせてからかう。すると、ドルジ王が逃げ出しそうに膝頭で立ちあがって、貴司の方へ片手をさし出して拳を立て、片手で自分の鼻をおさえながら「鼻の病気はもう癒ったのです。私の鼻の病気のことは冗談です」と言ったそうだ［村田・澤辺　二〇一四：一四七—一四八］。また、貴司らがドルジ王の家を出発する時のことをこのように記している。

「われわれはドルジーの引きとめるのをふりきるやうにしてつひにトラックに乗つた。トラックはドルジーの家来たちが羊の料理を盛った洗面器（骨つきの茹で肉は量が多いので桶盆などに出すことがある。それが洗面器に見えたと思われる——著者）を手に捧げてめいめい立つてならんでゐる前で埃を捲きあげながら動きだした」［村田・澤辺二〇一四：一四八〕。

いくら王座を退かれたとはいえ、客人として非常に無礼な行為であると言わざるを得ない。逆に関東軍を後ろ楯にした傲慢な特務機関員の前で、バカを演じ続けたモンゴル人の無力さが窺われる。

しかし、日本人から低能児として扱われていたドルジ王は、一九四五年八月にモンゴル人民共和国首相のチョイバルサンと会談し、自ら集団移住を申請した。そして、一九四五年一一月二八日、自分の支配下にあった住民を連れて現在のモンゴル国のドルノト県のスルグルン・ソムに集団移住し、見事自分の目標を達成させたのである（写真30）。

写真30　日本人によって王座を退かされた東ウジムチンのドルジ王（左）

日本人顧問や特務機関員に低能児として扱われていた彼は、日本が内モンゴルを撤退した隙に旗民を連れて現在のモンゴル国に集団移住し、見事自分の目標を達成させた。右は使用人のアムグラン。
写真は“*Üjümüčin beyile-yin Dorji wang*”2004より。

一九四六年四月二四日、ドルジ王に連れられて移住した一八六三名と、内モンゴルの他の地域から移住していった人、計二〇八五名がモンゴル国民として認められた。そのお礼をするためドルジ王が二回にわたってチョイバルサン首相に面会した。

ところが、モンゴル人民共和国に移住してほどなく、一九五〇年一一月五日にドルジ王がモンゴル側に拘束された。税金滞納や公有政策に反対した罪で拘束されたといわれているが、その罪状の第一項目に「日本侵略者が内モンゴルを統治中、日本特務や日本人顧問らに謝意を表してお土産を渡すなど親密な関係にあった」[Arbjiqu 2004: 328] と記されてあった。

日本人と対立し、差別されたあげく王座まで奪われたドルジ王が、憧れの母なるモンゴル国の温かい懐の中で「日本帝国主義の走狗」として拘束された。一九五三年六月にドルジ王が釈放された時、彼の全財産の七割が国に没収され、残りは若妻に持ち逃げされ、母親と子どもはホームレス同然の日々を送っていた。そして、二年後の一九五五年に彼は肝硬変で他界した。享年三九歳であった。

二〇〇一年一一月八日、モンゴル国最高法廷がドルジ王の名誉回復を正式に発表した。半世紀ぶりの名誉回復である。人の一生とも相当するこの半世紀は、ドルジ王の家族にすれば、あまりにも長い月日だっただろう。そして、約半世紀後に書かれた、このドルジ王の波乱万丈な人生物語を、果たして今日の日本人はどう受け取るのだろうか。

一方、ドプタン公はというと、彼も同じく一九四五年にソ連・モンゴル人民共和国連合軍に拘束され、九年の牢屋生活を送ったあと、一九五四年に中国に送還された。そのままシリンゴル盟で労働改造教育を受け、一九五六年に政治権利剥奪・執行猶予のまま家に戻され、一九六〇年に他界した。日本人に協力し、甥子のドルジ王と対立までしたドプタン公の結末である。西ウジムチン旗の公文書館に西ウジムチン旗のオラガイ人民公社委員会が一九六〇年九月一一日から一二月二〇日まで行った「僧侶及び社会上層部に関する調査報告」が保管されている。そこにドプタン公についてこのように記されている。

【オラガイ人民公社委員会】（一九六二、七）ドプタン公、男性、日本特務……。

[Arbjiqu　2004: 156]。

6　親日派活仏ガブジョ・ラマの波乱万丈伝

一九三〇年代から敗戦までシリンゴル草原に設置された日本特務機関やその関係者について調べる中、私はガブジョ・ラマという筋金入りの親日派活仏の話をよく耳にした。彼はいち早く近代化の波に乗ったモンゴル人であり、ガブジョ・ラマを抜きにこの歴史を語ることは不可能と言っても過言ではないだろう（写真31）。

僧侶でありながら、鉄、木、皮、布の職人を集めて工場を経営する傍ら、羊の品種改良に取り組んだり、風力発電所を作ったり、運送会社を経営したり、外貨両替事業に参入したり、そして、北京から満洲国に金塊を輸入したりするなどその商売の発想や大胆さに驚かされた。何より、彼はその利益で地元の子どもたちのために学校をつくったり、各旗に牛車一〇台分の漢方薬を毎年のように届けさせたりするなど積極的に社会奉仕もしていたことを聞くと、この人について調べずにはいられなかった。

この人はいったい何者だったのか。私はそう思いながらガブジョ・ラマについて調べ始めたが、満足するような情報は得られないまま月日だけが過ぎていった。そんなある日、休暇で訪れていた兄の家の書斎で偶然、一冊の薄っぺらな書物を見つけた。それはウジムチン文史資料シリーズとして発行された、ワ・ナムジルスルンら編『東ウジムチン旗の活仏――ガブジョ・ラマ』（一九九八）という薄い本だった。それはなんと一九七八年のガブジョ・ラマ本人による回想録だった。

それによれば、親日派ガブジョ・ラマは、一二歳から一〇年間貝子廟で修行を重ね、東ウジムチンにあったラマ・イン寺（前に述べたラマ・イン・クレーとは異なる）に戻って住持となった。この寺は一九四五年八月一二日に全焼した。寺を臨時駐屯地にしていたソ連軍が燃やしたといわれている。

ガブジョ・ラマは、一九四五年に内モンゴルに侵攻したソ連・モンゴル人民共和国の連合軍に「日本特務」として拘束され、外モンゴルに連れて行かれた。そして、二五年の刑を言い渡されたが、一九五〇年代に中国とモンゴル人民共和国の間で行われた受刑者交換により内モンゴルに送還された。その後、政治権利（市民権）を剥奪され、執行猶予のまま地元に戻され、全焼した寺の跡地でゲルを建てて住み、労働によって思想を改める「労働教育」を受けていた。そして、文化大革命中にひどく拷問され、毎日のように自分が犯した罪を白状させられたが、皮肉なことに、モンゴル国で牢屋に入れられていた経験から死を逃れたとのことだった。

文化大革命後の一九七六年に彼はやっと自由の身になり、一市民として正々堂々と生きることが許された。その時、没収された財産を返してくれるように政府に陳情書を提出するが、すべてが却下された。のちにそれらの報告をもとにチベット語で「私の告白」をまとめた。ガブジョ・ラマはモンゴル語、チベット語、中国語（漢文）、日本語が堪能で、キリル文字とカザフ語の読み書きもできるが、なかでもチベット語の読み書きが一番だった。ガブジョ・ラマは自由の身となったあと、知人の医者を手伝ってチベット医学書をモンゴル語に翻訳していた。

一九七八年からガブジョ・ラマは、自分が書いたチベット語の原稿を自らモンゴル語に読み直し、知り合いのソノムという教師に頼んでモンゴル文字に書き起こしてもらったところ、これが警察の耳に入り、「歴史は個人が書くものではなく、国家が書くものである」と原稿が没収されてしまった。それからというもの、ガブジョ・ラマは多くを語らなくなり、一九八〇年に静かに息を引き取った。亡くなる何日か前、知人に霊柩車代を渡したらしく、その話はいまだに人々の間で語り継がれている。

　ガブジョ・ラマが亡くなったあと、ソノム教師が知り合いの政治家に頼んで警察署に没収された原稿を借りて書き写し、その原稿が紆余曲折を経て一九九八年に刊行された。

　ガブジョ・ラマは回想録の中で自分が関わった日本人の名前を全部あげた上で、一九三八年、日本特務機関のアソウ（モンゴル名「マイダル」）という日本人が無線担当のダフバとマンツ、運転手カナザワとツリザワ、調理人ボジンザイとハイサン（モンゴル人）、その他兵士数名、約一〇名が我が寺の空いている部屋に一年以上住んだ。それが私の日本人と関わったきっかけであると記している［Wa.Namjilsürüng Na.Temčeltü　1998: 29］。

写真31　親日派活仏ガブジョ・ラマことロブサンダンジンジャムスス

“Üjümüčin beyile-yin γabju lam-a” 1998より。

また、彼は、アソウからこのような話をされて、豪華なお土産を渡されたと証言している。「我々は満洲国を援助するとともに誠心誠意をもって太祖チンギス・ハーンの末裔であるモンゴル人を助け、モンゴル民族の繁栄に協力する。同時に赤党の破壊を防ぎ、防共活動を強化し、満洲国とモンゴル地域の安定を図る。そのため、我々は海の彼方にある大日本国天皇陛下の勅命でここに来ている。とりわけ興亜は我々の大日本にとって聖なる目標である。我々を信じ、我々と一心同体となって協力し、我々の仕事を理解しているガブジョ・ラマ、あなたに期待している」[Wa.Namjilsürüng　Na.Temčeltü　1998: 30]。

一九三八年、アソウの紹介で王爺廟特務機関に通行証を取りに行った際、機関長のイズミから、興安省長のエルヒムバト、興安省病院長のソドナム医師、そしてモンゴル人民共和国から東ウジムチンに移住したウルジ、ビンバ、ボンホ・ナムジルらの行動を観察するようにと命じられた。さらに、一九四二年にアバガ特務機関の牧野機関長から徳王デムチョクドンロブやシリンゴル盟長のソンジンワンチョックらの行動を監視する命令を受けた。その見返りとして特務機関から武器や物品、または新京で自動車を購入する際、王爺廟特務機関の配慮で税金を免れ、安値で購入したと告白している［Wa.Namjilsürüng　Na.Temčeltü　1998: 36-37］。

一九三八年の春、ガブジョ・ラマは王爺廟特務機関長のイズミの推薦で、西部モンゴル人を中心に形成された視察団に参加し、満洲国、朝鮮半島と日本を視察した。視察に先だって、なぜか視察団全員が胸にチンギス・ハーンのバッジをつけ、腕に蒙彊政権の腕章をつけさせられたと不思議そうに記している。

視察団に参加したモンゴル人政治関係者はムグデンボーら一六名、僧侶はデロワ・ホトクトら四名、日本側から四名、計二四名だった。視察団は列車で満洲国内と朝鮮半島を訪れ、それから船に乗って日本に向かった。日本では大阪と奈良を通って東京に到着し、皇居前で長時間お辞儀をさせられたと記している。また、歴代天皇陵をはじめ靖国神社、お寺や神社を巡り、それから名所や観光地巡り、学校や工場見学、映画や相撲を鑑賞した。視察団は訪れたところどころで蒙彊政権の白、赤、黄色の旗を手にした大勢の人の歓迎を受け、内モンゴルからの留学生らとも会っている。そして、最後に「今回の訪日では私は王爺廟特務機関長のイズミから視察団の仲間を観察する任務を受け、視察後、自らイズミ機関長に報告した」と告白している［Wa.Namjilsürüng　Na.Temčeltü　1998: 45–52］。

西ウジムチン旗の公文書館に西ウジムチン旗のオラガイ人民公社委員会が一九六〇年九月一一日から一二月二〇日まで行った「僧侶及び社会上層部に関する調査報告」が残されており、そこにガブジョ・ラマについて、このように記録されている。

【オラガイ人民公社委員会】（一九六二、七）ロブサンダンジンジャムス（幼少名スベグジャブ）五三歳、日本特務。［Arbijiqu　2004: 148］

親日派活仏ガブジョ・ラマに関する唯一の公的記録が、日本がモンゴル草原に残した記憶として草原の奥地にある公文書館の倉庫で埃まみれになって眠っている。

7　「目の悪い馬を集めるおかしな連中」

私たちの話を静かに聞いていたシルの夫のヨンドンジャムソが妻に向かって「あなたは少しお茶でも飲んで休んでください！」と言ってから、私に向かって「途中で申し訳ない。少し興奮しているみたい……」と言った。私は慌てて彼女のコップにミルクティーを注いであげた。彼は私を一目見てから、今から私の番だといわんばかりに話し始めた。

「そういえば、トージョーゴワンの日本人が目の悪い月毛色の馬を集めていた、という話を聞いたことがある。おかしな連中だねと思った。みんなもそう言っていた。チンギス・ハーンの八匹の月毛色の駿馬の話は有名だから、それにちなんで軍馬をそのような色に統一しているかもしれないと大人たちが話していた。のちに聞いたが、このような馬は夜道に強いと。なるほど……と思った」

私も驚いた。モンゴル在来馬の中には、黒目がほとんどなく、眉毛が白く、非常に珍しい品種の馬がいる。モンゴルではチヒル眼の馬と呼ばれている。このような馬は、昼は目がほとんど見えないので、単独行動が苦手で、いつも群れの後ろからついていく習性を持っている。歩いていて木にぶつかったりすることもある。ゆえに、病気の馬として扱われ、処分されてしまうこともある。ところが、夜になると、打って変わって群れをリードしていく。問題の目が暗闇の中で強いからである。モンゴル在来馬は全体的に夜道に強いが、主に鋭い聴覚や臭覚、力強い足に頼る。だが、チヒル眼の馬は暗闇の中で物をはっきり見ることのできる能力が備わっている。だから、険しい山道に最適である。おそらく遺伝子の変化だと思われるが、月毛色の馬の中にこのような馬が多い。

これは長年、馬を放牧した遊牧民しか知らないことである。昔、狼から馬を守るために、遊牧民の男は昼夜を問わず、馬の群れと一緒に移動する生活をしていた。その中で気づいたことであろう。実は私もつい最近、ベテランの厩務員である義理の父に教わった。

厩務員の間では、このような馬は夜専用の乗用馬として使われていたが、今は大陸を横断して密輸入する連中が好んで乗っているそうだ。だから、このような馬の売買を職業とした売人がいて、闇の市場で高額で取引されているという。アバガ特務機関に在籍していた日本人の回想録の中で、夜の暗闇にモンゴル人民共和国に密かに侵入したという記録がある。暗闇に強い馬を集めたことは、このためであると思われる。その回想録の中でモンゴル人諜報員についてもこのように記している。

いよいよ夜が更けても、彼等が歩哨線を突破し潜入した気配すらも感じないうちに「状況終り」を告げられ、分派機関に帰って見ると全員潜入に成功していた。特に感心したのは歩哨横一線の順序に名前をあげて告げられた事である。蒙古人の目は暗夜でも強いと聞かされていたが、これ程とは思いも及ばなかった事である。

［岡村　一九九〇：一一九―一二〇］

これは目が良いというより感覚のことである。そこに転がっている石や砂、生えている草の種類、草むらにこもっている太陽の熱、風が吹く方向といった、周囲の状況を瞬時に、かつ同時に把握しているだけのことである。長年の遊牧生活がもたらした知恵である。そんなモンゴル人に暗闇の中ではっきり見える馬があれば「虎に翼」である。これはある意味で、日本トゥージョーゴワンにモンゴル人が自ら協力していたことを意味する。というのは、強制的に働かせていたのならば、夜道に強い品種の馬がいるとまで教える必要はなかったと思うからである。

8　狼煙台

「人民公社時代、幹部たちも動員されて牧草地を夏用・冬用と分けるための石の塀が作られた。今の牧草地を囲む有刺鉄線の石バージョンである。その時、山頂に石の祭壇のようなものがあるのを発見した。故郷の神々を祭る石の祭壇であるオボにしては低かった。するとある長老が『これは日本人が作った狼煙台。東ウジムチンからシリンホトの間の山頂にある』と言っていた。たしかに何かを燃やした痕はあった。すべて調べた訳でもないが……」と、ヨンドンジャムソはさらに語る（写真32）。

この話はどこかで聞いたことがある。そう、元特務機関員の回想録にあった。私はさっそく資料を調べた。そこにこう書いてあった。

国境線地帯に、ソ連・外蒙軍の不時急襲といった重大な異変を捉えたときは、前線分派機関はいち早く本部に無線機で知らせるわけである。しかし、前線分派機関と本部間百五十キロも二百キロそれ以上も離れていて、その中間地のあちこちに部落潜在の機関員がいる。また、はからずも本部、分機ともに行動班が出ているかも知れない。（中略）

ノロシをあげる、これの準備と整備を神田軍曹に命じた。

神田軍曹はダイラマ、ラマクレ、ノーナイ分機から馬を駆って本部直行の見通線上にある山々を踏破し、分機長とはかって山頂に牛糞とガソリン一缶を集積・貯蔵を計ったのである。（中略）

神田軍曹は実験演習を何回か行なった、急作りの機関屋上見物台に立って時計を計りながら来るぞ来るぞと、はるか北方をいつまでも凝視しつづけるのであった。

［岡村　一九九〇：一二九］

現地人の回想と元特務機関員の回想が見事に合致した。残念ながら彼らは狼煙をあげる時間もなくモンゴル草原を去った。出発前に爆発した家屋から出る煙が狼煙代わりに、モンゴル草原の抜けるような蒼穹を濁しながら高く昇った。

写真 32　日本特務機関が実際に狼煙台として使う準備をしていた泥岩

内モンゴルバヤンノール市にある。周りの柔らかい土が長年、雨風に削られることによってできた、高さ約 40 メートルの泥岩が狼煙台に似ているので、モンゴル語で狼煙台を意味する「チォンジ」と名づけられた。ここより北側はモンゴル人民共和国軍とソ連軍、南側は漢族軍閥傅作義の軍隊、さらに黄河の南岸は八路軍、そして西側は回族軍閥馬鴻逵《ばこうき》の軍隊がそれぞれ固めていたので、関東軍もこの泥岩から東へ約 30 キロのところに日本特務機関を設置していた。その特務機関が万一の時は、この泥岩を実際に狼煙台として使うために泥岩の上に燃料を集めておいていたという。そして、この泥岩と結ぶ形で自分たちが住んでいた地域の裏山の頂上にも高さ 3 メートルの石の狼煙台を建設していた。日本人が建設した狼煙台が 1960 年代半ばまで残されていたと大叔父のソニンバヤルが証言している。

「聞くところによると、日本人は自分たちが住んでいた家屋を自らの手で爆発してから撤退したそうだ。秘密資料を処分するのはわかるけど、どうして家屋や食料まで爆破するのか。理解に苦しむ。今は都市化に伴いモンゴル文化も変わってきているが、当時の遊牧民は夏営地や冬営地の柳の枝で作った臨時家屋に必ず燃料や食料を残しておいていた。旅人や道に迷った人がいれば助かるから……。火災が広がり、周辺住民も被害を受けたりしたそうだ。せっかくの良いイメージが一瞬にして崩れたのだ」

と言ってから、彼はしばらく黙り込んだ。

私は答えに困った。私は多くのモンゴル人の口からこのことを聞いたことがある。これは間違いなく日本人が草原に残した汚点である。しばらくしてからヨンドンジャムソは何かを思い出したかのように語り出した。

「そういえば、私たちも狼煙台を作ったことがある。一九六〇年代にソ連と中国が社会主義革命路線を巡って対立した。当時、ソ連とモンゴル人民共和国が修正主義の国家と強く非難されていた。何をどう修正したのか、私たち幹部もわからなかった。上層部の人たちの真似をして修正主義国家と叫んでいたにすぎない。修正主義の国家が攻めてくるということで老若男女を問わず毎日のように軍事演習に参加した。私は軍隊出身なので民兵の指揮官となり、牧畜民に射撃を教えた」

「私たちにもトンネルを掘らせ、狼煙台も作らせた。山頂に干し草と牛糞を集めて狼煙をあげる練習もした。陽射しの強い真夏の草原では、牛糞の白い煙が蜃気楼に紛れてしまう。私たちモンゴル人には遠くからでも見えたが、指揮官の中国人は頭を横に振った。牛糞の量を増やしてもそれほど変わらなかった。すると、ある中国人の知識青年が、狼の糞を入れたら黒い煙があがると書物に書いてあったという。それがどこにある？　狼の糞は牛や馬の糞のように草原中にゴロゴロしている訳ではない。そんなたくさんの狼がいる訳もない。長い年月が経った狼の糞が漢方薬に入るのよ。それほど貴重だということだ。そこで話し合った結果、牛糞の中に石炭を混ぜることにした。すると、黒い煙が空高く噴き上がった。中国人の指揮官が満足気に眺めていた。私たちはその火が火事となって広がらないようにと祈った」

日本人が作った狼煙台にしろ、中国人が作った狼煙台にしろ、時とともに風化し、石の破片が草むらに葬られた。あるのは人々の記憶に残る「煙」である。ちなみに、狼煙は狼の糞を燃やすことから狼の煙と書くようになったという説があるが、あれは地上に滲み出た石油の塊である。色や形が狼の糞に似ているので狼の糞に間違えられた。ヨンドンジャムソがいうように狼の糞は牛や馬の糞のように草原中にゴロゴロしている訳ではない。

9　モンゴル人の身体に刻まれた生きた歴史

当時、シルの父親のように多くのモンゴル人が日本に協力した。使用人として馬を放牧したりラクダ隊を引き連れたりする人もいれば、諜報員として秘密活動に関わった人もいた。なかには武器を持って日本のために戦った人もいた。彼らにとって日本は暗闇の中に見える一筋の明かりだった。その明かりがどこまで導いてくれるのか、見当もつかなかったが、とにかくその明かりに向かって進んだ。だが、それは「キツネ火」だった。私の母方の大叔父もその一人である。日本が自分たちに自由と独立をもたらすと信じ、日本の傀儡政権である蒙古軍政府で働いていた。だが、その希望が一瞬にして泡のように消えた。待っていたのは「日本特務」「日本帝国主義の走狗」としての苦しい日々だった。

「東西ウジムチンはモンゴル共和国との境界線から近い地域だったので、とにかく厳しかった。ひとつ言えることは、日本人にしろ、ロシア人にしろ、そして中国人にしろ、みんなモンゴル人が招いた客ではない。勝手に来やがった連中にすぎない。だから、彼らは本気でモンゴル人のことを考えてない。問題はそこにあるのだ」と、ヨンドンジャムソは分析する。さすが元軍人の言うことは違うと私は思った。

「私からすれば、日本人はある日、突然、家に上がってきていろいろ指示をし、まるで家族の一員みたいに振舞っていたが、いつの間にかいなくなっていたという印象しかない。あの時の日本人がいれば是非聞きたい。あなたたちはいったい何をしにこの草原に来たのか」

と、ヨンドンジャムソは話す。これは日本の無責任な植民地経営の在り方について言っていると私は思った。もちろん、研究者は日本の内モンゴル草原進出の目的などを知っているが、庶民の多くはヨンドンジャムスのように考えている。「日本人は勝手に来て、勝手なことをして、勝手に出ていった連中だ」というふうに。

ヨンドンジャムスは一九四七年二月に内モンゴル騎馬軍隊に入隊した。

「私たちは朝鮮戦争にも参加する予定だったが、丹東で七日間ほど滞在させられてから、馬を残して私たちは列車で戻された。かつて徳王がアメリカ帝国主義と結託した事実があるので、モンゴル人を信用してはいけないと漢人たちが話していたらしい。私たちはそのまま包頭という町にある幹部学校に入学させられ、四年間中国語を学ぶ傍ら共産主義思想で心身を武装した。気づいたら騎馬兵が馬を降りて毛沢東の語録を手にしていた」

そう言ってから彼は何かを思い出したかのように「ウシはウヘル、ウマはモリ、テンはテンゲル、イシはチョロ、ラクダはテメー、イヌはノハイ」と綺麗な発音で日本語の単語を読み、それをモンゴル語で訳してくれた。

「私は八、九歳になるまで僧侶だった。それから西ウジムチン旗立小学校に入学し、モンゴル語と日本語を学んだ。黒板の上にチンギス・ハーンの肖像画をかけ、両側に日本語とモンゴル語が書かれた単語札が貼られていて、毎日のように日本語の単語を暗記させられた（写真33）。そして、大人になってから中国語を学んだ。だが、私には卒業証書は一枚もない。あるのはこれだけだ」

写真 33　正白旗立小学校の教室の一角

1941 年 7 月に東大ゴビ砂漠学術探検隊が撮影した 1 枚。黒板の上のチンギス・ハーンの肖像画の両側に日本語の五十音図が貼られている。五十音図はおそらく日本から持ち込まれたと思われるが、「ゲ」の横に「下駄」、「ゾ」の横に「草履」というように、モンゴル人に馴染みのない絵が描かれている。小説家の貴司山治が、その旅行記『蒙古日記』の中で 1943 年にヨンドンジャムスが通っていた西ウジムチン旗立小学校を訪れた際、「私は成吉思汗の画像に帽子をぬいで敬礼した」［村田・澤辺　2014: 144］と記している。この時代、蒙疆政権の指示ですべての学校が教室の中にチンギス・ハーンの肖像画をかけていた。
写真は『ゴビの砂漠』（1943）より。

と、苦笑しながらシャツを抜いた。そこに銃弾による生々しい傷跡が残っていた。

前にも述べたが、一九四六年九月に国民党軍閥傅作義は共産党の支配権にあるチャハル地域に全部隊を投入し、全面攻撃に乗り出した。共産党軍はアメリカ製の装備で武装された傅作義の軍隊に太刀打ちできず、チャハル地域のもっとも険しい山である八佐山に撤退し、ゲリラ戦を展開させた。それを受けて翌年の一一月に傅作義の手下の孫蘭峰の機甲師団が八佐山に集中攻撃を仕掛け、「八佐山戦闘」が起きた。ヨンドンジャムソが所属する内モンゴル騎馬隊も傅作義軍と戦った。ヨンドンジャムソはこの戦の時に負傷したのである。

「今も弾の破片が身体の中に残ったままである。歳を取るにつれて痛みが増してきた。一部を手術して取り除くことも可能だが、体のあっちこっちにあるので膨大な費用がかかるらしい。そのことであらゆる機関に相談したが手応えがない。『どうしてその時に手術しなかったの?』と中国人のスタッフに言われ、呆れて物も言えなかった」

「あの時、私は共産党のため、国民党軍閥傅作義の手下である孫蘭峰の軍隊と戦って負傷した。しかし、敵であるはずの孫蘭峰がのちに内モンゴル自治区政協副主席に昇進し、彼と戦った私が手術する費用もなく晩年を迎えた。私たちは使い捨てライターにすぎなかったのだ……」

私は何も言えなかった。彼の体に残る銃弾の破片、私の父の障害が残った手……すべてが日本・ソ連・中国の狭間で生きてきたモンゴル人の身体に刻まれた生きた歴史なのである。私だけではなく、多くのモンゴル人がそう理解している。その歴史の生き証人が健在な間に、その真実を記録しなければならない。そう思いながら私はパソコンのキーボートを打ち続けた。

第五章　「あれは一九四五年八月一一日の朝のことだった」

——貝子廟モンゴル伝統医療センターの名医ドブジョルの回想

1　蘇る記憶

貝子廟は現在のシリンホト市の北側に位置するエルデニ丘（別名「オルドン・トルガイ丘」）の麓にある。一七四二年に建設された、モンゴル高原の名刹である（写真34）。

序章で簡単にふれたが、貝子廟の「貝子」は清朝政権からモンゴルの王族たちに与えられた、世襲制爵位の中の四番目の爵位「固山貝子」の略字である。一六八四年頃、この地域を治めていた固山貝子バルジドルジ（通称「ドルジ貝子」）が、現在の寺院の南東あたりに、役人が勤務して公務を取り扱う役所兼地域の宗教行事を取り扱う寺「貝子廟」を建設させた。ドルジ貝子が建設させた貝子廟がいつ壊されたのか不明であるが、現在、その跡地に「貝子廟モンゴル伝統医療センター」などが建てられている。

熱心な仏教徒であったドルジ貝子は、さらに貝子廟の周辺に本格的な仏教寺院を建設する計画を発表し、大衆から寄付を集め始めた。そして、一七四三年に新しい寺を建設し始め、ダライ・ラマ七世からその新しく建設された寺に「アリヤ・ジャンロン・バンディディン・ゲゲン・スム」という称号が授けられ、時代とともに寺も拡張されていった。

写真 34-1　現在の貝子廟

戦時中、日本人が撮った写真をもとに復元された。

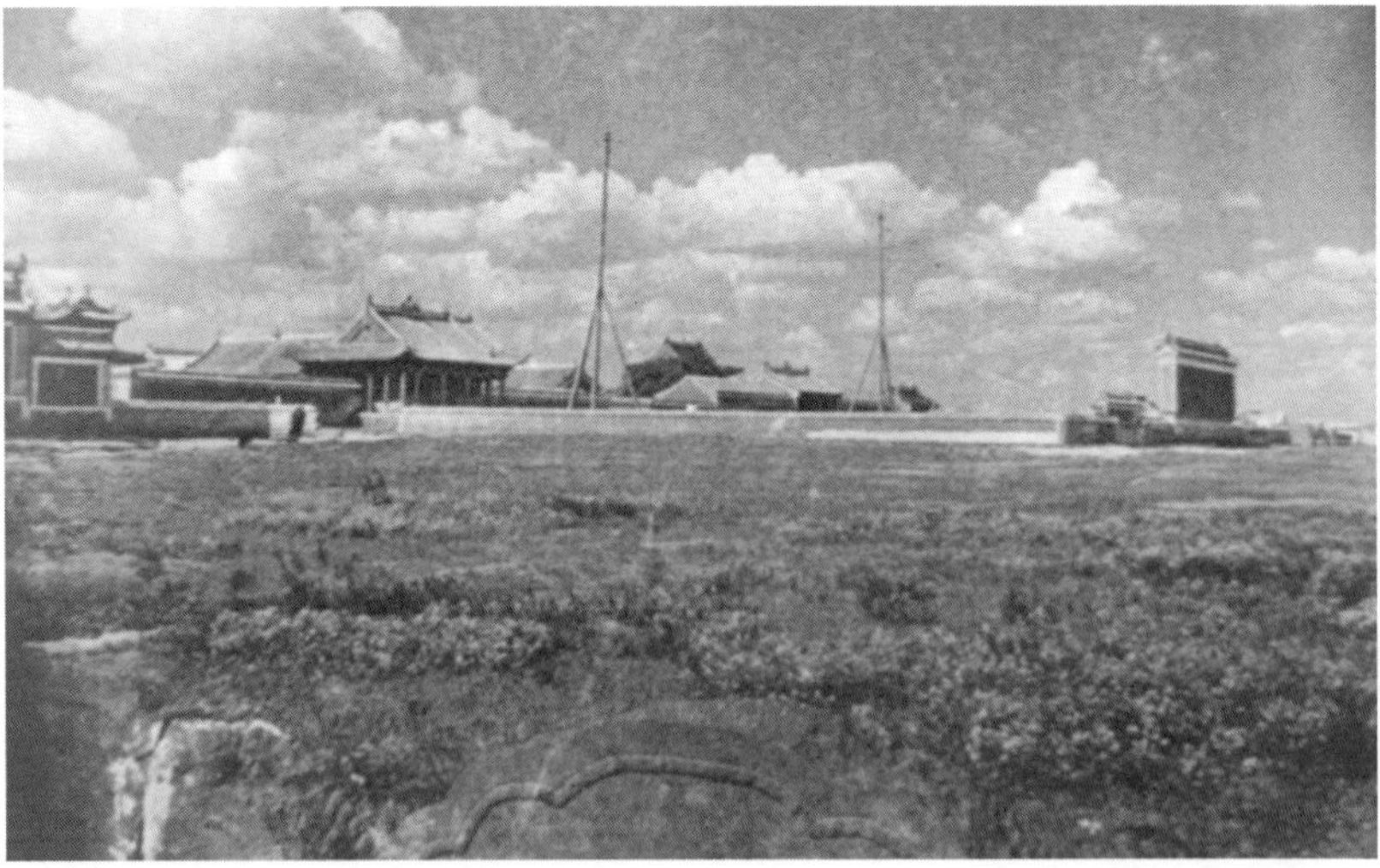

写真 34-2　1940 年代の貝子廟

『赤羽末吉スケッチ写真　モンゴル・1943 年』(2016) より。

モンゴル人は「アリヤ・ジャンロン・バンディディン・ゲゲン・スム」を略して「ゲゲン・ヒードゥ」と呼んでいる。ヒードゥは寺の敬称である。一方、中国人はダライ・ラマ七世が授けた長い名前を上手く発音できないので、そのあたりの寺院全体を中国語で「貝子廟」と呼んだ。戦時中の日本の書物にも「貝子廟」と記録されていることが多いので、ここでも貝子廟と表記するが、正確には、現在「貝子廟」と呼ばれている寺院はアリヤ・ジャンロン・バンディディン・ゲゲン・スムである。

その名の由来についてドブジョルはこのように話す。

「チベット仏教ゲルク派において、ダライ・ラマとバンチン・ラマに続く四人の活仏がいた。チベット・モンゴル仏教界における四大ベンディまたは四大柱ともいう。それは青海地域のジャヤー・ベンディとモンゴル国のクレー（現「ウランバートル市」）のジャヤー・ベンディ、包頭のバドガル寺のドゥインクル・ベンディ、そして、この寺のジャヤンロン・ベンディである。アリヤ・ジャンロン・バンディディン・ゲゲン・スムは、このジャヤンロン・ベンディにちなんだ名称である」

二〇一七年一一月六日、私は友人のビリグ僧侶に連れられ、貝子廟を訪れた。ビリグの祖父は貝子廟の歴代住持であり、モンゴル伝統医療の名医であった。祖父が亡くなったあと、彼は祖父の偉業を継ぎたいと貝子廟に入門したのである。私たちは小中学校の同級生であり、親同士も友人である。

私はビリグの案内で本堂の北西側にある小さな建物に入った。薄暗い部屋の西側の壁一面に作られた細長いチベット式のベッドの横で、背が低く、優しそうな老人が静かに書類を整理していた。友人は私のことを「日本からの研究者」と紹介してから用件を伝えた。彼は少しも嫌がることなく、ポツンと立っている私に向かって「遠慮せずここへ座ってください」と横にあった座布団を指した。私は自己紹介をしてから彼の横に座った。

私のことを日本から来たと聞いて彼は「私はこの夏、目の治療のために東京に行ってきた。近かったら頻繁に行きたい国だ。街の中を大勢な人が歩いていても、私のような静かにしゃべる人の声もはっきり聞こえるほど静かで本当に驚いた。ここでは大声で叫んでも聞こえないほどだから」と言って笑った。

ドブジョル（一九三二年生まれ）の幼名はビーリーヤという。六歳の時、貝子廟に入門した際、師匠がドブジョルという修行名を授けた。それ以来ずっと師匠が授けてくださった修行名を使っているという。

ドブジョルは一九八七年から二〇〇〇年頃まで貝子廟の管理職に就いていたが、今は主に貝子廟モンゴル伝統医療センターの主治医として働いている。ドブジョルはモンゴル伝統医療の大黒柱と呼ばれていて、地元の人々は敬意を払ってドブジョル・マームと呼ぶことが多い。マームは僧侶の敬称である（写真35）。

私がお土産に持っていった写真集『赤羽末吉スケッチ写真　モンゴル・１９４３年』［ＪＣＩＩフォトサロン、二〇一六］をゆっくりとめくりながら彼は語り出した。ページをめくるたび、ドブジョルの目が輝いていた。そして、もう一度、写真集をじっくり見てから相変わらず静かな口調で「いいものを見せてくれてありがとう！　日本人はここを去る時、煉瓦ひとつ壊さなかった。日本が撤退して間もなく、この寺はソ連軍に占領され、地位の高い僧侶たちは銃殺された。だが、ソ連軍も寺を壊さなかった。仏像が怖かったのか、何人かのソ連兵が仏像に向かって機関銃で撃ったぐらいだった。一九四七年から土地改革が始まると、我が寺の僧侶三人が殺された。そして、文化大革命が始まった一九六六年の春、この寺は全面的に破壊され、金銀財宝がトラックでどこかへ運ばれていった。師匠たちは計五五台分が運ばれたと話していた」と言った。彼の目が曇ってきたので、私もさっそく話題を変えた（写真36）。

写真 35　貝子廟モンゴル伝統医療センターの名医ドブジョル

写真 36-1　文化大革命中、穀物倉庫として使われていたことで破壊を逃れた貝子廟密教学堂

何度も修復されているが、写真 36-2 と比較すると当時の面影が残されていることがわかる。

写真 36-2　赤羽末吉が 1943 年に撮った 1 枚

『赤羽末吉スケッチ写真　モンゴル・1943 年』（2016）より。

2　貝子廟に鳴り響く機関銃の音

私は、一九四五年夏の、ソ連兵による貝子廟の僧侶虐殺について尋ねた。日本が貝子廟を撤退してから間もなくソ連軍がこの地に侵攻し、日本特務をかばった罪で貝子廟の地位の高い僧侶四五人を銃殺した。ソ連兵が起こしたこの事件は、ソ連と日本が内モンゴル草原に残した負の遺産でもあると私は認識している。

拙著『「スーホの白い馬」の真実』（風響社）の中で、貝子廟は「スーホの白い馬」ゆかりの地であると述べた。というのは、一九四三年の夏、絵本『スーホの白い馬』で有名な赤羽末吉が、満洲国に建てられたチンギス・ハーン廟の壁画の制作の下準備のために貝子廟を訪れており、のちに貝子廟で描いたスケッチや写真を使用して『スーホの白い馬』を描いたからである。そして、その本の中でソ連兵による僧侶虐殺について、知り合いのアジャー老人の回想を中心にふれた［ボラグ　二〇一六：三五―六六］。事実確認のためドブジョルにもことの真相を訊ねた。

「あれは旧暦七月四日（西暦一九四五年八月一一日）の朝のことだった。八時か九時頃だったと思う。その日、定例法会があったので僧侶ほぼ全員が集まっていた。当時、私は数え年で一四歳だったので、その日のことをよく覚えている。今でも同じ日に追悼の意味も含めて法会を開いている」

と、ドブジョルは語り出した。

「前日の夕方、ソ連軍の機械化部隊が貝子廟に向かってくるのを見たという僧侶がいた。ソ連軍は寺の近くで一夜を過ごし、翌日の法会が始まるのを待ったようである。ということは、彼らはこの寺の内部事情に精通していたということになる」

「ソ連兵は全僧侶を寺の前にあった影壁の前に集合させた（写真37）。そして、モンゴル人の通訳から、若い僧侶や子どもの僧侶は分かれて座るようにと命じたが、みんなが彼らの銃に怯えてその場を離れなかった。モンゴル人の通訳が何度も説明したあと、やっと一〇人ぐらいの子どもが師匠たちから離れて座った」

「ソ連兵は仕方なく今度は地位の高い僧侶に出てくるようにと命じた。当時、我が寺に約一三〇〇人の僧侶がいたので、地位の高い僧侶も多かった。その命令で四四人か四五人の僧侶が言われるがまま出てきた。そのほとんどが地位の高い僧侶で、普通の僧侶が二、三人混ざっていた」

「ソ連兵は彼らに銃を突きつけて寺の東南にあった土屋の商店の横を通って寺の灰捨て場へ向かった。当時、貝子廟の東南と西南に寺の灰捨て場（ゴミ場）があった。東南の灰捨て場は今の第一発電所の付近にあり、西南の灰捨て場は今のモンゴル族小学校付近にあった。長年の積み重ねで灰が山のように高く盛り上がっていた。ソ連兵は師匠たちを東南の灰捨て場へ連れていった。好奇心の強い二、三人の子どもの僧侶が彼らの後ろをついて走るのが見えた。ソ連兵は子どもには優しかった」

日本におけるモンゴル研究の第一人者であった磯野富士子は、一九四四年の一一月、夫の法社会学者である磯野誠一の仏教関係の研究につき添う形で貝子廟を訪れており、その時のことを著作『冬のモンゴル』（中央公論社）の中で細かく記録している。その中に貝子廟の灰捨て場について「左手、廟の前方から少し離れたところに、灰色の砂山のようなものがある。大きな家の屋根より高そうだ。何かと思ったらごみを捨てるところで、文字通りのちり積もってなった山とのこと。今も廟から出て来た一人のラマが、ごみを打ちまけて引き返して行く」［磯野一九八六：一二〇］と記録している。

「全員が灰捨て場の向こう側に入り、見えなくなったあと、突如、機関銃の連続した銃声が響いた。あとから聞いた話では、彼らを灰捨て場の後ろに並べさせてから機関銃で撃ったそうだ。銃殺された僧侶たちの死体の一部は家族が引き取ったと聞いている。私たちは子どもだったので、怖くて近づけなかった。残りの死体を若い僧侶が東南にある山の麓に埋めたそうだ」

と言って、ドブジョルは両手を合わせて拝んだ。

拙著『「スーホの白い馬」の真実』（風響社）の中で、ソ連兵による貝子廟僧侶虐殺について知り合いのアジャー老人の回想を載せた。アジャー老人によれば「当日、ソ連兵は師匠たちを本堂に集めた。子どもの僧侶たちは入れなかった。通訳だと思われるが、ソ連兵の中には、モンゴル人民共和国の兵士もいた。そして、本堂の中で両者が激しく言い争いをしているのが聞こえた。しばらくすると、ソ連兵が師匠たちを連れて寺から二、三〇〇メートルほど離れているゴミ置き場に向かうのが見えた。何が行われるか、分からなかった子どもの僧侶たちは、好奇心につられて師匠たちの後ろをついていったという。すると、機関銃の音とともに師匠たちが倒れた。目の前で体中から血を流しながら倒れ落ちる師匠たちを見た瞬間、子どもの僧侶たちは、まるで割れた瓶が飛び散るように散り散りに走った」［ボラグ　二〇一六：六二］という。

写真 37　ソ連兵が銃殺前に僧侶たちを集合させた影壁

1943 年に「スーホの白い馬」で有名な赤羽末吉が撮影した 1 枚。高さが 2 階建てのビルに相当するという。文化大革命中に完全に壊された。『赤羽末吉スケッチ写真　モンゴル・1943 年』(2016) より。

アジャーとドブジョル両氏の回想を比較してみれば、銃殺された僧侶の人数や、銃殺された場所、モンゴル人通訳の話が一致している。異なるのはソ連兵が貝子廟の僧侶たちを集合させた場所である。アジャーは「当日、ソ連兵は師匠たちを本堂に集めた」と回想しているが、ドブジョルは「ソ連兵は全僧侶を寺の前にあった影壁の前で集合させた」としている。ドブジョルが言うように当日、定例法会があったことから考えれば、最初、ソ連兵が本堂の中で法会を開いていた僧侶たちのところに入り、かくまっている日本人を渡すように命じたが、拒否された。そのため、僧侶らを寺の前にあった影壁の前に集合させ、銃殺する僧侶を選んだと考えられる。

「ソ連兵はこの貝子廟だけではなく、アバガ地域のチャント寺の僧侶約二〇名を銃殺している。銃殺してから埋めてしまったらしく、ソ連軍がチャント寺を撤退したあと、周囲の人々が寺に行ってみたら誰もいなかったという。何日待っても消息がなかったのでみんなが疑い始め、寺の周囲を探した。すると、丘の近くに赤い布の一部が土の中から出ているのが見えた。そこを掘ってみたら僧侶たちの遺体が出てきたという」

と、ドブジョルは語る。これはまったく初耳であり、私も驚いた。

「そういえば、機関銃で撃たれた僧侶の中で四人が生き残ったと聞いている。その一人がオリヤンハイ・サンボという僧侶だった。彼は下半身を撃たれたまましばらく歩き、この貝子廟の西南にあった、フルド・イン・スムという小さな寺の前で倒れて死んだらしい。だから、三人が生き残ったと言った方が正しいかもしれない」

「残りの三人の一人が耳あたりを撃たれたが、しばらくしてから血も止まり、痛みも治まったので大した治療もせず家に帰ったとのこと。翌年、彼は草原で燃料用の薪を集めて歩いている時、突如、耳に違和感を覚え、友人に見てもらったところ耳たぶの下の皮膚の中から銃弾の弾らしきものが半分出てきていた。それで慌てて医者に行き、それを取り除いたという。のちの一九四七年の春、ブリヤート・モンゴル人の武装蜂起を鎮圧しにきた中国軍の爆撃機が、このあたりに大量の爆弾を落とした。その爆破の音で耳から大量の血が出てそのまま亡くなったと聞いている」

「もう一人はジュドバ・ハンボという名僧である。さすが名僧だけあって、彼の衣装がぼろぼろになっただけで傷ひとつなかった。残りの一人はジャンブソイブンという年寄りの僧侶だった。彼は尻のかすり傷だけで済んだ」と、ドブジョルは相変わらず穏やかな口調で語る。

3　カルピスの故郷の悲劇

ドブジョルが言うブリヤート・モンゴル人の武装蜂起とは、ゲシクテン草原で暮らしていたブリヤート・モンゴル人が一九四七年に、部族長エリンチンドルジ（通称「エリンチン」）の指導のもとで土地改革に反対して武器を持って立ち上がったことを指す。

もともと、ブリヤート・モンゴル人はシベリアを故郷にしていた。世界地図を拡げてみればわかるように、東シベリアに位置するバイカル湖の南東部にロシア連邦のブリヤート共和国というのがある。一九三〇年代初期、その一部がソ連の指導で実施された暴力的な公有化政策に抵抗する形で、内モンゴル東北部のフルンボイル地域に移住した。しかし、フルンボイル草原が満洲国の勢力下に置かれると、日本軍は彼らのことを「ソ連のスパイではないか」と疑い始めた。こうしてソ連と日本の狭間で普通の暮らしができなくなった彼らはさらに南下し、ゲシクテン草原に移り住んだ。ゲシクテン草原は現在の内モンゴル赤峰市に位置し、草原、山、湖、砂丘が揃った屈指の観光地であり、三島海雲がカルピスのもととなる乳酸菌飲料と出会った場所でもある。

「ゲシクテン草原で生活していたブリヤート・モンゴル人に目をつけたのは、ほかでもなくアバガ特務機関だった。アバガ特務機関は勇敢なブリヤート・モンゴル人の男たちに武器を与え、遊撃隊を結成させていたといわれている。手元にその武器があったので、ブリヤート・モンゴル人は土地改革が始まるや否や立ち上がった」

と、ドブジョルは証言する。日本側の資料にも同様な記述がみられる。

加藤大尉は昭和十四年七月六日、ノモンハン戦ホルステン谷地の戦闘で行方不明となった。（中略）停戦となり捕虜交換で帰ってきたが、将校たる者が捕虜になるとは何事だということで、関東軍の軍法会議にかけられた。

軍法会議の判定は厳しかった。「日本人を捨てよ。蒙古人になりきれ。街には絶対出てはならない。一生を蒙古人として送れ」。（中略）

日本人との絶縁、肉親との断絶、靖国の神のままアパカに流刑の身となった。

加藤大尉は当初、東ウヂムチンに在って林久作と名乗って機関の任務に服していた。その後、いつの日からブリヤード部落に入り、ナンドルジーと呼ばれるようになり、ひたすら蒙古人になりきるのであった。

加藤大尉の人格には部落民皆がほれこみ、ブリヤード総管エリンチニドルジーの娘婿となって副総管となった。完全に蒙古人になりきったのである。

ブリヤード部落の住民で編成された部隊が、アパカ機関の唯一の謀略部隊であった。（中略）

頼りにされたアパカ特務機関は、この保護育成に意をつくした。武器を貸与し、機密費を与え、草の繁茂地を与えて一般住民の立入りを禁じた。こうした援助を行ない、一朝有事の際に威力謀略部隊として運用することとした。一方、ブリヤード部落としては、その時こそ祖国再建の時と夢見たのである。

［岡村　一九九〇：付録「語られざる実話」日本人を捨てよ］

モンゴル遊牧民は昔から財産であり食料でもある家畜を追って移動する。避難する時も同じである。それを知った中国軍は爆撃機を派遣し、家畜を追って移動している集団を見つければ容赦なく攻撃を加えた。いくら勇敢なブリヤート・モンゴル人といえども、新型兵器である爆撃機には太刀打ちできず、柳の木が茂るチャハル草原の砂漠地帯に向かって逃げるのみだった。こうしてブリヤート・モンゴル人の武装蜂起は間もなく中国軍の爆撃によってあっけなく幕切れた。

当時、チャハル盟公署は現在のシリンゴル盟正鑲白旗《ショロン・フブゲト・チヤガン》にあった、チャガン・オール寺（写真38）にあり、そこで秘書として働いていた父方の大叔父のソニンバヤルはこう振り返る。

「ブリヤート・モンゴル人の生き残り約一〇〇名がドロン・ノールから牛車で送られてきた。老人や僧侶もいたが、そのほとんどが女性や子どもだった。移動中もそうだったようだが、到着してから年寄りが相次いで亡くなった。私たちは彼らに小麦など食料を届けてあげた。こうして約一カ月滞在させてから彼らの要望を聞いた。すると、ほぼ全員が『男たちが殺された、このシリンゴル草原にこれ以上滞在したくない。できればフロンボイル草原に戻してください』とのことだった。私たちは彼らの要望を尊重し、一九四七年の夏、全員をフロンボイル草原に送ってあげた」

中国軍の爆撃中、部族をはぐれ、運良く生き残った少数のブリヤート・モンゴル人の子孫が今はゲシクテン草原に隣接する地域に分散して生活している。部族長のエリンチンドルジは国民党チャハル省治安部隊の総司令官になったが、一九四九年に内モンゴル西端のアラシャ地域で再起を試みた徳王と合流する。その後、徳王がモンゴル人民共和国に亡命した時、モンゴル人民共和国と因縁があるエリンチンドルジは内モンゴルに残り、一九四九年一二月に共産党側に捕まり、処刑された。

このゲシクテン草原が位置する赤峰市は当時、カラチン地域と呼ばれていて、全体が満洲国に編入されていて、日露戦争の前から日本と交流があった。序章でもふれたように、一九〇三年三月、この地域を治めていたグンスン

写真 38-1　1941 年 7 月に東大ゴビ砂漠学術探検隊が撮影したチャガン・オール寺
『ゴビの砂漠』(1943) より。

写真 38-2　文化大革命中に跡形もなく壊された、チャガン・オール寺の跡地
現在はその跡地に天地の神々を祭る石の祭壇が建てられている。

ノルブ王が、大阪で開かれた第五回内国勧業博覧会に招待されたことがきっかけで両者が急接近した。日本を訪問したグンスンノルブ王は、日本の教育に大いに関心を抱き、帰国後、自分の王室で日本風女子教育を実施し、河原操子と鳥居きみ子、男子校では鳥居龍蔵らが教鞭を執っていた。また、ゲシクテン草原は名馬で有名だったので、日露戦争時、日本陸軍はゲシクテン草原から馬を調達していて、カルピスの創業者である三島海雲もその仕事に携わっていて、そこで出会った乳酸菌飲料をヒントにカルピスを作った。

4　馬賊《デールム》に救われた人々

「先ほど、土地改革の時、貝子廟で三人の僧侶が殺されたとおっしゃいましたが、本当に三人だけでしたか」と、私はドブジョルに聞いた。というのは、総人口が二〇〇人にも満たない我がソムでも五人も殺されたので、一五〇〇名の僧侶がいる貝子廟で殺されたのは三人だけだったと聞いて、何か間違いではないかと思った。

「あれはブリヤート・モンゴル人のエリンチンドルジと馬賊ホトランガーのおかげです。貝子廟周辺で土地改革が始まって間もなく、ゲシクテン草原に住んでいたブリヤート・モンゴル人がエリンチンドルジの指導のもとで、ウジムチン草原のモンゴル人は西ウジムチン王府の家庭教師だったホトランガーの指導のもとで、武器を持って立ち上がった。だから、貝子廟やウジムチン地域で土地改革が兄貴たち（漢人）の思うように進まなかった」

と、ドブジョルは答える。

官製史料では馬賊ホトランガーと書かれることが多く、私も小さい時から馬賊ホトランガーと教わってきたが、その馬賊のおかげで貝子廟が土地改革の荒波を逃れたとはどういうことなのか。しかも、軍人でもなく貴族でもなく、たかが家庭教師、表現を変えれば、ただの使用人が武器を持って立ち上がったとはどういうことなのか。調べてみると意外な真実がみえてきた。

話は少し逸れるが、西ウジムチン旗にソドナムラプダン（一八八四―一九三六）という王がいた。現地のモンゴル人は「ソノムアラプタン」と発音することが多い。ソドナムラプダン王は約三六年間、西ウジムチン及びシリンゴル盟の政界に君臨した大物政治家であり、徳王ことデムチョクドンロブも一目置いた人物である。

ソドナムラプダン王には子どもがいなかったので、一九三六年にミジドジャンチャブニンブという三歳の男の子を養子にした。その年、ソドナムラプダン王が亡くなり、三歳のミジドジャンチャブニンブが世襲制によって王座に座った。一九四一年にホトランガー（一九〇八―不詳）という内モンゴル東部出身の青年が、七歳になるミジドジャンチャブニンブ王（通称「ミジド王」）の家庭教師となった。その家庭教師の本名はボヤントといい、モンゴル語・満洲語・中国語ができる人物だった。彼の出身地は内モンゴルの東部であるが、西部地域で育ち、徳王が王府で創設した学校にも通っていて、徳王とも面識があった。

一九四五年に日本が内モンゴル草原を撤退したのち、内モンゴル全体に中国共産党の影響力が増し、中国共産党指導の内モンゴル自治運動連合会によって各地で土地改革が始まった。研究者のゲレルによれば、この時（一九四六年）、西ウジムチン旗のソドナムラプダン王の第二夫人のデリゲルが、役人たちに相談した上で中国語が堪能な家庭教師のホトランガーを密かに派遣し、国民党と連絡を取らせた。ホトランガーは北京で国民党側との接触に成功し、さらに武器を手に入れるためにその足で東北地方に赴き、開魯《かいろ》（通遼市周辺）で武器を購入することを決めた。一九四六年の冬、ホトランガーは仲間のシラブラマーを西ウジムチンに派遣し、武器購入代金を送るようにと伝言を預ける。翌一九四七年の春、西ウジムチンが武器購入代金としての馬を東北地域に送る途中、馬が共産党側に没収され、ホトランガーも逮捕される。運良くそれが武器を購入するための馬であることがバレなかったので、西ウジムチンの役人たちは「ホトランガーは馬を売るために行った」と説明し、請け負う形でホトランガーを刑務所から出し、地元に連れ戻すが、その七月にホトランガーは自ら消息を絶つ［Gerel 1987: 115–117］。消息不明の間、ホトランガーは張家口で再び国民党と接触し、国民党政府がドロン・ノール地域に結成させた国民党チャハル省治安部隊の副司令官に任命されていた［Gerel 1987: 120］。

ホトランガーが県外で活動している間、中国共産党指導の内モンゴル自治運動連合会シリンゴル盟分会が、一九四七年九月と一九四八年の春、二回にわたってウジムチン地域に革命工作隊と武装部隊を派遣し、各地に支部を設置する傍ら大々的な宣伝及び教育活動に取り組み、金持ちの財産を没収し、銃殺することも起きている［Gerel 1987, 111–113］。その時、草原に掘った穴に幼いミジド王を座らせ、首まで埋めてから周りの土を徐々に固めた時、目玉が飛び出しそうになったという話が今も地元の人々の間に語られている。

ことはこれで終わらなかった。

一九四八年の夏、内モンゴル自治運動連合会革命工作隊（通称「工作隊」であり、前掲の革命工作隊と同一組織である）がオラン・ハガラガー寺を行政所在地にしていた西ウジムチンに入り、西ウジムチンの政界の中心人物であり、ソドナムラプダン王の時代にも活躍した六名の役人を「過去において日本帝国主義と結託し、日本が敗戦後、国民党と結託した」と逮捕した。その六名は、バートルチロ管掌者《ジャヒルクチ》（管旗章京）、バルジニマー参領《ジャラン》、ワンチョックスルン協理《トサラクチ》、グルゲ参領《ジャラン》、ミドッグ協理《トサラクチ》、ダンヅンラホワー保安隊長《メイリン》である。彼らを内モンゴル自治運動連合会シリンゴル盟分会の拠点となっていた貝子廟に連れて行き、そこで取り調べをする予定だったが、なぜか西ウジムチンのガハイ・エレス（猪の砂丘）という砂漠で裁判もせず全員を銃殺してしまった。これを聞いたホトランガーは部隊を連れてウジムチン草原に舞い戻ったのだった。

ホトランガーは一九四八年九月一八日に西ウジムチン王府を占領し、一四歳のミジド王を保護する。その時、ホトランガーはミジド王を見て「このように生きているうちに会えるとは思わなかった」と泣いたという［Gerel 1987: 120–126］。

ホトランガーは幼い王を連れて、戦闘を繰り返しながら九月中旬に張北を通って張家口に着く。張家口に到着してから、ホトランガーは王とともに国民党の関係者やアメリカのマスコミと面会し、内モンゴルの牧畜地域で実施されている暴力を伴う土地改革の実態を世界に訴え、それから北京に赴き、徳王らと会談する。この時、徳王も一時避難する形で北京に滞在していたので、彼にもホトランガーらを助ける余裕はなかった。ホトランガーは徳王の紹介でさらにジャグチドスチン（一九一五—二〇一六）と面会し、ジャグチドスチンの手助けでミジド王を飛行機で国民党支配圏にあった蘭州《らんじゅう》（現「甘粛省省都」）に逃がし、それから青海省のグンブム寺に避難させた［Gerel 1987: 151–152］。それからというもの、ホトランガーは部隊を牽いてウジムチン草原に舞い戻り、各地を巡って激しい戦闘を繰り返す。

なぜホトランガーは各地を巡って激しいゲリラ戦を展開させたのか。その狙いは、自分たちと同じ志を持つモンゴル人を立ち上がらせるためだったとみられる。当時、外部から来た工作隊が一方的に進める土地改革に不満を持つモンゴル人は多く、ウジムチン草原を中心にホトランガーに賛同するゲリラ部隊が次々と現れ、世間の情勢が非常に不安定になった。

ホトランガーの部隊は次々と工作隊や保安部隊が潜伏する寺院や政府所在地を攻撃し、一九四八年の冬、いよいよシリンゴル盟の政治・経済・軍事の中心地であった貝子廟を攻撃し始めた。ホトランガーの部隊が貝子廟を突破し、さらに西に進めば全内モンゴルが戦闘状態に陥りかねない。それだけは避けたい共産党が大部隊を投入し、ホトランガーらをウジムチン草原に封じ込む作戦に乗り出した。それゆえに、貝子廟やウジムチン草原で引き続き土地改革を進める余裕がなくなったのである。ドブジョルが言う「ホトランガーのおかげで土地改革がうまく進まなかった」とはこのことであった。

ホトランガーらの部隊をウジムチン草原に封じ込めるために白羽の矢が立ったのは、満洲や日本国内の陸軍士官学校で学んだエリートが指揮する内モンゴル騎兵師団だった。この時、内モンゴル騎兵第一師団第三連隊の隊長であり、ホトランガー一味と戦闘を繰り返したエルデニサンは「ホトランガーの部隊の隊員の多くは、戦闘の舞台となったウジムチン草原出身の遊牧民なので地形を熟知している上、モンゴル人は生来乗馬の達人なので、本人が乗っている馬以外にも二、三匹の馬を連れて疾駆し、走っている馬から別の馬に飛び乗って走るので一瞬で攻撃をしかけてくるし、撤退するのも速く、さんざん苦しめられた」[Erdenisang 1984: 167-168]と感心するかのような回想を残している。エルデニサンはさらに、一九四九年一月一日の攻撃でホトランガーの部隊に大きな打撃を与え、約六〇〇人の隊員の約半数が降参し、敵側の食糧や生活道具をすべて手に入れたが、ホトランガー本人を捕まえることはできず、漢人上司に「馬を捕らえたのになぜ本人を捕らえられなかったのか?」と叱られたと回想している[Erdenisang 1984: 181-187]。ホトランガーが残りの部隊を引き連れてチャハル地域の柳の木が茂るホラン・シャラガ砂漠地帯で冬を越したことまでは知られているが、そこから消息が途絶えてしまった。

研究者のナ・ブヘハダは「ホトランガー一行は無事に国境を越え、モンゴル人民共和国に入り、そこから消息を絶った」[Na.Bökeqada 2007: 209]としている。モンゴル人民共和国側から内モンゴルに強制送還され、一九五一年七月一八日の東連合旗の夏祭り《ナーダム》の際、公開処刑されたという説もあるが、研究者のゲレルは「モンゴル側に強制送還され、公開処刑されたのはホトランガーの部隊を逸れた部下のバートル・ヒイェー、ヒリン・ラマーとブリヤート・モンゴル人のオラン・ジャムサランの三人である」と指摘している[Gerel 1987: 194]。また、ホトランガーは残りの部隊を連れて甘粛省に入り、そこから消息が絶えたという話もある。こうしてホトランガーは一陣の突風のように歴史の舞台に登場し、「英雄は死なず」とでもいうかのように多くの謎を残したままその舞台から消えていった。

一方、ミジド王はというと、一九四九年に内モンゴル西端のアラシャ地域に活動拠点を移した、父親の後輩である徳王を頼りに戻るが、徳王も間もなくモンゴル人民共和国に亡命した。幼いミジド王はそのまま国民学校に通い、さらに西北民族学院に進学し、共産主義思想で心身を武装した。一九五七年にミジド王は西ウジムチンに戻り、いわゆる「中国革命」に参加するが、文化大革命が激しく進められていた一九六九年に亡くなり、ウジムチン草原の名王一家の歴史は一三代目で幕を閉じた。死因は不明である。

5　天地の神々を祭る祭壇の代わりに建てられた「革命烈士記念碑」

貝子廟の後ろにあるエルデニ丘の頂上に、天地の神々を祭る石の祭壇であるオボがある。通称「エルデニ・オボ」である。貝子廟が建設された一〇年後の一七五三年に貝子廟の僧侶や地元のモンゴル人の手によってつくられた祭壇であり、毎年の旧暦五月一三日に祭りが行われてきた。ところが、文化大革命中の一九七三年に紅衛兵たちは「オボは封建主義の残骸である」とし、エルデニ・オボを取り壊した。

ことはこれで終わらなかった。

一九八二年にエルデニ・オボの跡地に高さ一〇メートル以上もある「革命烈士記念碑」（写真39-1）が建設され、その下にホトランガー一行に殺された、内モンゴル自治運動連合会チャハル盟分会主任だった蘇剣嘯《そけんしょう》（一九〇五―一九四八）をはじめとする内モンゴル自治運動連合会工作隊の幹部計一八名（うち女性一名）の遺骨を納めた。

そこにももうひとつの歴史的真実が隠されていた。父方の大叔父のソニンバヤルはこのように証言している。

「蘇剣嘯のモンゴル語の名前はソドセチンというが、本人はモンゴル語が全然話せなかった。顔中にあばたがあり、負けず嫌いな男だった。もともと新彊か青海あたりの出身だが、なぜか経歴ではシリンゴル盟西スニト出身になっていた。彼は一九四七年の冬からチャハル草原の牧畜地域で行われた土地改革に伴う階級闘争を自ら指導した。当時、私は現場にいたわけではないが、チャハル盟公署の秘書だったので、各地における階級闘争の様子が瞬時に私たちのところに報告されていた」

「チャハル地域における土地改革に伴う階級闘争は、あなた（著者）の出身地である現在の正鑲白旗オランチャブ・ソムから始まった。なぜそんな田舎から始めたのかというと、第一に、そこはチャハル地域の奥地であり、国民党の影響力があまりなかった。第二に、そこの人間は性格が穏やかでおとなしい人が多いので、チャハル地域における階級闘争の第一線、つまり実験場として選ばれたのである。そして第三に、当時、ゴビの砂漠地帯に砂漠を緑化するといった名目で大勢の漢人移民が住んでいた。彼らがいち早く土地改革に賛同したからである。工作隊が裕福な人の財産を没収し、人を殺害することも頻繁に報告されていた。私は単なる秘書なので、それを上層部に報告するしか方法がなかった」

隣にいた父方の大叔母のハンダーも次のように証言している。大叔母は私の地元で行われた土地改革を目撃していた。

「当時、私は一四歳でオランチャブ・ソムにいました。我がソムの総人口は二〇〇人にも満たなかったと思います。一九四八年の夏、六人もの金持ちが殺されました。一人を馬で引っ張って殺し、三人を今のブリド寺の前で銃殺したのを私は自分の目で見ました。その後、殺された金持ちの財産を大衆に分配しましたが、我が家は長ブーツ一足しかもらっていません。近所のモンゴル人も民族衣装やその材料、茶碗しかもらっていません。漢人は自分たちに必要のないものだけをモンゴル人に配ったという印象でした。そんなたくさんの家畜、宝石や金銀食器がどこにいったのか。その答えは明らかでしたが、誰も追求することはできませんでした。みんなが何かに怯える日々を送っていましたから」

「ある時、工作隊のメンバーが拳銃の威力を試すといって、遊び半分で四人を縦列に並べて後ろから撃ったという。銃弾が手前の人を貫通し、手前から二番目の人に当たり、二人は即死したそうだ。その時、生き残ったトグスルンとボンバーという人がつい最近まで生きていた。ボンバーは精神的におかしくなり、銃声のような音を聞くとパニックを起こすようになっていた」

「工作隊のメンバーが重い長銃をたずさえ、反動派とされた一人の牧主の首に跨って家畜を放牧したことがあります。また、西ウジムチン草原のジラン地域では、活仏に四頭引きの乗合馬車を引っ張らせ、その馬車に七、八人の女性が乗り、細い竹を三つ編みにして作ったムチで絶えず活仏の耳を打ちながら約三〇キロ走らせたと聞きました。今、文化大革命中に行われた拷問についてよく知られていますが、土地改革も文化大革命とあまり変わりがなかったように思います」

このように蘇剣嘯が指導する階級闘争がエスカレートするにつれてチャハル地域のモンゴル人も反発し始めた。それに危機感を覚えた上層部は蘇剣嘯をはじめとする工作隊指導部を貝子廟に呼び寄せ、緊急会議を開いた。その会議で蘇剣嘯は上司の奎壁《けいび》の叱責に対して自分がやっていることを正当化する発言を連発したとのこと。

上層部の叱責に対して不満を抱いた蘇剣嘯は、一九四八年一二月一六日の昼頃、会議を終えるとすぐに部下二六名を連れてチャハル草原へ戻っていった。出発した時間が遅かったので、一行は途中、シリンゴル盟アバガ旗のシャバルテというところで一泊することになった。ところが、翌朝、出発して間もなくホトランガーの部隊に包囲され、銃撃戦の結果、蘇剣嘯を含む一八名が殺されたのである。彼らが宿泊した村にいた僧侶がホトランガーに密告したという説があるが、自分たちの指示を聞かない蘇剣嘯を危険人物だと判断した上層部がホトランガーを使って蘇剣嘯を消し、その罪をホトランガーに被せたという説もある。いずれにせよ、この事件が地元史では「シャバルテの戦」と称され、亡くなった一八名が英雄として賞賛され、一九四九年に貝子廟の東側にあった苗圃《びょうほ》に烈士墓がつくられ、その一八名の遺骨が納められた。のちに都市開発に伴って墓を移転せざるを得なくなり、一九五七年に貝子廟より西南七、八キロのところに移し、新しい烈士碑を建設した。しかし、文化大革命が勃発して間もなくその烈士碑が紅衛兵によって壊され、遺骨の一部が野犬に持ち出された。文化大革命が終結したのち、紅衛兵に壊さ

写真 39-1　エルデニ・オボの跡地に建設されていた「革命烈士記念碑」

2005年に市の東側に新しい烈士陵園が建設され、革命烈士記念碑もそこに移転された。

写真 39-2　復元されたオボ

革命烈士記念碑が移転され、ようやく神々を祀る石壇であるオボが復元された。

写真 40　エルデニ・オボの上に作られたデートスポット

1952 年に作曲された「オボの上でのデート」という歌謡曲に基づいて作られたらしいが、歌謡曲「オボの上でのデート」のオボは、天地の神々を祭る石の祭壇である「オボ」のことではなく、丘を意味する。蚊の多い夏の草原では、カップルたちは風通しの良い（蚊は風に弱い）丘の上でデートすることが多く、歌謡曲「オボの上でのデート」はそれに由来する。

れた烈士碑を、同じく紅衛兵によって壊されたエルデニ・オボの跡地に移転させることを政府が決定した。そして、一九七六年に着工し、天地の神々を祭る石祭壇であるオボの跡地に、「革命烈士永垂不朽」（革命烈士の名は永遠に朽ちることはない）という文字が刻まれた記念碑が建てられた。

　革命烈士といえども、その遺骨を天地の神々を祭る聖なる場所に納めることや、祭壇の代わりに革命烈士記念碑を建てることは、モンゴル文化に反することであり、モンゴル人の信仰心を踏みにじったも同然である。ゆえに、政界の中のモンゴル人幹部を含む多くのモンゴル人はエルデニ丘の頂上に革命烈士記念碑を建設することを猛烈に反対した。しかし、最後に実権を握っていた漢人たちが勝つ形で一九八一年に竣工式が行われ、一九八二年に計画通り遺骨は記念碑の下に移転された。そして、日本のお盆に相当するハンシ（四月五日に当たることが多い）に市内各学校が記念碑に献花することが市の条例によって定められた。天地の神々を祭る場所が愛国主義教育施設として生まれ変わった瞬間である。

　ドブジョルを含む貝子廟の僧侶や地元のモンゴル人は引き続き裁判を起こし、一日も早く革命烈士記念碑を移転させ、そこに天地の神々を祭る祭壇であるオボを復元させせることを求めてきたが、彼らの訴えは認められなかった。そんな中、中国国内における愛国主義教育の強調に伴って、シリンホト市も本格的な愛国主義教育施設「烈士陵園」を建設することになり、二〇〇五年にその革命烈士記念碑を市の東側に新しく建設された「烈士陵園」に移転させた。ちょうどその時、貝子廟も全面修復していたので、モンゴル人はオボを復元させ、定期的にオボ祭も開催されるようになった（写真39－2）。

ところが、またも新たな問題が生じた。貝子廟とオボが完全に民族的・宗教的な場所になれば、そこにモンゴル人が自然に集まってくる。それがやがて民族分裂運動に繋がりかねないと警戒した政府は、貝子廟とオボを観光名所とし、天地の神々を祭る祭壇であるオボの近くにデートスポットまで作った（写真40）。日本では相撲の土俵に女性が上がることが禁じられているのと同じように、モンゴルではオボに女性が上がることは禁じられている。善し悪しは別として古くからのしきたりである。そのオボがデートスポットになることはモンゴル人にとって考えられないことである。

問題は、モンゴル人にとっての聖なる場所に遺骨を納める意味はどこにあったのかということである。そして、わざわざその遺骨を移転させたのに、そこにデートスポットまで作る意味はどこにあるのか。モンゴル人は「我々の信仰心を踏みにじること自体が目的だ」と嘆いている。

6　連合軍による解放宣言

「その日（西暦一九四五年八月一一日）、ほとんどの僧侶は避難してしまったが、私たち子どもを含む約二〇〇人の僧侶が寺に残った。避難したくても避難するところがなく、または実家が遠い僧侶がほとんどだったが、この寺は私たちの寺なので、殺されても離れたくないといって避難しなかった僧侶もいた」と、ドブジョルは続ける。

翌日、北方からソ連軍の機甲師団が続々と入ってきた。天井のないジープや三輪のオートバイが先に走っていた。車の前のライトあたりをラクダガヤで覆っていた。トラックに二輪の調理用の車輌を引っ張らせ、調理用車輌の天井から煙突が出ていて、移動中も中のものがこぼれることがないような密封された大きな鉄鍋があった。子どもの僧侶が遊びに行くと、煉瓦のような大きなパンを切り分けて与えた。

ソ連軍の中にはモンゴル人民共和国の軍人もいた。僧侶たちは言葉の通じるモンゴル人民共和国の軍人のところに集まって、何が起きているのか説明を求めた。すると、「殺された僧侶は日本帝国主義の協力者である。他の人は安心してください。このまま寺に残っても構わないし、実家に帰っても構わない。私たちはあなたたちを日本帝国主義の抑圧から解放したと説明し、集まった僧侶たちを解散させた。みんなが寺に戻ってみたら寺がソ連兵に占領されていた」と、ドブジョルは振り返る。

翌日、寺に残されていた僧侶たちはもう一度、連合軍に呼び出された。そこで「この寺に日本のスパイが隠れていたので、私たちはその協力者を皆殺した。もう一度言うが、隠れている日本スパイがいたら直ちに渡してください」と言った。それに対して一部の僧侶は「もともとこの寺に日本スパイはいなかった。日本のスパイはトゥージヨーゴワン（特務機関）にいたが、ここは彼らとは無関係である」と反論した。すると、「私たちは調査済みである。ノーヌガイという日本人のスパイがこの寺に隠れているはずだ」と問い詰められたという。それを聞いて僧侶たちは唖然とした顔をしていた。まさかあのノーヌガイがスパイだったとは信じられなかった。ある僧侶が「たしかにそんな僧侶はいたが、今どこにいるか、私たちも知らない」と答えた。

しばらくしてから連合軍が「あなたたちはこのまま寺に残っても構わない。みんながここを去ってくださいという意味ではない。それはみなさんに任せる。私たちがここに来た目的はあなたたちを解放するためである」と説明した。それで避難した僧侶たちは徐々に寺に戻り始めた。最終的に約七、八〇〇人が寺に戻った。そして、殺された僧侶の代わりを選別し、元通りに法会を開くようになった。

序章でもふれたが、一九四五年八月九日にソ連・モンゴル人民共和国の連合軍が内モンゴルに侵攻し、翌日の一〇日、モンゴル人民共和国のチョイバルサン首相が全モンゴル人民に向けてラジオ演説をした。そこでチョイバルサン首相は「今日、我が国は対日宣戦布告をした。よって我が軍は国境線を越えて内モンゴルの領土に入り、着実に進んでいて、我が兄弟である内モンゴルのモンゴル人を日本の支配から解放する」［*Arad-un ǰam* 1945, 10, 23］と高らかに宣言している。当時、連合軍が内モンゴル各地に飛行機でビラを撒いた。そこにも同じく解放宣言や日本人を引き渡すことを求めた内容が書かれていた。

しかし、スターリンには別の狙いがあった。一九三〇年代のソ連におけるスターリンの血の粛清はよく知られているが、モンゴル国（元モンゴル人民共和国）においても、スターリンやその仲間たちの陰謀により、一九三七年から一九三九年にかけて「半革命的日本のスパイ組織」の存在が判明したことを口実にして、モンゴル政府の指導者、軍上層部にまで及ぶ粛清が行われた。この大粛清の犠牲者は約三万七〇〇〇人だった［マンダフ・アリウンサイハン　二〇〇一：一九〇］。このことは日本ではあまり知られていない。大粛清が政府や軍の上層部にまで及んだことは事実であるが、犠牲者のほぼ半数を占める一万八〇〇〇人は僧侶だった。この時代、モンゴル草原では活仏や名僧が富を蓄えていたので、彼らをはじめとする僧侶階級が公有化政策に反対していた。その僧侶階級は、陰の指導者であったスターリンやソ連にとって相当に目障りだったのである。その意味でソ連兵が貝子廟で行った僧侶虐殺は、スターリンによる大粛清の続きであるともいえるかもしれない（写真41）。

写真 41　1930 年代のモンゴル人民共和国で起きた、ソ連指導のもとで行われた公有化政策や宗教弾圧に反対して立ち上がった僧侶を弾圧する国軍

手に火縄銃、剣や棒を持った僧侶たちを国軍が戦車で押し潰している。ソ連指導で行われたこの大粛清の犠牲者の半数を占める約 1 万 8000 人が僧侶だった。写真は *Ündüsüten-ü toyimu No. 48* より。

7　モンゴル高原の夜空を彩る日本の花火

「トゥージョーゴワンの日本人は、活仏ノヤン・ホトクト（通称「ノヤン・ゲゲン」）の転生として、一九四二年の一〇旗《アルバン・ホションノ・ナイル》の祭りに合わせて自分たちが選んだノヤン・ホトクト八世（一九三〇―一九四七）を公の場に登場させた（写真42）。祭り当日、日本人は月餅やキャンディ、絹や煙草といった、当時のモンゴル草原では簡単に手に入らない品々をトラック一〇台分も運んできて、八世に謁見した遊牧民全員に配った。それから昼は夏祭りの主な種目であるモンゴル相撲、馬の長距離競走、弓射が行われ、夜に日本人が花火を打ち上げたり、映画を上映したりして、活仏の即位式を兼ねた夏祭りが約二週間続いた」

と、ドブジョルは語る。

私も学生時代、現地の長老たちが「今までそんな盛大な夏祭りを見たことがない」と話していたことを何度も聞いたことがあるが、そこに日本人が関わっていたとは知らなかったので、調べてみることにした。すると、もうひとつの真実がみえてきた。

ノヤン・ホトクトは、ゴビ地域を代表するチベット仏教ニンマ派（紅教ないし紅帽派）の活仏である。歴代ノヤン・ホトクトの中では五世ダンヅンアラブジャー（一八〇三―一八五六）が最も有名である。五世は人の内心、運勢や未来を占うことができる特殊能力の持ち主であり、幼い頃、自分の無責任のせいで羊の群れが狼に襲われたと雇い主に叱られる父親をかばって、なんと羊の群れを襲った狼に生きたまま首輪をつけて連れて帰り、周りを唖然とさせたというエピソードがある。五世は名僧でありながら酒と肉が好きで、詩や歌を作り、寺院内に劇場までつくる風変わりな僧侶だったことでも有名で、ゴビ地域の暴れん坊《ドオグシン》ノヤン・ホトクトといえばモンゴル圏で知らない人は少なく、信者も多かった。現在のモンゴル国サインシャンドにあるハマリーン・ヒード寺はノヤン・ホトクト五世が建設した寺院で、パワースポットとしてモンゴル圏で広く知られている。戦時中、日本の皇族である北白川宮永久王が訪れたという話もある。

また、モンゴル人なら誰しも一度は聞いたことがある、白ターラー像に捧げた歌「ウルムジ・イン・チャナル」（至高の善美）はノヤン・ホトクト五世の作品である。初恋の相手を、白ターラー像に重ねて歌ったという説もあれば、難病に侵され、途方に暮れたノヤン・ホトクト五世が、毎日のように白ターラー像に向かって、即興でこの歌を歌ったところ、体調が徐々に回復し、病気がすっかり治ったという説もある。ゆえに、この歌を一回歌うだけで白ターラー礼賛経を一〇〇〇回唱えたことと同じ効果があるといわれるようになった。また、モンゴル草原ではチベット仏教のゲルク派が主流であるのに対してノヤン・ホトクトはニンマ派という点でも異質な存在だった。

ノヤン・ホトクト七世は、一九三〇年にモンゴル人民共和国で行われた公有化政策に伴う階級闘争の中で銃殺されたので、その運動から逃れて内モンゴルに移住してきたモンゴル人民共和国からの移住民にとってその転生を選ぶことは、一筋の希望の光であった。それを知った日本特務機関は、モンゴル人民共和国から内モンゴルに集団移住してきた人々の指導者である活仏デロワ・ホトクトや、シリンゴル盟東スニト旗の霊山シリン・チャガン・オボーの南にあるチャガン・オボー寺の活仏五世ジャミヤンリグシドジャムス（通称「チャガン・ゲゲン」一八八七―一九五七）らの助けで、一九三八年にチャガン・オボー寺の名僧ジョボー・ハンブの八歳の甥子デンジンニマーを、ノヤン・ホトクト八世として選んだ。そして、幼い八世の教育をわざわざモンゴル人民共和国から移住してきた名僧ジャムバル・ヘブシ（別名「ジャムベル・ガブジョ」）に依頼した。

チャガン・オボー寺は一七一四年にハルハ・モンゴル草原で最も権威の高い活仏ジェプツンダンバ・ホトクト一世（一六三五―一七二三）の援助で創建された名刹であり、ジェプツンダンバ・ホトクトに属するボグド・イン・

クレーの支院でもあった。東京ドーム約三倍の敷地に学校、診療所、鍛冶屋、木工所、絨毯や織維工場、印刷屋、皮革工場、煉瓦工場があり、最盛期には一二〇〇名を超える僧侶が修行していた。一九三二年六月二二日、チャガン・オボー寺の活仏五世ジャミヤンリグシドジャムスと徳王の要請でパンチェン・ラマ九世がチャガン・オボー寺で法話会を開くと、参拝者は三〇〇〇人に上り、法話会が三日間続いたことでチャガン・オボー寺の知名度がさらに上がった。また、活仏五世ジャミヤンリグシドジャムスは親日派僧侶としても知られていて、一九四二年にアバガ特務機関の招待で朝鮮半島や日本を訪問している。だからと思われるが、一九三四年に関東軍情報機関が、この

写真 42　即位式当日のノヤン・ホトクト８世デンジンニマー（通称「ノヤン・ゲゲン」）

あどけない表情が印象的である。日本人によってノヤン・ホトクト８世として選ばれ、中国人によって「国民党特務」「日本特務」「日本帝国主義の走狗」「人民の血を吸う寄生虫」と銃殺された、彼の 16 年の短い生涯は大国に弄ばれた弱小民族の運命そのものである。まるで８世の即位式当日に日本人が上げた花火のようにモンゴル高原の夜空を彩り、やがて消えた。

写真提供：Shirchin Baatar

チャガン・オボー寺に密かに特務機関を設置したといわれており、一九三八年になると日本特務機関の活動が公に知られるようになった。研究者のダ・チャガンによれば、一九四〇年にアマモリという日本人が、このチャガン・オボー特務機関を指揮していて、彼の指示によって数多くの遊牧民がモンゴル人民共和国のスパイという冤罪で殺害されたという［Da.Čayan　2008: 214］。

もちろん日本側にも打算があった。それは、このチャガン・オボー寺より西北約三〇キロのところにあるザミンウードにソ連軍が駐屯していて、さらに西北約三〇キロ離れたところにソ連軍サインシャンド基地があり、そこにソ連軍第一二国境警備隊約五〇〇〇人が駐屯していたからである。ゆえに、この地域からノヤン・ホトクト八世を選ぶことはアバガ特務機関にとって自分たちの活動基盤を固める上でも最重要であった。

当時、シリンゴル盟の一〇旗が三年に一回合同で夏祭りを開いていた。通称「一〇旗の祭り」であり、いわゆる「まつりごと」である。アバガ特務機関は一九四二年の一〇旗の祭りに合わせて自分たちが選んだノヤン・ホトクト八世を、チャガン・オボー寺で正式に即位させた。モンゴル人の精神的指導者である活仏を支援し、即位させることは日本特務機関にとって自分たちの影響力を高めるとともに力を誇示する最も有力な手段だった。ドブジョルが言う、日本人がトラック一〇台分のお菓子を運んだとは、この夏祭りのことである。

一九四五年八月、対日参戦のために内モンゴルに侵攻してきたモンゴル人民共和国軍は、内モンゴルに移住した自国民に帰国するように呼びかける。その時、日本人がいなくなった内モンゴル草原へ中国共産党と国民党が争って進出し、社会情勢が不安定になってきたので、モンゴル人民共和国からの移住民の大半が帰国することを決意する。とはいえ、モンゴル人民共和国側は日本人によって即位させられたノヤン・ホトクト八世の受け入れを拒否し、八世は故郷に残ることになる。

故郷に残されたノヤン・ホトクト八世を待っていたのは、悲惨な結末であった。日本が内モンゴル草原を撤退した翌夏、中国共産党内モンゴル自治運動連合会工作隊がシリンゴル草原に入り、土地改革運動に着手した。一般的に中国における土地改革運動は、中国建国後に発動されたとされているが、それは大きな誤りである。少なくとも内モンゴルにおいては、一九四六年の夏から同様な運動が各地で始まっている。

一六歳の活仏ノヤン・ホトクト八世が、土地改革運動が始まって間もない一九四七年五月初旬、国民党政府が提供した無線機を携帯していたという疑いで内モンゴル騎兵第一一師団（第一章参照）によって逮捕された。そして、ダライ・チョルジイン・スムという寺（現在のシリンゴル盟西スニト旗のサンボラグ・ソムにあったが、文化大革命が勃発した一九六六年に壊された）で「国民党特務」「日本特務」「日本帝国主義の走狗」「人民の血を吸う寄生虫」と銃殺された。至近距離から三回撃たれても倒れなかったので、撃った漢人兵士の手足が震え、まともに立つことさえできなくなったという。その時、八世は血が噴き出す傷口を抑えながら自分を撃った兵士に「君には私を殺す理由がないからこうなるのだ」と言い、隣にいたモンゴル人に向かって「どうせ死ぬなら身内の手によって死にたい。あなたが撃ってください」と言ったというエピソードが今でも語られている。そのモンゴル人が慌てて兵士の銃で活仏を「楽」にしてあげたそうだ。

幼い頃からノヤン・ホトクト八世の遊び相手として一緒に生活していた、弟子に当たるロブサン・ハイダブ（一九三〇年生まれ）という僧侶は現在、アメリカで生活している。八世が銃殺される三日前、たまたま実家に帰っていたので命拾いしたという。寺に戻ってみると、師匠らの遺体が寺の近くに無残に放置されていた。彼は泣きながら師匠らの遺体を埋葬し、そのまま荷物を片づけて、夜中に寺を出た。それから約二〇年の逃亡生活を経て一九六四年にアメリカに移住した。

ノヤン・ホトクト八世が銃殺された翌年、内モンゴルの西端のアラシャ地域に避難していた師匠のジャムバル・ヘブシらは、トゥブダンニマーという男の子をノヤン・ホトクト八世の転生として選び、アルタンデブシ寺で即位させた。ノヤン・ホトクト九世である。九世は文化大革命が勃発して間もなく牧畜民になったが、一九七五年に殺された。享年二七歳であった［Jibzün-ü Qorlosürüng　2017: 33］。

8　モンゴル人になりきった謎の日本人「ノーヌガイ」

「ソ連兵に撃たれた僧侶の中に、あのノーヌガイという日本人がいて、彼は特殊な訓練を受けたスパイだったので生き残ったという話を聞いたことがありますが、ドブジョルさんは聞いたことはありませんか」

と、私は聞いた。

「生還した日本人について聞いたことはない。先ほど話したように生き残ったモンゴル人の僧侶はたしかにいた。その中に日本人がいてもおかしくなかったと思うよ。日本人とモンゴル人の外見はあまり変わらないし、当時、我が寺には千人以上の僧侶がいたのではっきりいって誰が日本人かわからない」

「当時、日本人はシリンゴル地域の有力者の家にも住んでいたので、この寺を自由に行き来することは当たり前だった。日本人はモンゴル人の有力者の辮髪や満洲時代から使われてきた帽子を禁止していた。それに反抗する形で徳王は晩年まで辮髪を残したという話もある。当時、シリンゴルは完全に日本の支配下にあったといえる」

と、ドブジョルは言う。

たしかにそうである。前に述べた日本におけるモンゴル研究の第一人者であった磯野富士子も『冬のモンゴル』の中で貝子廟敷地内にあった蒙彊銀行を訪れた時のことをこのように記している。

ストーブのそばで少しお話していると、黄の衣服に赤い袈裟をかけたラマが一人入って来た。ラマさんも銀行に用があるのかしらと思っていたら、これはKさんという銀行の方で、今サニット・ラマについてラマ教のことを勉強していらっしゃるのだそうだ。

［磯野　一九八六：一二三］

磯野富士子がイニシャルで呼ぶKさんという方がラマ教を勉強していたかどうかはさておき、この記述から貝子廟に出入りしていた日本人はラマの服装を着ていたことは確かであり、磯野も彼が日本人であることを知らなかったようである。なお、磯野富士子は『冬のモンゴル』の中で出会ったすべての日本人の名前をイニシャルで記しているが、彼らが軍や特務機関の関係者だったからこのように記したと思われる。

「貝子廟にいた日本人の中にモンゴル語が堪能な人が何人もいた。なかでも、あのノーヌガイという日本人はとても有名だった。最初、私たちも彼のことを内モンゴル東部のカラチン地域のモンゴル人だと思っていた。ずっとあとになってから日本人だと知った。彼は完全にモンゴル人になりきっていた」

と、ドブジョルは言う。

ノーヌガイについてドブジョルはこんなエピソードを話してくれた。

ノーヌガイは頻繁に国境線を潜り、モンゴル人民共和国に入ってスパイ活動をしていた。ある時、ノーヌガイはモンゴル側の哨兵隊に捕らえれてしまったが、外見がモンゴル遊牧民と変わらない上、モンゴル語も普通の遊牧民と同じように話したので、すぐに保釈された。しかし、それから間もなくノーヌガイはまたもモンゴル側の哨兵隊に拘束されてしまった。前回のこともあり、モンゴル側の哨兵は「私たちモンゴル遊牧民の女性は出産する時、どうやって出産するのか？　君がモンゴル人なら当然知っているはずだろう？」と一歩踏み込んだ質問をした。すると彼は「これは常識だよ。燃料用の牛の糞を集めるためのアラッグという道具を前に置き、それに上半身を乗せるようにして出産する」とモンゴル人でも簡単に答えられない難問を軽々と答えてしまったという。ドブジョルからこの話を聞いた私はひとしおの感慨を禁じ得なかった。

ある時、ノーヌガイはノヤン・ホトクト八世デンジンニマーに挨拶に行った。ノーヌガイは八世へのお土産に二升瓶の日本酒を持っていって「聞くところによると、ノヤン・ホトクト五世は名代の酒豪だったと伺っております。猊下も般若湯がお好きだと思い、持って参りました」と八世をからかったという。すると、一二歳の八世は無言で、その酒を一気に飲み干し、そのまま寝てしまった。しばらく寝てから八世は起きて吐いた。すると、口の中から卵のような三つの丸いものが出てきたという。それを見た八世は「これは早く埋めてください。これは私をからかったあの日本人を含む三人が今夜に命を落とす予兆だ」と言ったそうだ。本当にその夜、霊山シリン・チャガン・オボーでモンゴル側の哨兵隊に撃たれて死亡したとのこと。

前に述べた、モンゴル側の哨兵がノーヌガイにした遊牧民の女性の出産に関する質問は、長年、放牧生活を営んだ遊牧民にしか答えられない難問だったが、日本人のノーヌガイは簡単にクリアしてしまった。このことからノーヌガイは高度な訓練を受けたスパイだったことは間違いない。自ら対日協力者の取り調べをしたことがある元国家公安局の警官のチ・チョロは「貝子廟の周辺でスパイ活動をしていたモンゴル人は六名いる。その中の三人がノーヌガイという日本人の指示でさらにウジムチン地域でもスパイ活動をしていた」［Či.Čilayu　2012: 130］と記している。このノーヌガイは間違いなく日本人であるが、名前の漢字表記が不明である。郷土史料では田中ノーヌガイと記されていることもあり、彼は滂江にあった日本特務機関のボスだったというが、ノーヌガイはおそらくモンゴル語特有の訛りであろう。

9　大蒙公司と蒙疆銀行

「ここ貝子廟から西南にある丘の麓の近くのガンチ・モドというところに日本のトゥージョーゴワン（特務機関）があった。そのあたりにラクダガヤという植物が茂っていて、部分的に子どもが入ると見えなくなるぐらいだった。そこから東、少し離れたところに大蒙公司があった。蒙疆銀行にしろ、善隣協会にしろ、大蒙公司にしろ、みんなトゥージョーゴワンの子分だったと思われる」

「大蒙公司の奥にチャガン・ベーシン（白い土屋）と呼ばれる漢人商人の家があり、そこで一人の日本人が商売をしていた。大蒙公司の関係者だったように思われる。彼はこの寺のジャミヤン・サンボという人を連れて東ウジムチンに行き、羊の毛などを購入していた。あの日本人の息子は今も毎年のように貝子廟に来ている。あの人は日本で今でも当時と同じような商売をしているそうだ。彼は父親の遺灰の一部をここに埋葬したらしい」

と、ドブジョルは語る（図1）。

ドブジョルが言うように、特務機関がある地域には必ずといっていいほど「大蒙公司」という日本国法人の株式会社の支店や出張所が設けられていた。この大蒙公司は満洲国内において、新京本店のほか赤峰支店や奉天出張所を設置し、満洲国外では、一九三五年一二月にドロン・ノール出張所、一九三六年二月に張北出張所、その四月に徳化出張所、六月に張家口出張所、八月に貝子廟出張所といった形で、特務機関が設置されていた地域に急速に出張所が設けられた。貝子廟出張所はさらにソ連に関する情報収集の第一線である東西ウジムチン草原にも出張所を設けた。大蒙公司は一見すると独立した貿易会社で、重要な取り引きは、砂糖、塩、茶葉、石炭の輸入、家畜や皮毛類の輸出のようにみえるが、関東軍の補助機関としての役割が大きかった。それについても森久男はこのように

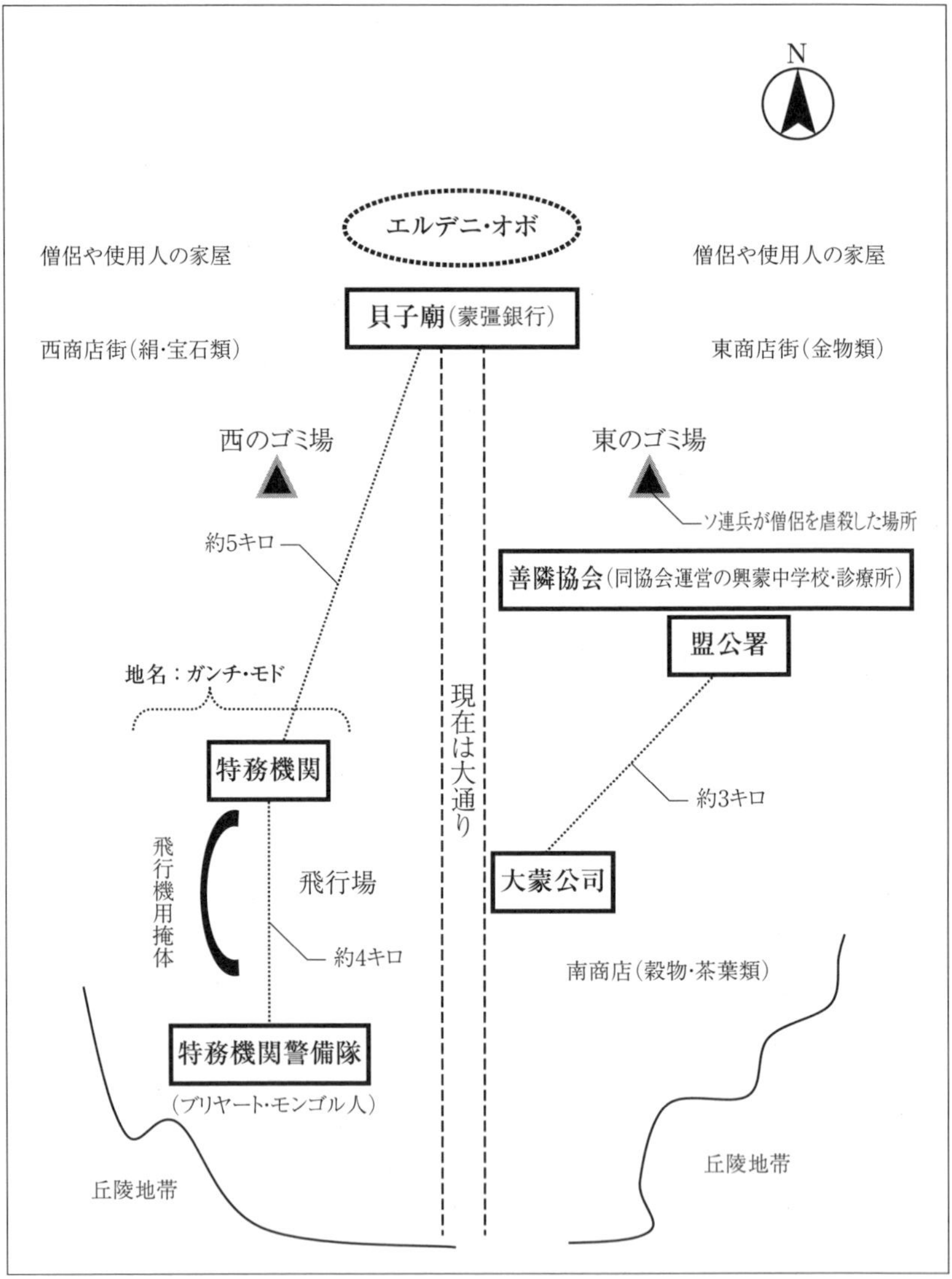

図1　1940年代の貝子廟とその周辺

日本人が作った飛行場は1994年頃まで使われていた。

指摘している。

大蒙公司は特務機関による軍政工作の補助機関として、急遽兵站・輸送の任務を要請された。他方、察東事変によって、張家口からの物質供給が途絶えたので、大蒙公司は内蒙貿易着手の手懸かりを得ることができた。

（中略）

チャハル盟公署の財政基盤を確立するため、大蒙公司はチャハル盟における主要産業の統制（アヘン、蒙塩、亜麻仁）と税収事務の代行を要請された。他方、関東軍のチャハル工作・綏遠工作の進展に伴って、大蒙公司は蒙古軍政府の兵站業務を担当し、張北自動車修理工場・張北軍用製粉工場の開設、泰平組合を通じた兵器供給、軍用物質の調達・輸送等の業務を展開することになった。

［森　二〇〇九ａ：六二］。

アバガ特務機関に在籍していた元特務員も「蒙彊に大蒙公司が設置され、満内蒙古に東蒙公司（内モンゴルの東部だから「東蒙公司」とも呼ばれていた――著者）が設けられて、蒙古に対する経済基盤が着々として築かれたのもこの時代であったが、これ等事業の系統の中には巧みに軍の諜報工作員が混入し活動していたのである」と回想している［岡村　一九九〇：三八］。つまり、大蒙公司は軍への物資支援だけではなく、諜報支援も行っていたようである。

日本の仏教学者・チベット学者の長尾雅人の『蒙古喇嘛廟記』（一九七四）の中にも大蒙公司の名前が頻繁に登場する。それによれば、絵本作家の赤羽が、一九四三年に貝子廟を訪れた際、最初の頃は大蒙公司に滞在していた。また、前に述べた日本におけるモンゴル研究の第一人者であった磯野富士子が、一九四四年の一一月に夫の法

写真 43　シリンゴル盟アバガ旗にある、1864年に建てられた歴史ある寺ヤンド・スムの別館

1930年代後半から日本特務機関分機と大蒙公司が設置されていたことから、1945年8月14日、ソ連軍はここでも僧侶8名を銃殺している。1950年代初期に小学校教室、人民公社時代に合同食堂、文化大革命中に小学校兼反革命分子とされた人々を吊るし上げる会場、のちに穀物倉庫、そして、1990年代にダンス・ホール兼酒場として利用され、現在は廃屋になっている。下の写真では、文化大革命中に反革命分子とされた人々を吊るし上げる会場として使われた際に書かれた「バヤンゴル小学校批判闘争大会会場」という傷跡（文字）が今でも残っていて、酒場時代の空きピンが山積みにされたままであることが見て取れる。この建物に内モンゴル近代史が集約されている。

社会学者である磯野誠一の研究に伴って貝子廟を訪れた際、この大蒙公司に宿泊していた上、食料品から衣料品まで大蒙公司の世話になっていた。このように大蒙公司は軍の補助機関だけではなく、学術界とも親交があったようである（写真43）。

「ソ連が侵攻してくることを事前に知っていたと思うが、旧暦七月二日（西暦一九四五年八月九日）にトゥージョーゴワン（特務機関）の日本人は自分たちが住んでいた建物を爆破して撤退した。一日にソ連軍が国境線を突破してきたようで、彼らはその情報を知っていたはずである。建物の中には石油か武器があったと思うが、時々、大きな爆音が聞こえた。善隣協会や大蒙公司は自分たちの建物を爆破しなかった」

と言ってから、ドブジョルは「モンゴル人は敗戦で草原を撤退する日本人に何の害も加えなかった。これについて日本はどう評価していますか」と私に聞いた。

「それについてあまり聞いたことがありません。というか、シリンゴル草原が日本の支配下にあったことについて知っている日本人が少ないから」と私は答えた。ドブジョルは淋しそうに頷いた。

「この寺のチョールの敷地内に蒙疆銀行があった（写真44）。主に両替をしていた。現地の人はあまり利用しなかったと思う。当時、寺の賽銭箱、窓の隙間や仏像の下に蒙

写真44　モンゴル在来種の羊とメリノー種の羊を合わせて品種改良した雑種の羊が描かれている蒙疆銀行の紙幣「五分」

日露戦争後、カルピス創業者の三島海雲が、早稲田大学の創立者でもある大隈重信のすすめでメリノー種の種つけ用の羊を日本から内モンゴルまで運び、内モンゴル草原で羊の品種改良に取り組んだことが知られている。畜産業は蒙疆地域の重要な産業であり、毛や皮の需要から特に羊の品種改良に力を入れていた。何より極寒の満洲では軍用コートに羊の毛皮や毛が多く使われていた。

彊銀行の紙幣が入れられていたが、誰も盗らなかった。寺の近くに住んでいた漢人商人の子どもたちはよく寺の賽銭箱などを荒らしたり仏壇に供えた果物類を盗んだりしていたが、蒙彊銀行の紙幣にはあまり興味がなかったように思う。たしかに日本が貝子廟を撤退したあと、蒙彊銀行の紙幣は紙くず同然になっていた」

と、ドブジョルの話は続く。

前に述べた磯野富士子も同じく『冬のモンゴル』の中で「(総本堂)の正面まで辿りつくと、廟から百メートルばかり離れたところに、チベット字で何やら有難そうな意味の言葉を黄色く浮きぼりにした青い板がこちら向きに立っていて、その前にはガラスがはめてあり、そこに蒙彊銀行券の十銭札が二枚と五銭札が一枚はさんであった」[磯野　一九八九：二二]と記している。

この蒙彊銀行について大阪朝日新聞(一九三七年一一月二四日)にこのような記事がある(写真45)。

【同盟張家口二十三日発】二十二日成立を見た蒙彊連合委員会は二十三日午前九時より同会会議室において第一回総務委員会を開催、蒙彊銀行創立の件を上程可決、左の三条例の発表を見た、一二月一日より営業開始のはずである。(中略)蒙彊銀行は資本金千二百万円で三自治政府が均等出資四分の一払込み、察南、綏遠、平市官銭局及び農業銀行は新銀行に吸収され察南銀行の資本金百万円は察南自治政府が満洲中銀から借款して出資したものであるが、これは蒙彊連合委員会において肩代りして蒙彊銀行に貸附けることになった。

(漢字及びかな遣いは現代のものに改めた――著者)

「ウジムチン草原にガブジョ・ラマ――ロブサンダンジンジャムスという背の高い僧侶がいた。彼はもともと我が寺出身だったので、時々、格好いい車に乗ってきていた。ピカピカした皮靴に腕時計、歩くたびに袈裟の隙間からピストルが見え、我々子どもの僧侶にとってヒーローそのものだった。師匠らの多くは彼のその格好や態度が気に食わず、彼にあまり近寄らないようにと私たちに注意していた。彼は寺の敷地内にあった蒙彊銀行によく出入りをしていた。のちに聞いた話では、彼は蒙彊銀行の紙幣を他の紙幣に両替し、その手数料で大儲けしたという」と、ドブジョルは振り返る。

これについてガブジョ・ラマ本人も「一九三〇年代、現在の中国大陸は中華民国、満洲国、それに内モンゴル自治政府といった分断した状態にあり、政治経済の対立から紙幣の両替が難しかった。それを知った私は紙幣の両替

写真45　蒙彊銀行初代総裁サインバヤル（包悦卿、1894-1939）

彼は内モンゴル人民革命党創設メンバーの1人である。ジリム盟博物館誌「哲盟博物館館刊」（第5期, 1997年）によれば、サインバヤルはコミンテルンに接触した疑いで、1939年、貝子廟で開かれた夏祭りの際、日本特務機関によって毒殺されたという。サインバヤルが毒殺されたあと、家族が徳王に保護を求めた。サインバヤルの娘婿スルンドルジは長年、徳王を支えた人物であり、1945年に徳王がモンゴル人民共和国に亡命した時、彼は家族を台湾に逃し、自ら徳王と行動を共にした。1950年2月、モンゴル国側がソ連の圧力で徳王を拘束した時、スルンドルジらも拘束され、1952年にウランバートル市郊外のシャル・ハダというところで「日本特務」「日本帝国主義の走狗」として銃殺された。写真提供：Shirchin Baatar

を代理し、その手数料で儲けた。（中略）私は日本特務機関に親密な関係を持っていたので、その関係を利用して様々な審査や関門を通過することができた」と回想している［Wa.Namjilsürüng　Na.Temčeltü　1998: 26］。ドブジョルの約七〇年前の記憶がガブジョ・ラマ本人の回想と見事一致した瞬間である。

10　映画と飴玉

ドブジョルは相変わらず穏やかな口調でしゃべり続けた。私は静かにボイスレコーダを握り、目の前にいる歴史の生き証人の語りを記録し続けた。神様がこの時間を私たちに与えてくれたかのようにあたりは静まり返り、庭の松の木に止まっていたスズメも静かに私たちの方を見つめていた。

ドブジョルは語る。

「トゥージョーゴワン（特務機関）の日本人はよく寺で映画を上映していた。今と違って白黒の映画だった。私たち子どもの僧侶は映画が観たくて会場の近くに集まるが、スクリーンに近寄るのが怖かった。すると、日本人は私たちに向かって飴玉を撒いた。それにつられて少しずつ近寄り、いつのまにかスクリーンに夢中になっていた。ほとんどが自分たちの旅の様子を撮影したものだった。また、寺の映像やオボ祭の映像、遊牧民の生活ぶりも映された」（写真46）

「会場の近くに小型の発電機を置いて発電していた。その時、初めてガソリンの臭いを知った。当時、蝋燭しかなく、そんな明るい電球を見たことがないので、人々が興味津々でそこに集まっていた。その後、この寺の電気が通されたのは一九五三年のことである」

……

ドブジョルが言う日本人による映画上映は、特務機関が現地のモンゴル人の親日感情を高めるために行われた活動のひとつだと思われる。これについて元特務員はこのように回想している。

昭和十八年夏だった。黒柳兵器班長がハルピン本部から借受けて来た宣伝車を使って貝子廟を皮切りに、内蒙各地を巡って映写会を催したことがあった。太平洋戦争の勝利の記録ニュースである。敵艦を撃沈したり、シンガポール降伏の山下奉文中将とパーシバル司令官のイエスかノーの会見を写し出して見せた。

夜のことで電源にトラックのバッテリーを使った。電気のない蒙古人は、こうこうと照らす電灯にただ驚きの目を輝かせた。また海を知らない蒙古人は、海なるものはそこいらにある湖の何千倍、何万倍も大きいのかと想像もつかない驚きを示すのであった。対日依存の度を高め親日意識を更に強めることに効果的であったと思う。こうして北から入り込む工作員の対日離反のための流言流布、また奥深く潜入する密偵の足場となるを封じるためにも、間断なく計画的に実施される宣伝が必要ではあった。

［岡村　一九九〇：八五］。

ドブジョルの話は続く。

「当時、貝子廟に日本人は多かったと思う。私の兄はこの地域のバルガンスルン貝勒《ベール》（三番目の爵位）の家で働いていた。兄の話によれば、その貝勒の家にたくさんの日本人が出入りしていたという。最初は地元の有力者の家に出入りしていたが、のちに小さな官僚の家にも出入りするようになっていた。つまり、日本人は裏から政界を握っていたということができよう」

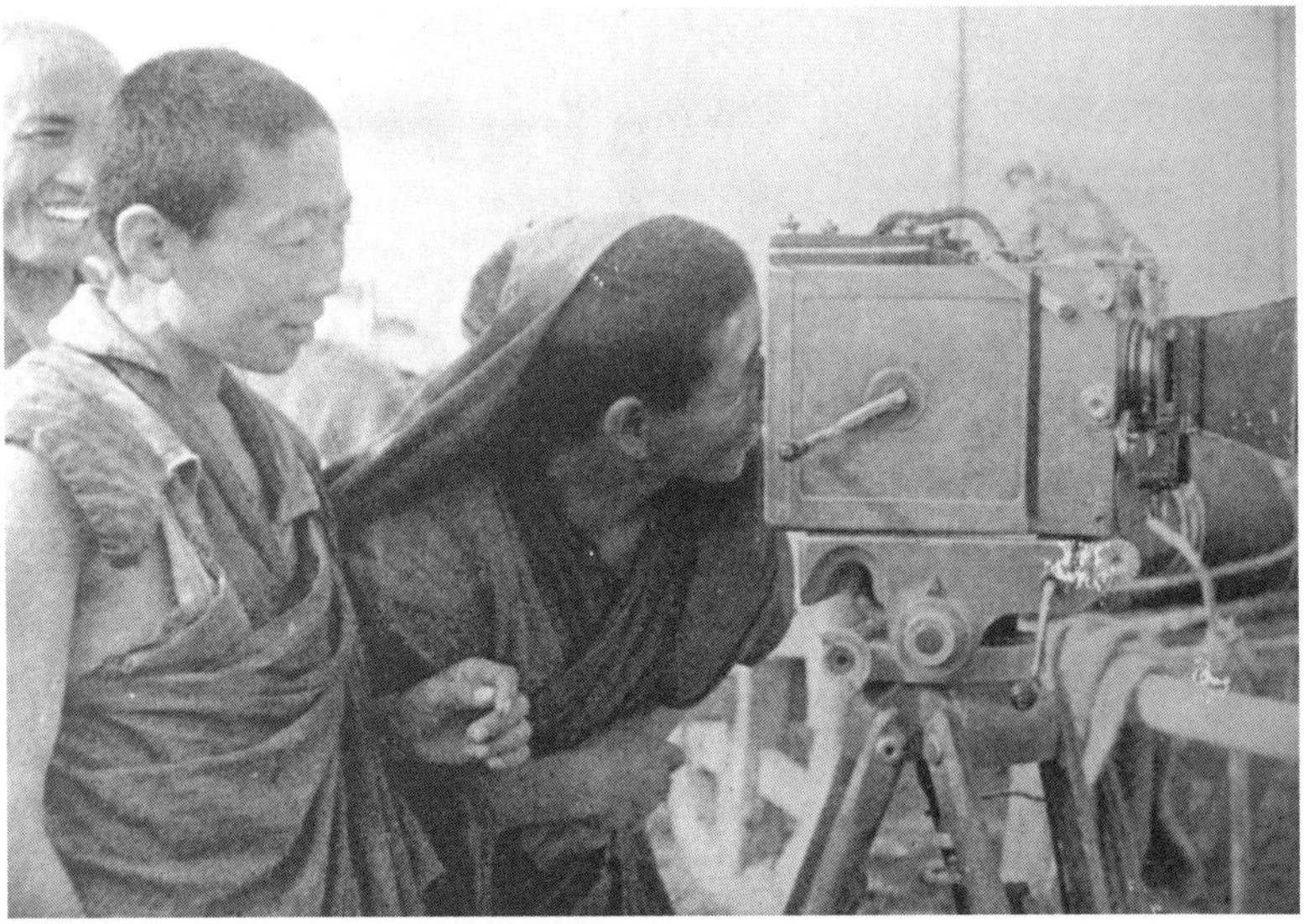

写真46　投影機に群がる若い僧侶たち

ドブジョルたちもこのように投影機に群がったのであろう。
写真は『ゴビの砂漠』（1943）より。

「今のシリンゴル盟モンゴル中学校の近くにシリンゴル盟の公署（役所）があり、そこにも日本人顧問が多くいた。公署の近くに日本の善隣協会という団体があり、そこに善隣協会が運営する診療所があった。主に梅毒の治療をしていたと聞いた。たしかにヤマモトという日本人が働いていたと思う。彼の評判は良かったと思う。シリンゴル盟モンゴル中学校はもともと小学校で、善隣協会が運営していたという話を聞いたことがある」

ドブジョルが言う善隣協会は、一九三四年に内務省が正式に認可した財団法人であり、現在の国際善隣協会の前身である。その母体となったのは、一九三三年に大陸放浪人こと笹目恒雄などが中心となって創設させた民間団体「日蒙協会」である。設立当初は、内モンゴルにおいて学校設立や日本語教育の普及、現地の医療衛生面を中心に支援活動を行っていて、一定の成果を上げていた。関東軍が内モンゴル全域を支配下に置いたのち、善隣協会は役目を終えたかのように運営していた学校や診療所の大半を蒙彊政権に譲ったが、関東軍の情報機関としての役目を敗戦まで果たした。

そして、ドブジョルは自分の話を締めくくるかのように「私は一九五六から一年間、チベットで修行したことがある。私が泊まった部屋の天井に白いペンキで描かれた丸い絵模様があったので、不思議に思って聞いたら、前に住んでいた日本人の僧侶が描いたという。あの僧侶は初心を忘れないように自分の寺の紋章を天井に描き、日々修行に励んでいたそうだ。聞くところによると、あの日本人は立派に修行を終え、日本に戻ったとのこと。その熱意に脱帽したし、それが逆に私にも励みとなった」とドブジョルは感慨深げに言って両手を合わせて拝んだ。

私はドブジョルに深く拝んで礼を言った。ドブジョルは私の手を強く握りながら「あなたは立派なもんだ！　博士は我々の言葉でいえばゲシェ・ラランパ（チベット仏教における最高位の学位）に相当すると思う。今の我々の世界ではゲシェ・ラランパどころか、ドランパ（チベット仏教における各僧院の学堂が認定する学位）も少ない。要するにそれほど難しいということだ。立派なもんだ！　異国での暮らしはそんな簡単なものではないと思うので頑張ってください」と言った。

私は思わず涙を拭いた。地元に帰るたび、周囲の人たちに「あなたはどんな車に乗っているの？　月にいくらもらっているの？」と聞かれることが多く、学歴について褒められたのはほとんど初めてである。実は、その日、私はもう一人の年配の僧侶に取材を申し込んだが、断られた。私の話を聞くや否や「余計なことを書くんじゃない！わしは何も知らん。（日本語で）サヨナラ！」と言って私たちを部屋から追い出した。案内してくれた友人は「今日、師匠はご機嫌斜めみたい」と申し訳なさそうに言っていたが、私には機嫌の問題ではなさそうに見えた。彼のその警戒心は文化大革命によって植えつけられた暴力の後遺症であるに違いない。ドブジョルも文化大革命の話題になると言葉を濁したが、彼の回想によって一九四五年の夏にソ連兵によって行われた貝子廟僧侶虐殺事件の真相や、貝子廟に設置されていた日本特務機関の実態が明らかにされた。

第六章　「チンギス・ハーンは日本人だった⁉」

――日本軍車輌班の運転手だったワンチョックの回想

1　日本軍車輌班に入隊

二〇一七年一一月九日、友人オトハンの案内でオランチャブ市チャハル・バロン・ガリン・ホイト旗（中国語名「烏蘭察布市察哈尓右翼後旗」）オランハダ・ソムのオドガント集落を訪れた。ワンチョック（一九二七年生まれ）に会うためである（写真47）。二回目の訪問である。前回訪問したのは二〇一二年八月のことであった。その時は地元の祭りが重なり、詳しく話を聞くことができなかった。すでに九〇歳を超えているので、話ができるかどうか心配していたが、彼は私と交わした約束まではっきりと覚えていた。

「あなたが来ないからわしは死ねなかったんだよ」と冗談を言いながら、彼はモンゴルの伝統的な挨拶で私の額にキスしてくれた。

ワンチョックの幼名はオルトナソンという。幼い頃、家はとても貧しく、兄弟も多かったので、ご飯を食べる器も人数分なかったという。そこで長男のワンチョックは一六歳の時、地元を離れ、フフホトという町に出稼ぎに出かけた。それがきっかけで日本軍に入隊した。

「私は一九四四年に日本軍《ナラン・チリッグ》に入隊した」

写真 47　日本軍車輌班に勤めていたワンチョック

と、彼は語る。

戦時中、モンゴル人は日本のことを「日の出の国」の意味で「ナラン・オルス」と呼んでいた。もちろん、この言葉に日本への敬意も含まれている。

「私はそのまま李守信《りしゅうしん》（一八九二―一九七〇）（写真48）が率いるモンゴル軍（通称「蒙古軍」）の車輌班に配属され、アメリカ製八気筒のフォード・トラックを運転した。それから一生トラックを運転することになった。私は車輌班に配属されたが、騎馬隊に配属された仲間もいた。身体が大きく頑丈な人を騎馬隊に配属させ、私のような小柄な人を車輌班に配属させたとのこと。私は言われるがまま車輌班に入った。私と一緒にトラックを運転していたモンゴル人が二、三人、最近まで生きていたが、今は私だけ残っている。みんなあの世に行ってしまった」

と、残念そうに続けた。

「先ほどナラン・チリッグ、つまり日本軍に入隊したと言っていたが、なぜ李守信が率いるモンゴル軍の車輌班に配属されたのですか」

と、私はワンチョックに聞いた。

「この時、李守信軍は駐モンゴル日本軍（通称「駐蒙軍」）の直轄部隊となっていた。私たちの車輌班はもともと駐蒙軍の組織だったが、モンゴル軍を支援する形でトラック隊をモンゴル軍に使わせていただけである。モンゴル人の運転手を使っていたが、私たちモンゴル人の運転手も日本軍の軍服を着ていた。というか、モンゴル軍自体が日本の支援で編成されたので、事実上、日本人教官や顧問が仕切っていたと言っても過言ではない」

と、ワンチョックはてきぱきと答える。

李守信は日本では知る人ぞ知る人物である。モンゴル語の名前をナソンバヤルといい、徳王が率いる蒙古連合自治政府の副主席のポストに就いてから最後の最後まで徳王と行動を共にし、徳王を支え続けた人物としても有名である。一九三八年と一九四一年の二度にわたって徳王と一緒に来日し、昭和天皇に謁見している。

一九三六年に徳王がモンゴル軍政府を創設した時、李守信はモンゴル軍副司令に就任した。日本から弾薬をはじめ戦闘機二〇機、戦車約一〇台の援助を受けたモンゴル軍は、その勢いで傅作義の支配下にあった綏遠地域に侵攻した。いわゆる「綏遠事件」である。この綏遠事件に先立って徳王が傅作義に宛てた通電に「蒙古が譲歩すればするほど、貴省はますます圧迫を加え、蒙古はすでに退こうにも退くべき地がなく、蒙古民衆はみな武力に訴えて最後の生存を争い取ろうと願っています」［ドムチョクドンロプ　一九九四：一六二］と記しているように、モンゴル人からすれば、綏遠事件は大漢族主義を煽る国民党軍閥の圧迫に対する徳王が率いるモンゴル人が起こした聖戦であるが、日本側は「綏遠及びチャハル地域は満洲国の安定を脅かしていたので、日本及び満洲国指導部が危険を予防するために仕方なく軍事行為に乗り出した」［Jimbajab-nar 1990, 136］と説明した。しかし、モンゴル軍は編成されたばかりであり、訓練不足などから惜しくも敗れる。

写真48　大日本帝国の将軍、蒙彊政権のナンバーツーだった李守信

一九三七年になると情勢が急激に変わった。ことの発端は同年七月に日本が引き起こした盧溝橋事件であった。盧溝橋事件をきっかけに日本軍は北京や天津を占領し、関東軍も内モンゴルを経由して張家口へ進撃した。この日本軍の勢いを借りる形でモンゴル軍も再び傅作義の軍隊に対する攻撃を開始した。日本軍の全面的な援助を受けたモンゴル軍は、傅作義の軍隊に対して次々と勝利をあげ、同年一〇月に綏遠地域の政治と経済の中心地であった、今のフフホトや包頭、その

周辺地域を占領した。そして、徳王らはただちに蒙古連盟自治政府を組織・設立させ、李守信がモンゴル軍総司令に昇格した。今回の戦闘で傅作義の軍隊は黄河の対岸に撤退し、両者は黄河を挟む形で睨み合いを続けた。この時、ワンチョックが所属する車輛班は、モンゴル軍に食料や弾薬を補給するための後援部隊として編成されたのであった。

「私が入隊したあとに、傅作義軍とモンゴル軍の間に大きなトラブルはなかった。傅作義の歩兵団は人数が多かった分、装備がとても貧弱で兵士が草履を穿いていた。人数ではモンゴル軍を遥かに超えていたが、戦闘力ではモンゴル軍に対抗できる相手ではなかった。傅作義の手下の孫蘭峰の機甲師団はたしかに強かった。アメリカ製の武器や車輛など最先端の装備を整えた師団だったから」

「モンゴル軍は対岸にある牧草を馬に食べさせるためによく馬に跨がって黄河を渡っていた。それを傅作義の軍が不思議そうに眺めていた。モンゴル人は河の深いところに入ると、馬のお尻のあたりを滑るかのように降り、馬の尻尾を掴み、泳いで渡る。馬と犬は生まれつき泳ぎが上手だから。それが傅作義軍には不思議だったようである」

「一九四五年の夏、ソ連軍が入ってきた時、テムルテというところで日本とソ連の探索部隊が激しく戦ったことがある。日本側は車三台に兵士六、七十人が乗っていて、ソ連側は車一〇台だった。日本側は全滅した」

と、ワンチョックは語る。

2 「帝国」の将軍李守信の知られざる過去

「ずっとあとになってから李守信が英雄ガーダー・メイリンを殺した張本人であることを知り、悲しくなった。

我々モンゴル人は互いに争ってきたし、今日も争い続けている。いったい何のためなのか」と、ワンチョックは残念そうに語る。

ガーダー・メイリン（一八九二―一九三一）は、大衆の反対を押し切って草原の開墾を強行する王公や軍閥に反対して武装蜂起したモンゴル人である。現在はモンゴル民族だけではなく、中華民族の英雄として賞賛されており、彼を讃えた「ガーダー・メイリン」という歌が内モンゴルテレビ局の年末の最大イベント「春節晩会」でも歌われる異例のモンゴル人英雄である。

漢人による強制開墾がことの始まりであった。

ガーダー・メイリンは内モンゴル東部のジリム盟ダルハン旗（現「通遼市ホルチン左翼中旗」）出身で、本名はナドミド、中国語名が孟青山《モンチンシャン》という。ガーダーは内モンゴル東部の方言で、末っ子の愛称である。四人兄弟の末っ子だったので、そのように呼ばれた。メイリンは肩書きであり、保安隊長に相当する。

一九〇八年、ガーダー・メイリンはダルハン旗の保安隊に入隊し、一九二五年に保安隊長、すなわち、メイリンとして昇進した。この時期、軍閥張作霖が満洲人の女子をダルハン王に王妃として嫁がせるなどしてダルハン王を買収した上で、水資源が豊富な東部草原に大規模な開墾政策を推し進めた。

一九二九年年始、ガーダー・メイリンは現地のモンゴル人と協議し、自ら団長となる陳情団を結成し、当時の遼寧省政府にモンゴル人の利益を踏みにじった不法な開墾政策を訴えたが、軍閥張作霖の操り人形だったダルハン王は遼寧省警察庁を頼み、代表団全員を拘束し、反逆罪で死刑を宣告したといわれている。一九二九年の夏のことである。それを知ったガーダー・メイリンの夫人牡丹は、親戚や仲間とともに監獄を襲い、ガーダー・メイリンを救出する。監獄を脱出したガーダー・メイリンは開墾政策に反対する武装蜂起を宣言し、一年も満たないうちに千人以上が集まり、開墾団を追い払い、瞬く間にその名が全内モンゴルに知れ渡った。慌てたダルハン王は中国東三省

（遼寧省、吉林省、黒竜江省）や熱化省の正規軍にガーダー・メイリンらの鎮圧を依頼した。

大軍に包囲されたガーダー・メイリンの蜂起軍は西へ進み、一九三一年四月五日、熱河省から派遣された、李守信が指揮する東北騎兵の包囲を突破するが、大雪と現地治安部隊に行く手を阻まれ、引き返したところ、追ってきた李守信軍により大きなダメージを与えられた。ガーダー・メイリンはわずかに残った四、五十人の部下を引き連れて溶け始めたウルジムレンという河を渡ることを試みるが、河を渡っている最中、追ってきた李守信軍によって全滅し、ガーダー・メイリン本人は晒し首にされた。蜂起軍を鎮圧した李守信本人はのちに「二、三十名が私たちの攻撃の中で河を渡ったが、突然、引き返して河の中に残った人たちを救おうとした。そこで、私たちも河の中に残った人の中にガーダー・メイリンがいるとわかり、集中攻撃を加えた」［劉映元　一九八五：九七］と振り返っている。

当時、一〇歳だった白宝山《はくほうざん》というモンゴル人は、蜂起軍が鎮圧される瞬間を目撃していた。彼は川辺で遊んでいたという。白宝山の話によれば、ガーダー・メイリンだと思われる人が李守信軍に撃たれて河中に落ちた際、「私はモンゴル人に何の悪いこともしていません……」と叫んだという（写真49）。後日、李守信軍が何人かの頭をかごに入れて「この中にガーダー・メイリンはいますか」と聞き回っていたとのこと［『オルドス日報』二〇一七年一〇月二一日］。李守信はさらに「私はガーダー・メイリンのことをモンゴル人の匪賊であると聞いていたが、のちに王公に反対した人物であることを知り、殺害したことを後悔した」という回想を残している。ガーダー・メイリンの絶望を現しているかのごときウルジムレン河は完全に干上がり、今はあたり一帯に砂漠が広がっている。

「あれは李守信が徳王につく前のことです」と私なりに李守信を弁護したが、ワンチョックは何も言わなかった。彼は李守信が英雄ガーダー・メイリンを殺したということより、モンゴル人同士の醜い争いを悲しんでいるようだった。今回の事件の場合、李守信は漢人軍閥の駒にすぎなかったと私は考えている。というのは、のちに李守

写真 49　中国の連環画（劇画）に描かれたガーダー・メイリン
ガーダー・メイリンは、日本人、軍閥、王様を罵ったあと「立ち上がった人々を殺し尽くすことはできない。血の債務は必ず血をもってあがなう」と叫んだとしている。『嘎達梅林』（2005 年）より。

信は「当時、遼寧省の張海鵬《ちょうかいほう》部隊が洮南から西へ追撃し、（蜂起軍が雪深い草原地帯にぶつかって引き返した時――著者）熱河省の崔興武《さいこうぶ》部隊が東から封鎖し、ガーダー・メイリンの蜂起軍を包囲する計画を立てていた。私は崔興武が率いる東北軍第一七旅団第三四連隊隊長だった。その冬の積雪量が多かったので崔興武は自ら部隊を率いて出兵することをためらった。第四一連隊隊長孫寿卿《そんじゅうきょう》は途中、病気を装い、第二七連隊隊長孫鳳閣《そんほうかく》は酒場に入って出て来なくなった。その時、私は若く、もっぱら大きなことをして手柄を立てようと焦っていたこともあり、三個の連隊を指揮する羽目になったと回想している［劉映元　一九八五：九四］。このことからすると、漢人軍閥らは最初からモンゴル人同士を戦わせる計画を立てていたとみてよい。

　李守信がガーダー・メイリンの蜂起を鎮圧して間もない一九三三年に関東軍は山海関を突破し、熱河作戦を展開させた。この時、李守信軍は日本軍の飛行機を撃ち落とし、日本兵を捕虜にするが、あいにくこれがきっかけで李守信は中国東北軍を離脱し、関東軍に帰順し、李守信部隊が関東軍によって熱河遊撃師と改編された。そして、前に述べたように一九三六年から徳王と組み始める。だからだと思うが、中国では時々、ガーダー・メイリンは日本帝国主義と戦った英雄として描かれることがある（写真50）。

写真 50　中国の連環画（劇画）に描かれたダルハン王とその王妃が日本人と結託する場面

「1929 年前後、干ばつによる凶作が毎年のように続いたのにもかかわらず、ダルハン王とその王妃は庶民の死活問題を気にかけず、軍閥と日本帝国主義と結託し、旗の土地を次々と売り出した」（写真上）、「ある日、1 人の僧侶の格好をした日本のスパイが王府を訪れた。彼は大連日本司令部の代表であり、王府内で土地売買の取引が成立した。ダルハン王と王妃は旗の最後の土地まで日本帝国主義に売り出してしまったのである」（写真下）、というように「日本帝国主義」が 2、3 コマに登場するが、話の全体をみれば、ガーダー・メイリンが戦った相手はダルハン王と軍閥であり、「日本帝国主義」を無理矢理に入れているという印象を受ける。

『嘎達梅林』（2005 年）より。

ワンチョックが配属された車輌班は、現在のフフホトの南にある昭君墓の近くに駐屯していた。日本人教官は四、五名いて、隊員全員がモンゴル人だった。隊員は約一八〇名いて、約四〇台のアメリカ製の八気筒のフォード・トラックがあった。車輌班の隊員専用の宿舎や食堂もあった。河を挟む形で日本軍の倉庫と車輌班があったが、そこには日本人以外は入ることが許されなかった。だから、ワンチョックたちは日本人車輌班の人数や車数もわからなかった。また、日本軍の倉庫の近くに日本人が経営する修理工場があり、主に車や大砲の修理をしていたという。

3　昭君墓《しょうくん》を彩る美しい花「大和撫子」

昭君墓は青塚とも呼ばれている。中国四大美女の一人に数えられる王昭君の墓であるが、今は地名として使われることが多い。王昭君は前漢元帝の後宮の宮女で絶世の美女だったが、似顔絵師に賄賂を贈らなかったことで不美人に描かれてしまい、そのせいで元帝の目に留まることなく、北辺柔軟政策の犠牲となって匈奴の呼韓邪単于《こかんやぜんう》に朝貢されたといわれている。ゆえに、時には悲劇の女性として、時には北方騎馬民族と漢王朝の親交のシンボルとして賛美されてきた。今も民族団結や経済発展の促進を掲げた昭君文化祭が内モンゴルの首都フフホトで定期的に開催されている。

もともと、昭君墓が位置する現在のフフホト市は帰化城と呼ばれていて、万里の長城の内部からモンゴル草原に通じる関所のひとつだった。清朝後期、万里の長城の内部からモンゴル草原に通じる関所は三つあった。それは東口としての張家口、西口としての帰化城、北口としてのドロン・ノールである。これらの関所がモンゴル草原の遊牧民と中原地域の漢族がその生産物である家畜と穀物などを売買する、日本でいえば貿易港のような役割を果たしていて、人口の増加に伴い必然的に政治経済の中心地になっていった。ゆえに、日本側にとっても重要な拠点だったのである。

「街の中は色鮮やかな和服の女性たちがよく歩いていた。ほとんどが日本人の顧問や教官の家族だった。子どもはあまり見かけなかった。彼女たちはとても綺麗で花のようだった。休日、町に出て和服の日本人女性を眺めるのが私たちの楽しみだった。私たちはよく『人が綺麗なのか、服装が綺麗なのか』と議論し合っていた」

「軍人が通う病院に約二〇名の日本人の看護婦がいた。彼女たちは主に『六〇六号』という性病の注射を担当していた。あの注射は難しいらしく、専門的な訓練を受けている人でないと注射できないらしい。また、ハトヤと呼ばれる日本人向けの酒場があった。そこで働いていた女性もいたと思う」

「日本人顧問や教官専用の住宅はなく、民間の家屋を借りる形で住んでいた。休日、彼女たちは街の飲食店にもよく出入りをしていた。私たちも隣り合わせて座ってご飯を食べたこともある。彼女たちは穏やかな口調で何か話し合っていた」

と、ワンチョックは回想する。

一九四五年八月のある日曜日を区切りに情勢が変わった。それまで二、三人で街の中をゆっくり歩きながら話に花を咲かせていた日本人夫人が、道端で自分たちが使っていた食器や日用品を並べて売っているのが見えた。普段はそんなことがなかったのであたりはお祭り騒ぎとなっていた。買い物客より野次馬の方が断然多かった。ワンチョックら車輌班の隊員たちもその中に加わった。

車輌班の日本人教官はとても厳しく、外出する際、必ず日本人教官に出かける用件を伝えた上で許可をもらい、赤い腕章をつけるのが義務だった。帰りにその腕章を入り口の受付に渡し、帰った時間を記入し、鞄などを検査してもらう必要があった。しかしこの頃になると、外出する際、教官に許可はもらうが、帰りの時間など記入する必要もなくなった。みんな受付室の窓際に腕章を置いて宿舎に戻った。

そのうちに日本人が撤退し始めた。家族ごとに撤退する人もいれば、いくつかの家族がひとつのグループとなって撤退するのも見えた。フフホトの周囲にいた日本人はみんながフフホト駅から列車に乗るので、駅は一週間ほど人でごった返しになった。列車の貨車やトラックの荷台に乗っている人も多かった。騎馬隊だと思うが馬と軍人を乗せた列車が先に出発していた。女性たちは駅前で固まっていた。その間、ワンチョックが所属する車輌班は停ったままだった。

「それまでよく固まって行動していた日本人が一気にバラバラになっていたように感じた。とにかく組織的な撤退ではなかったように見えた。その間、現地の人は列車に乗ることができなかったと聞いている。一週間後、街から日本人の姿は完全に消え、街は活気を失った」

「日本軍は倉庫などを焼き払って撤退した。倉庫の中に武器があったと思うが、時々、大きな爆発の音が聞こえた。一週間ほど燃え続けた。それからまるで日本人の足跡を消すかのように、一週間連続して雨が降った。だからかもしれないが、その夏のことが忘れられない。その時、私は十七、八歳だった」

日本人がフフホトを撤退する直前に運ばれてきた麻袋の米と黒砂糖が、フフホト駅前の広場に山積みにされたままだった。それを倉庫に移す時間もなく撤退した。上にわらを敷物状に編み込んで作った物を被せていたが、それが風に飛ばされてしまい、そのあとの雨で黒砂糖が溶け、駅の近くの雨水が黒く濁っていたという。

「日本が撤退して間もなく、燃料の供給もなくなり、トラックはそのまま河の畔で放置された。そのうちに八路軍と傅作義の軍隊が迫ってきたので、燃料がなく、動けないトラックを持ってゆく余裕がなく、車輌班は撤退した。私は一九四七年に正式に除隊された。遊牧民の家を転々とし、手伝いをしながら故郷に帰る途中、嫁さんと知り合い、ここに住み着いたのだ」

と、ワンチョックは語る。

4 「蒙古の牛」

ワンチョックが自ら志願して軍隊に入隊したことにはもうひとつの理由があった。本物の銃を撃ちたかったのである。一〇代のワンチョックにとって拳銃は人を殺すものであるというより、玩具であるというイメージが強かった。

当時は子どもたちが「戦争ごっこ」に明け暮れていた時代でもあり、本物の銃を撃つことが男の子の共通の夢だった。それにモンゴル人は狩猟民族でもあるので、拳銃はモンゴルの男たちが憧れるものでもある。

ワンチョックは入隊してから戦闘訓練が始まるのを楽しみにしていたが、射撃訓練はあまりなかった。車輌班に配属されたモンゴル人は二、三カ月ぐらい運転の練習をさせられた。昭君墓の近くに簡単に舗装された教習所らしき場所があり、丘の斜面を利用して作られた坂道発進の練習場があった。そこで坂道発進の練習を何度も何度も繰り返させられた。

「トラックの車体は重く、坂道発進はたしかに難しかった。のちに荷物を運んだまま坂道発進の練習もさせられた。重いトラックで下り坂を降りる練習もさせられた。我が車輌班に五、六人の日本人教官がいたが名前は全部忘れた。教官にもいろいろ階級があるらしく、上下関係がはっきりしていたが、私たちには階級は関係なく、よく大きな声で怒鳴っていた」

「日本語《ナラン・ヘル》も勉強したがほとんど忘れてしまった。今、抗日映画を観ている時、時々、知っているような日本語が出てきて『何だったっけ？』と考えたりすることがある。『サヨナラ』は覚えている。車輌班にいたから『自動車』は覚えている。また、『こら、馬鹿！　蒙古の牛！』は覚えている。日本人の教官がよく使っていたから」と言って、ワンチョックは笑った。

モンゴルの男は幼少時から馬に乗ることが多かったので、歩くのが遅く、それに胸を張り、身体を左右に動かしてのしりのしりと歩く人が多い。毎日のように馬に乗るので、その感覚が身に染みつくのであろう。それが日本人教官に草原を歩く牛と同じように見えたのであろう。だが、モンゴル人は五畜（馬、牛、駱駝、羊、山羊）に例えられても怒らない。五畜に悪いイメージがあまりないから。その代わりにロバや豚に例えられたら怒る傾向がある。

ところが、その「蒙古の牛」がハンドルを握ると、乾燥したチーズや揚げパンをかじるだけで何日も走り続けることができるので、さすがに厳しい訓練を受けたはずの教官もついていけなかった。

「日本人教官は必ず決まった時間にご飯を食べていた。ご飯を食べる前に手を合わせて口の中で読経らしきものを唱えていた。まるでキャンプ生活を満喫しているかのようにもぐもぐして食べるのが遅く、逆に彼らこそ反芻動物に似ていた。私たちモンゴル人は暖かいお茶に乾燥したチーズや炒めた粟を入れ、そこに揚げパンがあれば十分だから、食べるのも早いし、片づけも早かった」

と、ワンチョックは身振り手振りで話す。この点について現地にいた日本人も「（モンゴル人は）生れてから寒暑の激しい気候に堪え得ない者は、自然淘汰の法則により死亡し、後に残つた者は悉く頑健な身体の持主である。（中略）行軍などで麦粉や塩で行先地のどろ水など平気でガブ飲みして、ゴロリと野原に寝ても平気である。食事の時間など五分も費らない。綺麗な水を喰み、米を焚いて三十分位もかかる日本兵とは大変な相違である」（漢字の旧字体は現代表記に改めた——著者）［小林知治　一九三九：二四］と指摘している。

車輌班は任務がない時、朝は決まった時間に起床し、運動をした。倉庫の周囲を走ったりラジオ体操をしたりするぐらいだった。それから食事に入るが、食事をする前、太陽が昇る方面（日本の方向）に向かって三分間お辞儀をしなければならなかった。天皇陛下へのご挨拶であるという。

「あの三分間は長かった。本当に長かった。日本人教官は帽子を取り、腰を曲げ、両手を身体の横にまっすぐに伸ばして真剣にお辞儀をしていたが、私たちは形だけだった」

と、ワンチョックは笑った。

「ある若い教官のラジオ体操がとても面白く、手足がまるで彼のものではないように動いていた。どうしたらそんな動きができるのか、逆に不思議だった。そんな運動音痴がよくも教官になれたなあとみんなが陰で笑っていた。彼は毎日のように朝早く起きて、一人でラジオ体操をしていた」

と言いながら、ワンチョックは手足をパタパタさせて教官の真似をしてみせた。私たちも思わず笑った。

「彼はほかの教官とあまり交流がなく、車輌班から少し離れた土屋で一人暮らしをしていた。普段、家を出ることがほとんどなく、部屋にこもって本ばかり読んでいたが、朝は誰よりも早く起きていた。そして大声で数を数えながらあのめちゃくちゃな体操をするのが日課だった。寒い日だろうが、暑い日だろうが、雨だろうが、風だろうが関係なく、いつもの場所でいつもの体操をしていた。一見すると、とても優しそうに見えるが、時々、まるで悪魔に取り憑かれたかのように隊員をビンタする」

「彼は酒を飲んで酔っぱらうと、車輌班の近くの丘に登り、夜遅くまで泣きながら大声で日本の歌を歌っていた。というか歌っているのか泣いているのか、わからなかった。さぞかしひどいホームシックにかかっていたのであろうが、私たちは何もしてあげられなかった。ただ、ちゃんと宿舎に戻っているのかを遠くから見ていて、彼が宿舎に戻ったことを確認してから私たちは床に就いた。しかし、その彼が誰よりも私たちに『こら！　馬鹿』と罵声を浴びせた。教官たちは常に交代していたが、なぜかあの教官のことだけが忘れられない」

と、ワンチョックは誰かに裏切られたように寂しそうに語る。

ワンチョックは除隊後、一時期ソ連政府から中国政府に援助したトラック隊の運転手になった。当時、トラックの運転手は貴重な人材だったので、中国全国をあっちこっち走り回った。中国建国後、中国東北地域にあった、中央食糧部という国家機関の運転手になった。沿岸都市までは遠いので、時にはトラックを列車に載せて、現地に着いてから走ることもあった。内モンゴルから石炭を運び、戻る時は野菜類や綿を運んだ。

「運転手として全国各地を走り回っていたおかげで、文化大革命を無事に乗り越えることができた。もし地元に帰っていれば間違いなく『日本帝国主義の走狗』として首を斬られたと思う。文化大革命中、県外で働いていたので、私の過去について知る人がほとんどなく、私のような鉄の塊を相手にする油まみれの労働者に革命者たちは目を向けなかった。彼らが吊るし上げる相手は文化人だったから。その意味で私に運転技術を教えてくれた日本教官に感謝しなければならない」

と、ワンチョックは自分に言い聞かせるかのように言った。

5　車輌班の日常

モンゴル軍と日本軍は、傅作義の部隊が攻めてこないようにそれぞれ重点地に分散して駐屯していた。日本人の車輌班は日本軍、モンゴル人の車輌班はモンゴル軍に荷物を運ぶこととなっていたので、同じ車輌班にいても日本人とモンゴル人はほとんど交流がなかった。

「今は学園都市となっている、フフホトの近くの和林県にも日本の部隊が駐屯していた。私たち車輌班は時々、日本人の家族を徳化などに送ってあげた。徳化には日本特務機関があり、その家族だったと思う。当時、徳化特務機関はかなり有名だった。多くのモンゴル人青年を訓練させて、各地にスパイとして送っていたから」

と、ワンチョックは証言する。

トラックの燃料はとても貴重だったので、車輌班の近くに日本人が管理する駱駝隊と馬車隊があった。駱駝は五、六十頭あり、馬車も二、三十台あった。馬車は三頭引きの大きめのものだった。

「日本人教官の馬車用の馬の調教方法は乱暴すぎた。さすがにあの教官たちは駱駝を調教しなかった。怖かったのだろうね」

と、ワンチョックは笑った。

「どうやって調教していたのですか」

と、私は聞いた。

「あれはたしかに乱暴すぎた。農耕文化の中で生まれ育った人のやり方かもしれない。漢人も同じやり方をするみたい。あの教官たちは馬に古いタイヤや丸太を引っ張らせて、馬が疲れて動けなくなるまで鞭打ちをし、暴れさせる。これの繰り返しだった」

「この方法では馬が一時的におとなしくなるが、トラウマを抱えてしまい、いざとなるとパニックになって暴れまくるか、鞭打ちをしても動けなくなる。トラウマを抱えている馬は乗用馬にしても馬車用にしても良い馬になれない。人も同じだろう！　モンゴル人は馬とのコミュニケーションを重視する。優しく話しかけたりさすったりしながら馬に近づく。もちろん鞭打ちはするが、それはある程度の信頼関係ができてからの話である。自分が敵ではなく味方であることを馬に知らせることが重要である。時間はかかるけど」

「モンゴル人の厩務員は馬の目を見るだけでその馬がトラウマを抱えているかどうかわかる。例えば、この馬は小さい時、狼を怖がったことがあるとか、すぐにわかる。馬に関してモンゴル人の右に出る民族はないと思う。そのモンゴル人に馬の調教方法を教えるなんて……」

と、ワンチョックは話を止めた。そして、「日本人は何でも教えたがる人だという印象を受けた。優しさなのか、自分たちが私たちより『上』だと認識していたのか、わからない」とつけ加えた。ワンチョックの分析は非常に鋭かった。私はただただ頷くだけだった。この押しつけがましい親切さともいえる一面は日本の国民性かもしれない。

「駱駝運送隊と馬車運送隊は包頭などフフホトから比較的近い地域に配達をしていた。駱駝運送隊と馬車運送隊も日本軍の管理下にあった。時々、駱駝運送隊と馬車運送隊が漢族地域を通る際、盗賊に遇うことがあったが、車輛班は一回もなかった。フォード・トラックは戦車同然だから貧弱な装備しか持たない盗賊には襲う勇気がなかったと思う」

と言って、ワンチョックはハンドルを握ってトラックを突進させるかのようなふりをしてみせた。

　私は第四章のシルの話を思い出した。シルの父親は日本特務機関の駱駝隊と一緒に出かけてから行方不明になった。のちに「フフホトという町にいる」「フフホトから北の方の包頭という町に移された」といった様々な噂が飛び交っていたとのことだったが、あの噂は本当だったかもしれない。ワンチョックが証言するようにフフホトに日本人が仕切る駱駝運送隊があり、フフホトと包頭の間でよく荷物を運んでいたからだ。

「モンゴル語の堪能な日本人に会ったことがありますか」と私は聞いた。

「私は会ったことがない。というか、私たちはほぼ毎日のように野原や砂漠を走っていたから。当時、今のようなアスファルトの道路はなかったので、小さな乗用車は走れないことが多かった。だから偉いさんも時々、私たちのトラックに乗ることがあった。徳王はいつも黒い色の蛙のような形のジープに乗っていた。私たち車輛班はあっちこっち走るので張家口、張北や徳化で徳王一行と出くわすこともよくあった」

と、ワンチョックは語る。

軍関係の荷物が大連などから列車でフフホトまで運ばれてきていた。それを駅のホームなどに山積みにして下ろしてから馬車を使って倉庫まで運ぶのだ。その荷物を各地に駐屯している部隊に届けるのが車輌班の任務であった。

「軍馬の飼料となる大豆と黄豆は麻袋に入れるのではなく、列車の貨車にそのまま入れて運ばれてくることが多かった。その場合、トラックを線路の横に並ばせておき、人力で移し替えないといけなかったので、それが大変だった」

「武器も定期的に運ばれてきた。頑丈な木箱に入れられていたので、どんな武器が入っているのかわからなかった。武器は必ず車輌班が運ぶことになっていた。トラックの燃料だけはいつも飛行機で運ばれてきた。当時、ガソリンなどはとても貴重だったからだと思うが、小さな四角のドラム缶に小分けし、二缶ごと頑丈な木箱に入れられていた。今思うとローマ字だと思うが、箱の外側に文字が書かれていた」

「私たちの車輌班は主に人や馬の食糧を運んでいたが、武器や軍人を運ぶこともあった。私はフフホトからチャント寺までよく走った。そこに日本人が率いる哨兵隊があり、馬の飼料をはじめ人の食糧や武器まで運んだ」

と、ワンチョックは証言する。

チャント寺！　どこかで聞いたことがある名前だ。そうだ。第五章のドブジョルの話の中に出ていた。ソ連兵がチャント寺の僧侶約二〇名を銃殺し、寺の近くに埋めたとのこと。

6　日本人のシリンゴル草原への進出のもうひとつの狙いは石炭だった?

「フフホトから西スニトにあった徳王府や貝子廟まで走ることもあった。ほとんどは牛車や馬車によって自然にできた草原の道だったが、ところどころ舗装されてあった。日本軍が舗装したとのこと。アメリカ製の八気筒のフォード・トラックは戦車同然でどんな悪路も平気で走った。ただ車体が重いので、走らない時に車体をあげておく必要があり、それがかなり面倒くさかった。帰りに塩を運んだことは覚えている」

と、ワンチョックは語る。

ワンチョックが言う「帰りに塩を運んだ」とはおそらく西ウジムチンの塩湖「エージ・ノール」(現在は東ウジムチンに属す)の塩のことだと思われる。これについてモンゴル軍副司令官だった李守信本人も「一九三六年四月二四日にモンゴル軍政府成立の準備会議である、第一回蒙古大会が西ウジムチンで開催された際、張北特務機関長田中久が四月二七日に私と一緒にエージ・ノールにいき、翌日にエージ・ノールを視察して帰った。それが単なる気分転換のための旅ではなく、関東軍司令部の指示での行動だった。塩には火薬を作るのに欠かせない成分が含まれていて、エージ・ノールの塩にその成分が豊富に含まれていた。エージ・ノールの総面積は周囲四〇キロあり、雨量の多い季節になるとその面積が二倍の八〇キロにも達する。その後、日本はエージ・ノールの塩の埋蔵量まで把握していた。そして、一九三七年に日本人が綏遠と包頭を占領したのち、エージ・ノールを大々的に開発し、その塩を張家口にあった、日本人経営の軍事工業までトラックで運んでいた」と回想している〔劉映元　一九八五：二〇二〕。ワンチョックは李守信が率いるモンゴル軍の車輌班に配属されていたので二人は同じことを言っていると思う(写真51)。

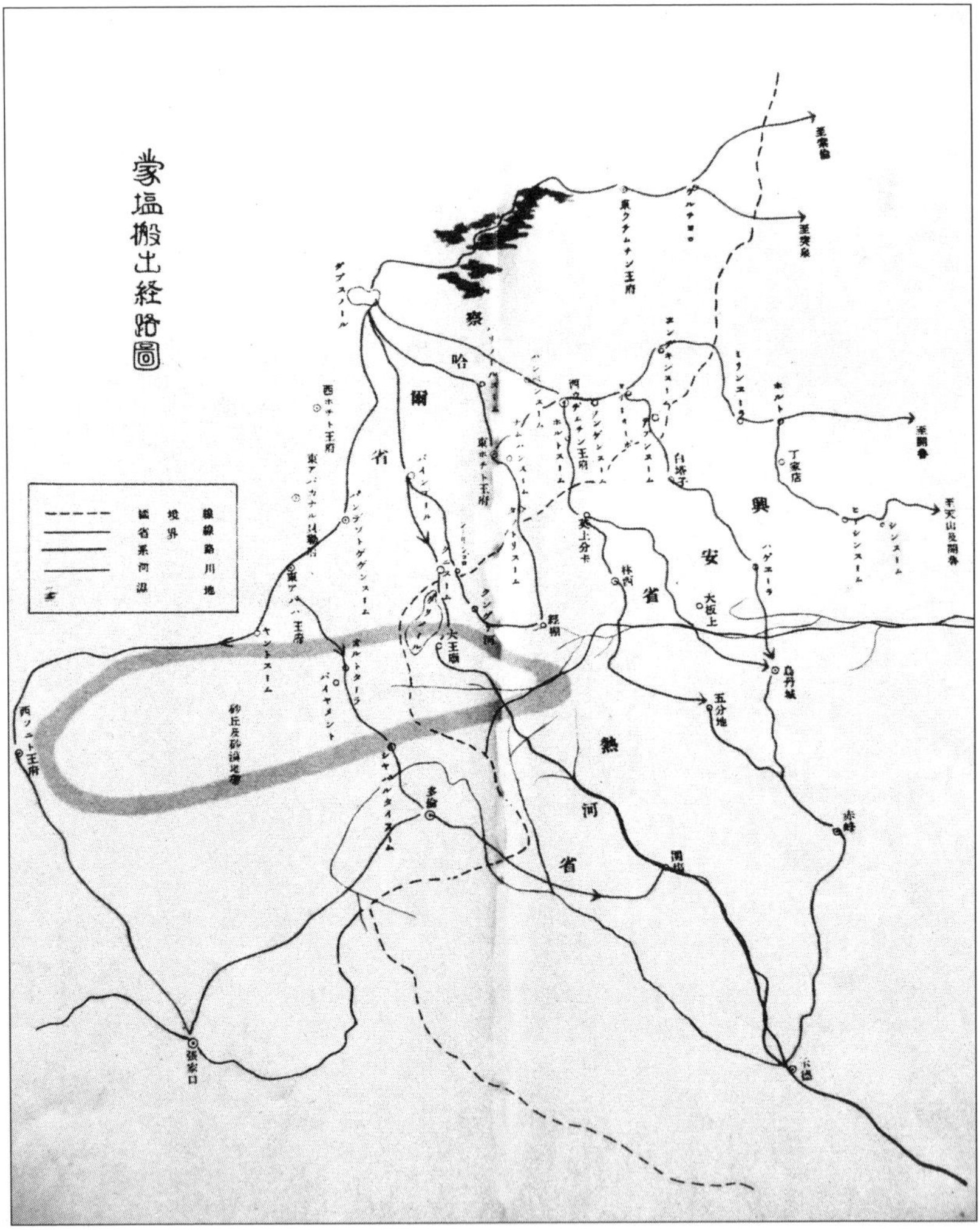

写真 51　日本によるエージ・ノール（ダブスノール）の塩の搬出経路

矢印を辿ってみれば日本占領下にあった都市部へ運ばれていたことがわかる。
『察哈爾蒙古の近情』（1934 年）より。

ワンチョックの話は続く。

「一九四四年頃だったと思うが、貝子廟特務機関にトラック一〇台分の丸太を届けたことがある。貝子廟から東北にあった山の麓に下ろしたように覚えている。その少し前だったと思うが、フフホトから貝子廟までトラック一〇台を使ってホームレスを運んだ。もちろん、全員が漢人だった。どうしてわざわざ貝子廟まで運ぶのか不思議に思っていたが、のちに聞いた話では炭鉱で働かせるためだったとのこと。おそらく資源探索隊だと思うが、そんな道具を持った日本人グループも送ったことがある」

特務機関の関係者も「横山分機長はダイラマ近くに石炭の露頭を発見し、これを掘らせている。あのシリンゴールの草原から石炭が出るなどとは、ちょっと信じられなかったが、貝子廟の東四十キロのところにも王（旗長）所有の炭鉱があって、漢人を使って斜坑で掘り出されていた」［岡村　一九九〇：七三］と回想しており、その炭鉱の位置はワンチョックたちが丸太を運んだ場所とほぼ一致する。現在、このあたりに数多くの露天堀炭鉱があり、褐炭生産地として有名である。第五章で登場するドブジョルも「日本人が貝子廟の使用人や若い僧侶を使って石炭を掘らせていた」と話していた。

シリンゴル草原にある炭鉱は、日本人が初めて発見したといわれている。地元の人々の間でこんなエピソードが語られている。ある日、種牛同士が闘っている時、なぜか黒い煙が見えたという。人々が不思議に思ってそこに行ってみたら、それは煙ではなく、黒い砂ほこりだったそうだ。現地の人々はそこが露頭だと知らなかった。のちにその話を聞いた日本人は、そこが露頭であることに気づいたという。

ワンチョックの証言からすると、おそらく日本特務機関はシリンゴル草原で大規模な炭鉱開発に乗り出す予定だったが、敗戦によって実現されず、その計画も闇に葬られてしまったのであろう。

7　チンギス・ハーンの軍歌

時々、徳王がモンゴル軍を閲兵した（写真52）。徳王が閲兵に来ると町をあげての大騒ぎになった。音楽隊と騎馬隊といった順で並ぶので、ワンチョックが所属する車輌班がいつも後ろに配置される。だから、遠くから徳王や李守信一行が勇ましく歩く姿を眺めるだけだった。

「徳王は青色のデール（モンゴルの民族衣装）に黒色のベストを着て黒い色の帽子を被っていた。辮髪が特徴的で胸につけたバッジが太陽に反射して光っていた。のちに聞いた話では、徳王はチンギス・ハーンのバッジを肌身離さずつけていたという。李守信は軍服ばかり着ていた」

「車輌班の日本人教官らは徳王のことを『トク』と呼び捨てていた。彼らは徳王に敬意を払っていなかったように見えた。徳王らがモンゴル軍を閲兵した時だったと思うが、私たちもチンギス・ハーンのバッジをつけさせてもらった覚えがある。儀式が終わったとたんに日本人教官に回収された」

と、ワンチョックは言う。

第四章に登場する親日派活仏ガブジョ・ラマも「一九三八年に満洲国、朝鮮半島と日本を視察した際、視察団全員が胸にチンギス・ハーンのバッジをつけ、腕に蒙彊政権の腕章をつけさせられた」と回想している［Wa. Namjilsürüng Na.Temčeltü　1998: 46］。当時、関東軍は表向きチンギス・ハーンを賛美し、その偉大な精神を謳っていたが、それは単なる内モンゴルを植民地にする手段にすぎなかったようである。

ワンチョックが所属する車輌班にチャハル出身のバダラホという男がいた。小柄であるががっしりした体格の負けず嫌いの男だった。運動神経が良く、走ってきたままトラックの荷台に積んでいる荷物の上にのぼり、反対側に飛び降りることができた。その彼がチンギス・ハーンのバッジを返さず、翌日もつけていた。それを見た日本人教官は無言で彼のバッジを引っ張ったら、その勢いで洋服の一部が破れてしまった。その瞬間、バダラホの目はまるで仲間の死を見て興奮する雄牛のように真っ赤に充血し、トラックのエンジンをかけるためのクランク棒を握ったまま教官に向かっていった。隣にいた別の教官が「止まれ！　そこに止まれ！」と大きな声で命令したが彼は無視した。バッジを取った教官はピストルを取り出したが、手足が震えて撃てず何歩か後ずさりした。慌てた隊員たちがバダラホを抑え込み、事なきを得たという。バダラホにとって破れた洋服よりチンギス・ハーンのバッジが大切だったのである。

「バダラホに厳罰が科されるだろうと思っていたが何もなかった。逆にあの教官が彼にとても親切になった。日本人って本当に不思議な民族だね」

と、ワンチョックは言う。あの教官はたかがバッジのために銃に向かって突進してきた「蒙古の牛」に恐れ入ったのであろう。

「徳王らがモンゴル軍を閲兵した日、私たちはチンギス・ハーンの軍歌を歌って徳王一行を迎えた。当時、老若男女関係なくみんながこの歌を歌っていた。学生らもよく歌っていた。普段は『チンギス・ハーンの軍歌』ではなく『一〇万の戦士』と呼んでいた。さあ！　次は『一〇万の戦士』と言うとみんな席を立って歌い始めた」

写真52　閲兵する徳王の前を行進するモンゴル軍
写真は『ゴビの砂漠』(1943) より。

と言いながら、ワンチョックは席を立って少し訛りのある日本語とモンゴル語を混ぜながら歌い始めた。彼の目が輝き、子ども時代に戻っていた。

一〇万の戦士が燃えて
治めていっぺんアジア州
進め！　進め！　兄弟よ
我らの一〇万戦士よ！

二〇万の戦士が燃えて
治めて南北二国《ふたくに》を
ホンゴル、シフル、フチュン、テグス四将よ
我らの二〇万の兄弟よ（ママ）

……

「これは『フグシン・ホーホン』という老馬を讃える歌ではないか」と隣にいた友人が聞いた。彼は日本語がわからない。

「そうそう！　メロディーがほぼ同じだが歌詞は違う。『フグシン・ホーホン』はもう少し演歌っぽく歌うが、『チンギス・ハーンの軍歌』は力強く歌わないといけない」

と言って、ワンチョックは軍人のように行進してみせた。この時、張北青年学院に通っていた、私の父方の大叔父

のソニンバヤルも「一〇万の戦士」をよく歌っていて、日本語の歌詞はワンチョックが歌った歌詞とほぼ一致する。大叔父によれば、張北青年学院ではこの歌詞で歌われていたという。この歌詞の日本語バージョンが複数あるが、モンゴル人の私にとって今の歌詞が一番歌いやすかった。

8　張北青年学院のエリート

当時、張家口や張北のモンゴル人学生たちも制服の胸にチンギス・ハーンのバッジを輝かせていた。張北に張北青年学院があり、張家口に内蒙古高等学院があった。ちなみに、張北はもともとチャハルモンゴル人の牧草地であり、モンゴル語でハル・バルガス（黒城）と呼ばれていたが、張家口の北側に位置していたので「張北」という呼び名が定着した。

「張北青年学院からモンゴル人の先生が来て私たちに日本語を教えていた。『チンギス・ハーンの軍歌』もその時、教えてくれたように思う。張北青年学院は張北という町の南門の近く、張家口に行く大通りの西側にあった。青煉瓦の建物だったように覚えている。日本の国旗と青黄赤色の蒙疆政権の旗が掲げられていた。私たちのトラック隊はよくその道を通っていて、時には張北で休憩した。男子学生はいつもカーキ色の制服を着て、丸坊主だった。女子学生は夏に襟あたりに白い線が入った紺色のブラウスとスカートに短髪だった。他の季節には紺色のデール（民族衣装）を身に着けていた」

と、ワンチョックは語る。

「それにしてもお父さんはよく観察しましたね。髪形から襟の色まで……」と隣にいたワンチョックの娘が笑った。

「それはそうだよ。張北青年学院の女子部はモンゴル人青年の憧れの的だったから」と、ワンチョックは誇らしげに答える。私の父方の大叔父もこの学校の卒業生で、張北青年学院のことを語る時はいつも目が輝く（写真53）。

ワンチョックが言う張北青年学院とは、一九三六年にチャハル盟公署が成立したのち、初代盟長のジョドバジャブが徳王らの支援で創立した四年制の旧制中学校のことである。当初は男子部だけあったが、一九三九年の冬から女子部ができ、そこから学校名をモンゴル語で「チャハル・チョグルガンノ・エルドム・ソヨルト・ドムド・ソルガゴリ」と変更したが、世間では相変わらず張北青年学院と呼ばれていた。主に庶民の子ども向きにつくられた学校であり、食事や衣服をはじめ文房具や洗濯用品まですべて無償で提供されていた。男子部と女子部が別々にあり、一九四五年に廃校するまで男子部が約六〇〇名、女子部が約二〇〇名の卒業生を世に送り出した。約五〇名が日本に留学したが、その中ではナ・サンチョックト（一九一四―一九七三、別名サイチンガ）という詩人が有名である。彼は東洋大学に留学し、日本帝国海軍の宣伝雑誌『ＦＲＯＮＴ』をモンゴル語に訳したことがある。

張北青年学院はモンゴル語、数学、そろばん、基礎知識、地理、日本語、音楽、歴史、体育、漢語（中国語）といった科目に加えて裁縫、出版、皮をなめす技術や農業といった職業訓練もさせていた。女子部の寮部屋が梅、桜、スミレなど日本語の名前で呼ばれていた。この張北青年学院を優秀な成績で卒業した学生が内蒙古高等学院に推薦入学させられた。内蒙古高等学院は三年制の旧制高等学校であり、モンゴル語で「トドガド・モンゴルイン・ウンドル・ジェリグイン・ソルラガオン・ホリヤー」と呼ばれていた。

当時、張北青年学院を卒業してから内蒙古高等学院に進学し、さらに日本に留学することがエリートコースだった。私の父方の大叔父のソニンバヤルは一九四〇年に張北青年学院を卒業してからそのまま内蒙古高等学院に進学し、一九四五年に内蒙古高等学院を卒業した。卒業する前から日本留学の手続きをしていたが、体調を崩した上、

写真 53　徳王一行を歓迎する西スニト女子家政学校の生徒

近代内モンゴルにおける女子教育は日本の影響を受けた。当時、徳王を含むモンゴル人知識人らは、女子はやがて母親になり子どもを育てるので女子教育は民族の未来に繋がるとみていた。全員が同じ民族衣装を羽織っているが、これも日本に倣って作った制服である。今でいえば彼女たちはアイドルだった。『ゴビの砂漠』の写真解説には「青い制服は、白い砂に反映して美しい。胸にかかげた胸章には、蒙古の英雄チンギス・ハーンの肖像が刻まれている。彼女たちの胸にはチンギス・ハーンの英雄の血がたぎっているのであろう」とある。
写真は『ゴビの砂漠』（1943）より。

日本も敗戦の色が濃くなってきたので先生らのアドバイスで留学を諦め、小学校の教師になった。その大叔父が「内蒙古高等学院は週に一回だけモンゴル語の授業があり、その他のすべての科目は日本から取り寄せた教科書を使って日本語で行っていた」と回想している。また、大叔父のソニンバヤルは「日本特務機関が張北青年学院と内蒙古高等学院の卒業生から通訳を募集していた。身体が大きく逞しそうな男を中心に面接をしていた。面接に合格した者を徳化に連れて行き特別な訓練を受けさせていた」と証言している。大叔父は張北青年学院時代から成績が優秀で留学予備軍に入っていたので面接を受ける必要がなかったとのこと。

敗戦後、張北青年学院と内蒙古高等学院の卒業生のほぼ全員が共産党革命に参加し、学校の教員や政治家として活躍したが、のちの文化大革命中に一人残らず「日本特務」「日本帝国主義の走狗」として槍玉にあげられた。

9 「チンギス・ハーンは日本人だった⁉」

「日本人教官らは、チンギス・ハーンは日本人だというふうな話をよくしていたが、先輩たちは反論していた。私は小学校にも通わなかった者なので、その辺のことがあまりわからなかったけど、チンギス・ハーンが日本人だったなんてばかばかしく思えた」

と、ワンチョックは失笑した。

前に述べた大叔父のソニンバヤルも同様な話をしていた。張北青年学院時代、日本人先生の多くがチンギス・ハーンは日本人だと話していた。教科書にもそのような内容があったという。その説に対抗する形でモンゴル人の先生が学生らにモンゴルの歴史的書物である『フフ・ソドル』（青史）を読ませ、わざと日本人先生に聞かせるかのように日本語で演劇をやらせていたという。徳王の指示で『フフ・ソドル』（青史）を読ませたという話もある。

チンギス・ハーンが日本人だったというのは、チンギス・ハーン＝源義経説のことだと思う。歴史学者の宮脇淳子は、一一八九年に源義経が衣川で死んだのち、室町時代頃から「義経伝説」が作られ、信じられるようになったという。宮脇はさらに江戸初期になると、沢田源内という人が漢文で『金史別本』という偽書を書き、その中で「源義経が蝦夷を経由して金国に渡り、その孫の源義鎮が金国の騎馬軍団を統帥する大将軍となり、中国を攻めた」という架空の物語を創作するなど「義経伝説」は様々あるが、末松謙澄（一八五五―一九二〇）こそが「チンギス・ハーン＝義経伝説」の生みの親であると指摘している。それによれば、末松はイギリスに渡った翌年の一八七九年、はやくも『偉大なる征服者ジンギス・カンは、日本の英雄義経であった』（*The Identity of the Great Conqueror Genghis Khan with the Japanese Hero Yoshitsune*）という標題の英語の論著をロンドンで出版した。これが「チンギス・ハーン＝源義経」の物語の誕生であった〔宮脇淳子　二〇〇八：一八三―一八六〕。末松謙澄とは、伊藤博文の知恵袋とも呼ばれた男であり、のちに伊藤博文の次女と結婚し、衆議院議員、逓信大臣、内務大臣を勤めた人物である。現在、末松のこの論著の復刻版（英語）をインターネット通販サイトなどで手に入れることができる。

宮脇は末松の論著について「肝心のチンギス・ハーンと源義経が同一人物であるという論証に関しては、論拠は薄弱である」と指摘するとともに、末松がチンギス・ハーンは源義経であることの根拠としてあげた、例えば、「源義経という漢字を音読みするとゲンギケイとなり、これが英語読みのゲンギスカン（Genghis Khan）と音が非常に近い」「日本では神様を天神《てんじん》というが、それがチンギス・ハーンの幼名テムジンとして伝わった」といったことについて、学問的根拠とならないものであるとしている〔宮脇　二〇〇八：一八八〕。

しかし、一八八五年に末松の論著の全訳である『義経再興紀』（内田彌八《やはち》訳述）が刊行される。内田は、末松が英語で発表した義経＝チンギス・ハーン説を補強して、義経が蝦夷経由で大陸に渡って、蒙古の騎馬軍団を支配するジンギス・カンになったという話のあとに、騎馬民族が中国に建てた元朝が滅び漢民族による明朝が生まれたが、再び義経の子孫である北方騎馬民族がこれを撃ち破って清朝を建てた、という後日談までつけた。内田の著書は大きな反響を呼び、その翌年の一八八六年に清水米州がこれをおもしろおかしくふくらませた『通俗義経再興紀』を出版しベストセラーになり、さらに日本軍のシベリヤ出兵後の一九二四年に小谷部全一郎《おやべまたいちろう》（一八六七―一九四一）が『成吉思汗ハ源義経也』を出版し、未曾有の大ベストセラーとなったという〔宮脇　二〇〇八：一八八―一八九〕。

子どもたちをシベリヤに送り出した日本国民にとって『成吉思汗ハ源義経也』は心躍る話だったのであろう。あ

写真54　蒙疆銀行が中華民国27年（西暦1938年）に発行した、チンギス・ハーン即位733年記念コイン「五角」
蒙疆地域に張家口の察南自治政府や大同の晋北自治政府といった漢人地域も編入されていたが、関東軍は独立を主張するモンゴル人勢力を宥和するためチンギス・ハーン即位記念コインまで発行させていた。著者蔵。

の義経が活躍した大地だと聞いて、何の躊躇もなく子どもを送り出した親もいたであろう。そして、大陸に行った人たちも守護神「義経伝説」に守られながら日々奮闘したであろう。こうして「チンギス・ハーン＝義経伝説」が日本の大陸進出の引き金となったとまでは言わないが、何らかの形で影響を与えたことは間違いないであろう。

ところで、末松はどうしてこのような論文を書いたのか。宮脇は「日本人の偉大さとその歴史を、イギリスのみならず世界に示したいという、愛国心から出たものだったのだろう」〔宮脇　二〇〇八：一九九〕と指摘しているが、そのためにチンギス・ハーンの名前を利用したことに注目する必要がある。残念なことに、その「愛国心」から生まれた「義経伝説」が今度はチンギス・ハーンの末裔が生きる大陸に渡り、日本の植民地を拡大する道具に変身していった。

このチンギス・ハーン＝源義経説の影響もあると思うが、徳王政権を支持した関東軍はことあるごとにチンギス・ハーンの偉大な精神やモンゴル帝国の事業、チンギス・ハーンの箴言を持ち出していたことが多くの文献に記録されている（写真54）。もちろん徳王の一連の行動の背後にもチンギス・ハーンに対する誇りがあった。その誇りこそがモンゴル人をまとめる手段であると考えた徳王は、チンギス・ハーン紀元を採用し、一九三六年の冬、日本の支持で開催されたモンゴル軍司令部の成立式典をチンギス・ハーン大祭の儀式に沿ってすすめた上で「チンギス・ハーンの偉大な精神を受け継ぎ、蒙古固有の領土を回復して、民族復興の大事業を完遂することを誓います」と宣誓した。この時、関東軍側の代表も「日本と蒙古は手を携えて、親密に合作しましょう」と挨拶している［ドムチョクドンロプ　一九九四：一二六］。

「チンギス・ハーンが日本人だったなんて赤ちゃんでも信じない」「赤ちゃんも信じない」とはモンゴル語特有の表現であり、「誰も信じない」という意味である。モンゴル人にとって神様同然のチンギス・ハーンが日本人であり、しかも戦いに負けて逃げてきた男だったと言われて彼が怒るのも無理はない。

と、ワンチョックは指でテーブルを強く叩いた。

「ご飯ができましたよ。日本に美味しいものはたくさんあるに違いないが、さすがに羊肉のボーズはないでしょうね」

と、ワンチョックの娘は笑いながらテーブルに出来立ての熱々のボーズと漬物類を並べた。ボーズとは羊や牛の挽肉をネギや塩でシンプルに味つけした薄皮の小籠包のような料理である。昔のモンゴル草原は人口密度が低い上、地形に慣れていないと途轍もない広い草原で遊牧民の家屋を見つけることは至難の業であった。もちろん飲食店や売店はなかったので、旅人が一番苦労するのはお腹を満たすことであった。だから見知らぬ旅人にも温かい食事を出すことはモンゴル古来の習慣である。今日、草原の小さな町でも飲食店や店があり、お金のあるかぎり、お腹を空かすことはない時代になっているが、多くのモンゴル人はこの習慣を守っている。

娘の言葉で直前まで曇っていたワンチョックの顔が一気に晴れた。彼は「難しいことを話して申し訳ない。どうぞ、どうぞ、遠慮なく食べてください」と子どものように笑った。この家族の笑顔には、草原のモンゴル人の優しさや飾り気のない素朴さがあった。

私は肉汁が滴る羊肉ボーズを夢中でほおばった。

終　章　遠いけれど近かった「内モンゴル」

1　植民地のことを忘れた宗主国の国民

特務機関の仕事は陰の仕事であり、その真相が表に出ることはほとんどなかった。一九九〇年に発行された『特務機関』は、内モンゴルシリンゴル盟にあったアバガ特務機関について公刊された唯一の日本語のまとまった資料であろう。この本を初めて手にした時、私は感動した。ページをめくるたびに地元の地名だけではなく、馴染みのある山や川の名前までが出てくる。郷愁に駆られる自分にとって、異国の書物で見る地元の名前はとても懐かしく、温もりすら感じた。しかし、読み終えた時、なんとなく虚無感でいっぱいになった。

戦時中の回想録に共通してみられるように、そこに「まさに地の果て、ゴビ砂漠の一角に立って祖国日本のお役に立つことを誇りとして、使命感に燃えて日夜たゆまず努力を重ねた」「戦争はきびしく烈しく、そして残酷である」「戦争は多くの同志を奪った」、そして「戦争による悲劇を再び繰り返さないために」といった美化修飾されたとも受け取れる言葉が隅々に見えるが、現地の人々の協力に感謝した言葉や思い出はひとつもない。もちろん、執筆者らは自分たちの角度から描いたであろうが、それにしても寂しく、あまりにも無責任に感じた。

当時、モンゴル草原を訪れた日本人の多くが仕事の一環として、しかも戦争中だったので個人的な感情や友情を抜きに励んだのであろう。一方、生活と仕事の場が同じ空間である遊牧民にとって仕事と生活を分けて認識する習慣がない。たとえ仕事の一環としても遊牧民は情にもろい人々である。だから、本書に登場する回想者の言葉の中に「信じていたのに……」という淋しさや、第六章の回想者のワンチョックが言うように「トラックの運転手として全国各地を走り回っていたおかげで文化大革命に殺されずに済んだ。だから、私に運転技術を教えてくれた日本教官に感謝しなければならない」といった感謝の気持ちが散見される。

遊牧民は広大な草原で散らばって生活していて、互いに交流もないようにみえるが、そうではない。離れているからこそ人が恋しがるのは人間であり、人が少ない草原では人と人の繋がりは非常に大切である。だから、第二章の回想者であるアヨシは、今でも子どもの時に出会った二人の日本人の無事を祈り続けている。モンゴル語に「気持ちの借りほど重いものはない」という表現がある。もちろん近代化の波の中でモンゴルは変わりつつあるが、多くのモンゴル人の中にその一面がまだ生きている。

そして、第四章でヨンドンジャムスが言う「私からすれば、日本人はある日、突然、家に入ってきていろいろ指示をし、まるで家族の一員みたいに振る舞っていたが、いつの間にかいなくなっていたという印象しか持っていない。あの時の日本人がいれば是非聞きたい。あなたたちはいったい何をしにこの草原に来たのか」という言葉も非常に大切だと思う。彼のこの言葉から日本の無責任な植民地経営の在り方が窺われるからである。

話を戻すが、とはいっても、『特務機関』は評価に値する一冊である。日本特務機関の内モンゴルにおける活動は、内モンゴルが正式に中国に編入される前のことであり、中国の他の地域での活動と明らかに異なる点がある。それにもかかわらず関東軍の内モンゴルにおける活動は、中日戦争に関する研究の陰で付随的に論じられがちである。関東軍による内モンゴルにおける活動に焦点を当てた点で、『特務機関』は内モンゴル人にとって評価に値する回想録である。

今でも私は周りの日本人によく「よくそんな遠いところから留学したなあ！　どうやって来たの？」と聞かれる

ことがある。私は反対に「遠いのはあなたと私の心の距離だ」と冗談混じりに答える。事実、内モンゴルの首都であるフフホトから日本のどの都市にも飛行機で四時間ほど飛べば来られるのだ。日本人の憧れのヨーロッパなどに比べると玄関先そのものである。そして、本書を読んでもわかるように、満洲国に編入されていた内モンゴルの東部だけではなく、私の故郷である西部も第二の満洲国、つまり日本の植民地になっていた。

内モンゴルが日本の植民地だったかどうかについて様々な見方はあるが、当時、関東軍は内モンゴル草原のほぼすべての役所に日本人顧問を派遣するなどして政界を裏から握っていたことや、初等教育段階から日本語を学ぶことが当たり前になっていたこと、そして、関東軍は各地の役所や寺院を拠点に日本特務機関、それらの機関の近くに補助機関としての大蒙公司と善隣協会を置くなどして自分たちの支配圏を固めていたことなどから考えると、内モンゴルの西部もまぎれもなく日本の植民地だったのである。

では、どうして多くの日本人にとって内モンゴルは遠い存在になってしまったのか。最も重要な理由は、戦後の日本は、意図的にかつての植民地であった内モンゴルのことを忘れようとし、その歴史をきちんと次世代に教えなかったことにあるだろう。もちろん、内モンゴルの近代史研究者はいるが、そのほとんどが満洲国やその時代の内モンゴルの表舞台、徳王やその関係者といった表舞台で活躍する人物に焦点を当てた研究である。その背後には日中政治関係史に束縛され、少数民族地域からわざと目を逸らす日本人特有の「まろやかさ」がないことはない。

内モンゴルから日本に留学する人が少しずつ増え始めたのは一九八〇年以降のことである。その頃、戦時中に内モンゴル草原で活動していた日本人たちが定年退職を迎え、第二の人生を楽しみ始めた。彼らの間にかつて自らの手で植民地にした内モンゴルを巡る旅がブームとなり、旅行記や戦時中の内モンゴルでの生活や活動について綴った回想録も多く刊行された。その影響で多くの内モンゴル人が宗主国日本に留学するようになり、日本では軽やかな内モンゴルブームが起きたという。

ところが、戦時中に内モンゴルで活動した人々の高齢化とともに、日本における「内モンゴルブーム」も足早に去り始めた。そうしたなか、新しいものが好きな日本人の心をくすぐるニュースが舞い込んできた。一九九二年にモンゴル人民共和国が民主主義の国家「モンゴル国」として再スタートしたのである。それまで内モンゴルだけを訪れていた多くの日本人は、今度は新生国家「モンゴル国」へ目を向け始めた。そこに内モンゴルにない処女地や浮世離れしたような遊牧生活が広がっているのではないか。彼らは気持ちを抑えきれず「これこそ草原だ」「これこそ私たちが憧れているモンゴルだ」と叫んだ。それまで旅をしてきた内モンゴル草原やそこに暮らすモンゴル人がちっぽけに見えてきた。この時期になると、あの戦争やあの協力はもはや遠い昔の記憶となった。こうしたなか、モンゴル国籍の力士の大相撲界での活躍も目立ち始め、それが日本人の内モンゴル離れに拍車をかけていった。

大学院生の時のことである。聴講生として来ていた某教育委員会の職員が「自分の元上司はモンゴルが大好きだから是非会わせたい」といって元上司に電話をした。電話に出た私は「私は内モンゴルから来た……」と自己紹介が終わらないうちに電話の向こうから信じられない言葉が聞こえた。「内モンゴル人ということはつまり中国人だね！　なら会わなくて結構です」。私は一瞬凍りついた。事実、内モンゴル人は中国国籍であるということが、多くの日本人の目を内モンゴルから逸らす理由となる一面もあるようだ。この頃になると、一般人どころか、日本の歴史研究者の多くも内モンゴル人を「中国人」にした日本の責任を忘れてしまった。

かつて日本の植民地であった内モンゴルは、こうして大国中国や独立国家のモンゴル国の陰に隠れてしまった。本来、内モンゴルに注がれるべき日本人の愛情や同情が、モンゴル国の貧しい子どもたちが着て走る、日本からの援助物質である古着とともに両国の新しい未来を切り開こうしている。

2　モンゴル人は本当に「日本帝国主義の走狗」だったのか?

当然ながら「どうして多くのモンゴル人は日本に協力したのか」という質問が出てくると思う。繰り返しになるが、この質問には必ず当時の社会や国際情勢などを踏まえて答えなければならない。ここでは三点から考察したいと思う。

第一に、問題の根底には草原に無断で入植する漢人農民と、自分たちの牧草地である草原を守ろうとするモンゴル遊牧民の対立があった。

本来、万里の長城が漢人の農耕地帯とモンゴル人の遊牧地帯の境である。これは漢人が自ら定めたものであり、清朝時代までこの掟が守られていたといえよう。しかし、辛亥革命以降の中国大陸では軍閥が争い合う状態が続き、軍閥の支援を得た武装農民が各地に出現し、「駆除韃虜、恢復中華」を掲げながら大々的にモンゴル草原に入植した。

この時の内モンゴルには、無断で草原に入植する漢人集団に抵抗する軍隊はなく、各旗に少人数の治安部隊があるだけだった。それは清朝政権が長年、モンゴルを分旗支配（分割統治）してきたことにある。また、モンゴル人は団結して動き出せば「パワーのある民族」であるが、日々の小競り合いが苦手な民族であり、小競り合いから遠ざかるように「遊牧」してきた。その「遊牧」が裏目に出て、膨大な土地を漢人農民に譲ることになった。しかし、一九三〇年代になると、モンゴル人にはそれ以上「遊牧」する余地がなくなった。彼らの後ろにあるのは水が乏しいゴビ地域や砂漠地帯だった。

一方、草原に入植する漢人たちに自分たちの行為を正当化する理由もあった。それは「あんたたちは広大な草原で放牧しているのに、私たちには畑を耕す土地すらない。これは不平等だ。その広大な草原を私たちにも使わせてください」という「不平等論」である。もちろん、その背後に自分たちが天下の中心であるという思想があることを忘れてはならない。

このような相次ぐ異民族の侵入に対してモンゴル人も自衛手段を取り、各旗が連携し、合同治安部隊が編成された。例えば、第一章で登場するチャハル草原の合同治安部隊「チャガン・ボグドの軍」がそのひとつである。前にもふれたように、このような治安部隊の装備は非常に貧弱であり、軍閥の支援を得た武装農民に対してゲリラ戦で戦うしか方法がなかった。少なくとも彼らにはまともな銃や弾薬が必要だった。ちょうどその時、日本が中国大陸に進出し、多くのモンゴル人は「敵の敵は味方である」と日本に協力するようになる。

第二に、当時の世界情勢や周辺大国の動きに注目する必要がある。前にも述べたように、一九一一年に外モンゴルの宗教と政治の両方を握っていたジェプツンダンバ・ホトクト八世はロシアの支持で外モンゴルの独立を宣言し、ボグド・ハーン政権を樹立させた。アジアを足場に太平洋への進出を狙っていたロシアにとってジェプツンダンバ・ホトクト八世を支持し、ボグド・ハーン政権を樹立させることはその第一歩であった。当然、ロシアの暴走に対してシベリア進出を図っていた日本は黙っておらず、やがて日露戦争が勃発し、日本が勝者としての体面を勝ち取る。その結果として、一九〇五年九月四日にアメリカ東部の港湾都市ポーツマス近郊で開かれたポーツマス会議で結ばれたポーツマス条約によって内モンゴルが日本の支配下に、モンゴル国がロシアの支配下に置かれる大枠ができた。

実は、ジェプツンダンバ・ホトクト八世は、ボグド・ハーン政権を樹立させる前から内モンゴル各地の有力者らと密かにコンタクトを取る傍ら周辺各国に使者を派遣し、世界情勢やそれらの国々の立場を探らせながら清朝からの独立と、統一したモンゴル国を建設する道を模索していた。ボグド・ハーン政権が内モンゴル民謡と外モンゴル民謡をもとに国歌まで作らせていたことは、紛れもなく内外モンゴルの統一を目指していたことを意味する。それゆえに、一九一三年一月にボグド・ハーン政権が現在の内モンゴルに軍隊を派遣し、内外モンゴルを統一することを試みる「丑年の乱」を起こした際、多くの内モンゴル王公がボグド・ハーンの軍隊と合流し、内外モンゴルを統一させるために戦った。その代表的な人物が日本でも知る人ぞ知る、馬賊ことバーボジャブ将軍である。

しかし、舞台の裏ではモンゴル草原を巡って中国やロシアが密かに取引をしていた。そのロシア主導で行われた一九一二年の「露蒙協定」や一九一三年の「露中宣言」、そして、一九一五年六月にその最終調整でもあるロシア、中国とボグド・ハーン政権の間で結ばれた「キャフタ協定」により、ボグド・ハーン政権側は軍隊を撤退させざるを得なくなった。この時、バーボジャブはジェプツンダンバ・ホトクト八世への手紙の中で、自分の心情を「岩の割れ目に挟まれたカワウソの子」のようだと表現した。

やがて「岩の割れ目に挟まれたカワウソの子」であるバーボジャブ将軍は、自分たちの手で内モンゴルの自立・自決を実現させようと決心する。そこで協力相手として選んだのが、日露戦争の時の良きパートナーだった日本である。日本の支援を受けたバーボジャブ将軍の部隊は漢人軍閥に対して数々の勝利を手に入れ、いち早くその名を上げたが、日本軍は内モンゴルの自立・自決よりも自分たちの利益を優先していたので、バーボジャブに対する支援も二転三転した。そうしたなか、バーボジャブ本人の戦死によって彼の内モンゴルを自立・自決させる夢は消え去った。

第三に、満洲国の出現が内モンゴルの運命を大きく変えた。一九三一年に満洲事変が勃発し、関東軍が満洲全土に入り、翌年に満洲国を建国させた。この満洲国に内モンゴルの東半分が編入されていて、関東軍は満洲国を足場にその影響力を内モンゴル全土に広げていった。

この頃、満洲国に隣接する内モンゴル西部では、徳王をはじめとするモンゴル人が内モンゴルの自立・自決の道を模索していた。徳王はバーボジャブの失敗の原因は分旗支配（分割統治）が行われ、それぞれ勝手に行動した結果であると分析した。そして、バラバラに動いていた内モンゴルをまとめることからメスを入れることを考えた徳王は、当時の中国政権であった国民党に「高度自治」を求め続けた。それは自らまとめた内モンゴルの存在を世界にアピールすることでもあったし、徳王は民族の自立・自決こそが近代化への第一歩であると考えていた。それに対して国民党側はあいまいな対応をするばかりで、やがて徳王をはじめとする多くのモンゴル人は国民党の対応に不満を抱くようになった。それを察知した関東軍は積極的に徳王らに関与するようになり、徳王も日本に協力するようになった。この時の内モンゴル人には、政治的にも軍事的にも自らの力で民族の自立・自決を実現させる力がなかったので、他者の支持を頼るしかなかった。こうして徳王は日本の力を利用する形で、日本は徳王が目指す民族自立・自決運動を横取る形で両者が歩み寄り始めた。

一九四九年一〇月頃、徳王はモンゴル人民共和国の当局と接触し、年末にモンゴル人民共和国に亡命した。当初、モンゴル側は歓迎モードで徳王一行を迎えたが、ソ連の圧力で一九五〇年二月二七日に徳王を拘束し、家族を極寒の辺境地に追放した。日本で言えば「島流し」である。そして、三月一日から徳王への厳しい取り調べが始まった。その際、取り調べを担当したモンゴル側のバヤルという人が「日本特務になった経緯を話してください」と言った時、徳王は「あなたが私を日本特務だと見なすなら私は頭を斬られても認めない。日本に協力した過去を話せと言えば話す」と答えたという［Lu Ming hui 1987: 839］。つまり、徳王を含む多くのモンゴル人は「日本帝国主義の走狗」「日本特務」ではなく、あくまでもモンゴル民族の自立・自決のために、良きパートナーとして日本を選んだにすぎない。

かつて蒋介石の私的顧問を務めたことがある、アメリカの「歩く歴史家」ことオーウェン・ラティモアは「徳王は日本について幻想を持ったことは一度もなく、日本の占領下でも同じ政策を続けていた。彼は日本の内蒙古占領下でも、モンゴル人民共和国と連絡を持つ共産党員だと解っている人々を数人、補佐役にしていた。彼はある人物がマルクス主義者であるか、何か別の政治的な信条を奉じているかには、全く関心がなかった。彼にとって唯一の要件は、モンゴル民族の統一と将来に心を寄せている人か否かであった」と指摘している［ラティモア 一九九二：二五〇］。

モンゴル社会のエリート層の多くも最初からそう考えていた。例えば、当時の内モンゴル草原の有力者の一人だった西ウジムチン旗の索王ことソドナムラプダンが、一九三三年四月に西ウジムチン旗に特務機関及び無線機を設置するよう要求してきた日本人に対して「あなた方日本には力があるので、置くと言うのなら、置けばよろしい。私の意見を聞きたいと言うのなら、同意できません」［ドムチョクドンロプ 一九九四：二六］とあしらった話は有名である。また、一九三五年の夏、田中隆吉が率いる部隊がソドナムラプダン王の王府を占領し、料理人まで逮捕した。そして、ソドナムラプダン王と部下のバヤンボラグに銃を突きつけて「シリンゴル盟は我が天皇陛下の命令に従い、満洲国に編入すべきだ」と命令した際も、彼は「あなたたちは二人のモンゴル人を殺してシリンゴルを自分たちの支配下に入れてしまえると思っていたら、それは大きな勘違いだ」［*Baraγun üjümüčin qošiγun-u teüke-yin materiyal-un emkidgel 1* 1985: 68–71］と落ち着いて答えたという。その後、ソドナムラプダン王は体調不良を口実に日本人との関わりを断っているが、彼も日本と対等関係にあることを主張していた。もちろん、巨大な軍隊を後ろ盾にした日本特務機関を恐れて協力した人や、生活のために協力した人もいたことは事実である。

ラティモアはさらに「モンゴル人を日本の腕の中に追い込んだのは、中国の政策のためであった。中国がモンゴル人に愛国的になるだけの動機を与えないから、モンゴル人に愛国的になって中国を支援しろと要求できないだろう」［ラティモア 一九九二：二三二］と指摘している。的を射た見解である。

3 「大東亜共栄圏」という幻想

ロシア帝国は「一〇月の革命」によって崩壊したが、対外政策の面ではソ連の姿勢は帝国ロシアと変わりがなかった。満洲国を承認するどころか、そもそも心の底では日露戦争の負けを認めていなかったロシアにとって満洲国は相当な目障りだったようで、国境線を巡る両者の睨み合いは激しさを増す一方だった。

この時代、もともと「ひとつのモンゴル」であった内モンゴルと現在のモンゴル国の間に国境線はなかった。あるのは、山や丘を目印にした牧草地の境目のみであった。それが今の行政区分に相当するが、どちらかというと家畜の放牧範囲を示すものであるので、「この山からあの丘まで」というふうに極めてあいまいなものだった。ゆえに、ノモンハン草原における境界線を巡ってソ連を後ろ楯にしたモンゴル人民共和国と、日本を後ろ盾にした満洲国の主張は平行線を辿る一方で、武力による衝突は避けざるを得ない状況だった。その結果として一九三九年に「ノモンハン事件」が起きた。日本ではあくまでも「事件」として扱っているが、モンゴル国側では「ハルハ河の戦争」と称されている。両者とも大量の死者を出したので、れっきとした戦争であるという認識である。ハルハ河とは、戦闘が繰り広げられた草原を流れる河の名称であり、このハルハ河を境界とする満洲国側の主張が、ことの発端であった。ところが、昔のモンゴル草原では、河や湖といった水資源はそこにいるすべての「生き物」の共同所有物である。だから、ハルハ河を目印にした境界線争いは、日本とロシアが互いに因縁をつけたとしか言いようがない。

いわゆる「ノモンハン事件」後、日本を中心に東アジアの諸民族による共存共栄を掲げた「大東亜共栄圏」の風が吹き始め、満洲国の安定化のための内モンゴル工作に乗り出していた日本人も呼応した。本書は、彼らの大東亜共栄圏を夢見ていた実態や、その夢と現実の乖離を描いたものでもある。それを次の二点にまとめることができる。

第一に、軍隊ないし組織としての行動力、規律やまとまりがみられない。第一線であるにもかかわらず、中央から軽視され、すべてを機関長の手腕に委ねているという印象を受けた。ゆえに、機関員たちは諜報を集める傍ら少ない経費でやりくりしつつ、トーチカを建設したり狼煙台を準備したりして多忙な毎日を送っているが、無駄な動きが多く、統率された部隊とは言いがたい。軍隊ないし組織員というより、部隊を逸れ野原にさまようゲリラ兵に見えることもある。ましてや、そこに「大東亜共栄圏」を掲げた大国の面影は見当たらず、逆に組織内の対立や地権争いが目立つ。

第二に、日本列島への郷愁に駆られつつ、草原での「キャンプ生活」を満喫していた一面がある。その代表的な人物が西ウジムチンに滞在していた、タルガン・ノヤンこと左近允正也であるともいえる。彼はモンゴル草原の奥地で「砂糖とか缶詰とか輸入煙草とか、内地ではもはや見ることもできない貴重な品物を沢山コレクションし、加えてふんだんにある肉、乳製品に取り巻かれて暮らして」いる［伊藤純　二〇一四：一六三］。そして、前にも述べたように割箸が足りないと言って何かその辺にある物を使用人に投げつけたり、茶碗に埃がついていると大声で怒鳴ったり、味噌汁が美味しくないと、皿にあった骨のついた肉を使用人の頭を目がけて投げつけたりするなど、第一線であるのにもかかわらず料理の味にこだわるその姿は、洗練された軍人とは到底言えない。

しかし、一見すると優雅な毎日を送っているようだが、日本列島への郷愁や「キャンプ生活」への苛立ちもみられる。小説家の貴司山治が、その旅行記『蒙古日記』の中で左近允正也が自作の「法廷」で二人の日本人を叱っている様子をこのように記している。「僕のやうなけちな小僧がこんな奥地へきて、蒙古復興だの東亜の理想だのといつて夢中になつてゐるにはあたらないんです。（中略）いつだつてこんな小役人の位置なんか投げだしますよ。さつさと日本にかへつて、田舎で親の田地を耕して百姓にでもなるか、東京でサラリーマンになつて、喫茶店で女の子にいちゃついてゐるか、どんなけちな暮らし方だつて、ここにゐるよりはましですから」［村田・澤辺二〇一四：一四二］。ここからも読み取れるが、お世辞にも「大東亜共栄圏」を夢見る心のゆとりはない。

甘酸っぱかった勝利の果実の後味は苦かった。ソ連・モンゴル人民共和国の連合軍の参戦に伴い、日本人は一夜にして草原をあとにし、やがて中国大陸から全面的に撤退し、「大東亜共栄圏」は幻想のまま終わった。

日本が敗戦した時、徳王がある日本人に「日本人は敗戦になっても無事に帰れる故郷があっていいなあ」と言った話は有名である。無事に帰る故郷を失ったモンゴル人を待っていたのは、「日本特務」「日本帝国主義の走狗」といったレッテルであり、多くのモンゴル人は日本がモンゴル草原に残した負の遺産を背負って生きていく運命となった。

4　歴史からこぼれ落ちた先人

一九四五年八月、対日参戦したソ連・モンゴル人民共和国連合軍が、私の出身地であるチャハル盟の初代盟長であり、第六章で登場する張北青年学院の創設者でもあるジョドバジャブ（一八七七―一九四六）とその息子のテムルチリンを「対日協力者」として連行し、翌月に飛行機でモンゴル人民共和国に連れていって取り調べをした。そして、一九四六年三月、内モンゴルに返還するといって、二人を別々に車に乗せてウランバートル空港に向かった。途中、息子のテムルチリンを乗せた車が故障したふりをして道端で三、四十分停まった。そして、関係者がテムルチリンに「あなたのお父さんを乗せた飛行機はすでに出発してしまったので戻るしかない」と言って彼を連れ戻したという。テムルチリンがあとから聞いた話だが、当日、モンゴル側がジョドバジャブをウランバートル空港の近くで裁判をすることもなく銃殺していた。これは私の大叔父のソニンバヤルがテムルチリン本人に聞いた話である。テムルチリンの妻は張北青年学院時代、私の大叔父ソニンバヤルの後輩だった。

一九三六年一月、チャハル盟公署の成立大会において、当時、チャハル盟初代盟長に選ばれていたジョドバジャブの腕利きの助手のニムオドスル（尼冠州）は「我々蒙古人が決められるのは、ここにある九匹の羊の供物しかありません。他はすべて日本人がやったことで、日本人によってほしいままに操られています」［ドムチョクドンロプ一九九四：一二三］と怒鳴ったことは有名であり、統治者であった日本人に相談せず、ジョドバジャブの指示で南京政府からチャハル地域に治安部隊を結成するための拳銃を購入したことで、一九三八年一月二三日に関東軍によって暗殺された。にもかかわらず、ジョドバジャブは「日本帝国主義と結託した罪」を逃れることはできなかった。

二〇〇七年の夏、私がウランバートルを訪問した時、一九四五年に内モンゴルの西スニトからモンゴル国に移住したナイダン老人が内モンゴルの民謡「シャル・タル」（黄色い草原）の歌詞について説明してくれた。

彼によれば、徳王は一九四九年の年末にモンゴル人民共和国に亡命した当初、モンゴル側は歓迎モードで徳王一行を迎えたが、ソ連の圧力で一九五〇年二月に徳王を拘束し、家族を田舎に追放した。そして、一九五二年に徳王の部下約二〇〇名をウランバートル市郊外（今は完全に市内に入っている）のシャル・ハダ（黄色い岩）という場所で銃殺する事件が起きた。真偽を確かめる必要はあるが、その時、徳王の部下が民謡「シャル・タル」のメロディーに「墨のないところで／血をもって書いた／紙のないところで／シャツの上に書いた」と新しい歌詞をつけ加えて歌ったという。たしかに現在歌われている「シャル・タル」の歌詞の一番は「黄色い草原の端に／お月様が昇るまですわった／親類のことを思うあまり／さびしくなって歌った」というように郷愁に駆られた気持ちが歌われているが、二番から前に述べたように「墨のないところで／血をもって書いた」と出てくるのは不自然であるといえば不自然である。徳王はというと、一九五〇年九月一八日に中国に送還され、長い政治思想教育を受け、一九六三年四月九日に保釈され、三年後の一九六六年に病没した。

このように本書の第二章に登場する「親日派活仏ワンチョグダンビニマー」と「国境哨兵隊隊長ゴルブン・ハマル・イン・モンコ」、第三章に登場する「義賊ネムフ」、第四章に登場する「反日派ドルジ王」と「親日派活仏ガブジョ・ラマ」、第五章に登場する「活仏ノヤン・ゲゲン」らは「日本特務」「日本帝国主義の走狗」といったレッテルが貼られたまま歴史の舞台から消え、彼らに関する研究はほとんどない。それには様々な要因があるが、平和な社会に馴染んでしまった私たちは、紙に書かれた史料だけを頼り、このような「血をもってシャツの上に書いた」歴史から目を逸らしてきたことが紛れもなくその要因のひとつであろう。なお、本書に取り上げることができたのは氷山の一欠片にすぎず、彼らのように「日本特務」「日本帝国主義の走狗」といったレッテルを貼られたまま歴史の舞台から消えたモンゴル人は万単位でいることを忘れてはならない。

モンゴル語で歴史のことを「トゥーフ」（Teühe）といい、拾い集めるという意味の「トゥグフ」（Teügühü）からきているといわれている。高いところから硬い地面に落ちた石のように砕けたモンゴル帝国の「欠片」を拾い集めることが、モンゴル人にとって歴史そのものであったかもしれない。私たちは普段、モノを拾い集める時、必ずと言っていいほど大きなモノ・目立つモノから順に拾っていく習性を持っている。だとすれば、その意味で内モンゴルや日本の近代史はまだまだ十分に拾い集めきれておらず、身の回りに落ちた小さな「欠片」も拾い集める必要があるといえよう。それらをつなぎ合わせてみると本当の歴史がみえてくるに違いない。

あとがき

本書は、第二次世界大戦の前夜である一九三〇年代から終戦を軸とし、その間に行われた日本人とモンゴル人の交流やそこから生じた様々な人間ドラマを描いたドキュメンタリーである。

本書に登場する回想者の多くが高齢者であり、それに約七〇年前のことなので部分的に忘れたり間違ったりしていることはあったが、関連資料に照らし合わせて確認した。特に年月や歴史的出来事について明らかに間違っているものは私の責任で修正した。よって本書の内容に関する責任は回想者にではなく、著者一人が負っている。なお、これまで多くのモンゴル人に取材してきたが、本書では日本と直接または間接的に関わった人に絞り、その中で系統的に話してくれた方の回想を、郷土史などに照らし合わせながらまとめた。その歴史的記憶を辿ることは史学専攻ではない私にとって少し荷が勝つ仕事だったが、その記憶がこうして活字となり、日本と内モンゴルの近代史に新たな一ページを加えることができた。自分の経験を腹蔵なく話してくださった方々に改めて感謝を申し上げる。

二〇一八年八月三日の読売新聞に「シベリア抑留　収容所移送中の死亡記録　モンゴルに四三人分」という記事が掲載された。記事によれば、ウランバートルのモンゴル国防省中央公文書館に四三人分の記録が残されているという。それを読んで私は「まだ終わっていないなぁ」と率直に思った。本書が戦時中、モンゴル草原で活躍した日本人の日常を知ることの一助になればと思う次第である。また、日本の内モンゴル草原への進出は歴とした史実であり、決して内モンゴル草原を舞台にした演劇ではないということを知ってほしいし、「対日協力者」としての負の連鎖が今なお内モンゴル草原に続いているということを知ってほしかった。ゆえに、本書のタイトルを『草はらに葬られた記憶』にしたのである。戦時中、内モンゴルに進出した日本人は、一面に牧草が茂る、地平線を見渡せるモンゴルの大地のことを「草《くさ》はら」と呼んだ。漢人が「荒原」または「荒地」と呼んだのと対照的である。あの頃の日本人はモンゴルに大きな可能性やかぎりない憧れを感じていたようである。戦時中、日本語教育を受けた私の大叔父は今も「草はら」という呼び方を好んで使っている。大叔父たちからすれば、「そうげん」と「くさはら」の違いは取るに足りない発音の問題ではなく、「くさはら」という呼び方には、一所懸命日本語を学習し、モンゴル民族のためにすべてを捧げると燃えていた若き時代の夢と希望が詰まっている。残念ながら今日、この史実について知る日本人は少なく、それがモンゴル人からすれば非常に淋しいことである。だから、その淋しさをも込めて「草はら」にしたのである。

読みやすくするために少しくだけた文体で書いたが、今後の研究に役立つことを考え、引用部分にきちんと出典を明記した。それが逆に学術書なのか、一般書なのか、読者に混乱を与えるかもしれないが、ご容赦いただければ幸いである。

また、出版事情が一段と厳しくなった今日、拙著を公刊してくださった関西学院大学出版会のみなさんに厚くお礼を申し上げる次第である。芝田正夫関西学院大学名誉教授や静岡大学楊海英教授は草稿にお目を通し、有益なコメントを寄せてくださった。記して御礼を申し上げる。また、貴重な資料を提供してくださったアメリカ在住の文化人類学研究者Shirchin Baatar氏や現地調査に当たって様々な便宜を図ってくれた友人らにも心から感謝の意を表する。

なお、第三章の回想者であるポンソグは今年の一月に急逝した。出来上がった本を渡すことができず、非常に残念に思う。心からご冥福を祈る次第である。

主な参考・引用文献

〈日本語〉
磯野富士子
　一九八六　『冬のモンゴル』中公文庫
　一九七四　『モンゴル革命』中公新書
伊藤純
　二〇一四　「北涯の〝大東亜共栄圏〟終末像――貴司山治『蒙古日記』解題」『フェンスレス』オンライン版第二号、占領開拓期文化研究会
梅棹忠夫
　一九九〇　「モンゴル研究」『梅棹忠夫著作集』第二巻、中央公論社
　二〇一一　『回想のモンゴル』中公文庫（一九九一年初版）
オーウェン・ラティモア
　一九九二　『中国と私』磯野富士子編・訳、みすず書房
大阪朝日新聞
　一九三五　「『大蒙公司』八月までには設立――日満蒙を結ぶ貿易会社」神戸大学附属図書館デジタルアーカイブ、新聞記事文庫六七二〔アジア諸国：七―〇二八〕（七月二三日）
加々美光行
　二〇〇八　『中国の民族問題――危機の本質』岩波書店
河原操子
　一九六九　『カラチン王妃と私――モンゴル民族の心に生きた女性教師』芙蓉書房
後藤十三雄
　一九四二　『蒙古の遊牧社会』生活社
ゴビ砂漠学術探検隊〔代表者：澤壽次〕
　一九四三　『ゴビの砂漠』目黒書店
小林知治
　一九三九　『興亜大陸を往く――日満支ブロック経済建設』興亜経済協議會
白山眞理・桜井由理編
　二〇一六　『赤羽末吉スケッチ写真――モンゴル・１９４３年』ＪＩＣＣフォトサロン

関岡英之
　二〇一〇　『帝国陸軍見果てぬ「防共回廊」――機密公電が明かす、戦前日本のユーラシア戦略』、祥伝社
田中克彦
　二〇〇九　『ノモンハン戦争――モンゴルと満洲国』岩波新書
田中剛
　二〇〇九　「成吉思汗廟の創建」森時彦編『20世紀中国の社会システム』京都大学人文科学研究所附属現代中国研究センター研究報告
田淵陽子
　二〇〇八　「内モンゴル人民共和国臨時政府樹立宣言及び憲法（1945年9月）」『東北アジア研究』12、東北大学東北アジア研究センター
ダイヤモンド社編
　二〇一二　『初恋五十年――カルピス食品工業社長三島海雲』（一九六五年初版）ダイヤモンド社
東亞産業協會
　一九三四　『察哈爾蒙古の近情――東亞産業協會察哈爾調査班報告書』東亞産業協會
東亞競技大会関西大会事務局
　一九四〇　『東亞競技大会関西大会番組』（六月一三日）
ドムチョクドンロプ
　一九九四　『徳王自伝――モンゴル再興の夢と挫折』森久男訳、岩波書店
内閣情報局編輯
　一九四〇　『寫眞週報』第一二一号（六月一九日）
内蒙古アパカ会・岡村秀太郎共編
　一九九〇　『特務機関』図書刊行会
長尾雅人
　一九四七　『蒙古喇嘛廟記』高桐書院
細川呉港
　二〇〇七　『草原のラーゲリ』文藝春秋
ボルジギン・フスレ
　二〇〇四　「1945年のモンゴル人民共和国の中国に対する援助――その評価の歴史」『SGRAレポート』第二四号、関口グローバル研究会
　二〇〇六　「内モンゴルにおける土地改革の変遷について（1946年〜49年）――「土地改革」の展開を中心に」『學苑』七九一、昭和女子大学近代文化研究所

マンダフ・アリウンサイハン
二〇〇一　「モンゴルにおける大粛清の真相とその背景――ソ連の対モンゴル政策の変化とチョイバルサン元師の役割に着目して」『一橋論叢』第一二六巻第二号、一橋大学
南満洲鐵道鐵路總局編
一九三五　『多倫・貝子廟竝大板上廟會事情』南滿洲鐵道鐵路總局文書課
宮脇淳子
二〇〇八　『朝青龍はなぜ強いのか？――日本人のためのモンゴル学』ワック
二〇〇二　『モンゴルの歴史――遊牧民の誕生からモンゴル国まで』刀水書房
ミンガド・ボラグ
二〇一六　『「スーホの白い馬」の真実――モンゴル・中国・日本それぞれの姿』風響社
村田裕和・澤辺真人翻刻・伊藤純補注
二〇一四　「［翻刻・抄録］貴司山治『蒙古日記』（一九四三年）」『フェンスレス』オンライン版第二号、占領開拓期文化研究会
毛沢東文献資料研究会編・竹内実監修
一九七〇　『毛泽东集』五、北望社
森久男
一九九二　「蒙古軍政府の研究」『愛知大学国際問題研究所紀要』九七号
二〇〇〇　『徳王の研究』創土社
二〇〇九a　「関東軍の内蒙工作と大蒙公司の設立」『中国21』三一、愛知大学現代中国学会
二〇〇九b　『日本陸軍と内蒙工作――関東軍はなぜ独走したか』講談社
楊海英
二〇〇九　『墓標なき草原――内モンゴルにおける文化大革命・虐殺の記録』（上・下）岩波書店
二〇一三　『植民地としてのモンゴル――中国の官制ナショナリズムと革命思想』勉誠出版
二〇一三　『中国とモンゴルのはざまで――ウラーンフーの実らなかった民族自決の夢』岩波書店
二〇一四　『チベットに舞う日本刀――モンゴル騎兵の現代史』文藝春秋
二〇一八　『最後の馬賊――「帝国」の将軍・李守信』講談社
横田素子
二〇〇三　「喀喇沁右旗札薩克貢桑諾爾布の学堂創設」『アジア民族造形学会誌』三
和加竹城・林田勲
一九三八　『蒙彊の資源と經濟』冨山房

〈モンゴル語〉

Agwanglabsüm
2014　*Šili-yin gool-un süm keyid*, Öbür mongɣul-un soyul-un keblel-ün qoriy-a（日本語題名：アグワンラブスム編 2014『シリンゴルの寺院』内モンゴル文化出版社）

Altandalayi
2004　*Yapon ba öbür mongɣul*, Öbür mongɣul-un surɣan kömüjil-ün keblel-ün qoriy-a（日本語題名：アルタンダライ二〇〇四『日本と内モンゴル』内モンゴル教育出版社）

Arbijiqu
2004　*Üjümüčin beyile-yin Dorji wang*, Öbür mongɣul-un arad-un keblel-ün qoriy-a（日本語題名：アルビジホ二〇〇四『東ウジムチン旗のドルジ王』内モンゴル人民出版社）

Erdenisang
1984　*Tal-a nutug-iyar toɣurin bayilduju degerem-i nekemjilen usadɣaɣsan*, *Šili-yin ɣool ayimaɣ-un qubisɣaltu durasumji 1*, Šili-yin ɣool ayimaɣ-un nam-un teüke orun nutuɣ- un teüke temdeglel-i nayiraɣulqu alban ger（日本語題名：エルデニサン一九八四「草原を駆け廻って盗匪を追撃した日々」『シリンゴル盟革命回想録』シリンゴル盟党史・地方史編集事務局）

Öbür mongɣul-un teüke-yin materiyal-i sudulqu qural
1979–1980　*Öbür mongɣul-un teüke-yin materiyal (1-5)*, Öbür mongɣul-un arad-un keblel-ün qoriy-a〈Dotuɣadu materiyal〉（日本語題名：内モンゴル自治区文史資料研究委員会編一九七九―一九八〇『内モンゴル文史資料』一―五、内モンゴル人民出版社〈内部発行〉）

Örgentai taibung
2006　*Üker jil-un üyimegen-ü gerel ba següder*, Öbür mongɣul-un Surɣan kömüjil-ün keblel-ün qoriy-a（日本語題名：周太平二〇〇六『「丑年の乱」の光と影』内モンゴル教育出版社

Na.Bökeqada
2007　*Öglige quraɣuluɣči süm-e Molum lam-a-yin küriy-e*, Öbür mongɣul-un soyul-un keblel-ün qoriy-a（日本語題名：ナ・ブヘハダ編二〇〇七『集恵寺――ラマ・イン・クレー寺』内モンゴル文化出版社）

Ne. Tübden-nar
2000　*Čing ulus-un üy-e-yin üjümüčin jegün ɣarun qošiɣu*, Öbür mongɣul-un arad-un keblel-ün qoriy-a（日本語題名：ネ・トプドンら編二〇〇〇『清国時代の東ウジムチン旗』内モンゴル人民出版社）

Bayannaɣur ayimaɣ-un teüke-yin material-i sudulqu qural
1984–1994　*Bayannaɣur ayimaɣ-un teüke-yin material 1-10*,〈Dotuɣadu materiyal〉（日本語題名：一九八四―一九九四、バヤンノール盟文史

資料研究委員会編『バヤンノール盟の文史資料』一―一〇〈内部発行〉）

Barayun üjümüčin qošiyun-u soyul teüke-yin alban ger

1985–1990　*Barayun üjümüčin qošiyun-u teüke-yin materiyal-un emkidgel 1-5,* 〈Dotuyadu materiyal〉（日本語題名：一九八五―一九九〇、西ウジムチン旗の文史資料編集室編『西ウジムチン旗の文史資料集』一―五〈内部発行〉）

Belgünüdeyi　Na.Bökeqada

2004　*Üjümüčin wang Sodnamrapdan,* Jegün üjümüčin qošiyun-u soyul teüke-yin neyigemlig〈Dotuyadu materiyal〉（日本語題名：ベルグノデ、ナ・ブヘハダ二〇〇四『ウジムチン王――ソドナムラプダン』東ウジムチン旗文史協会〈内部発行〉）

Gerel

1987　*Barayun üjümüčin qošiyun-u arad-un jasay-un erke bayiyuluydaju bekijigsen toyimu, Barayun üjümüčin qošiyun-u teühe-yin materiyal-un emkidgel 3,* Barayun üjümüčin qošiyun-u soyul teüke-yin alban ger〈Dotuyadu materiyal〉（日本語題名：ゲレル一九八七「西ウジムチン旗の人民政府が樹立してから安定するまで」『西ウジムチン旗の文史資料集』三、西ウジムチン旗の文史資料編集室〈内部発行〉）

Go. Rhaw-a

1998　*Üjümüčin mongyulčud,* Öbür mongyul-un arad-un keblel-ün qoriy-a（日本語題名：ゴ・ラホヮー一九九八『ウジムチン・モンゴル人』内モンゴル人民出版社）

Lu Ming hui

1987　*Mongyul-un “öbertegen jasaqu ködelgegen”-ü egüsgel tegüsgel,* Ündüsüten-ü keblel-ün qoriy-a（日本語題名：呂明輝一九八七『内モンゴル「自治運動」の始末』、民族出版社）

Sečinküü

2006　*Ögligetü barilduly-a keyid Injayan süm-e,* Öbür mongyul-un arad-un keblel-ün qoriy-a（日本語題名：スチンフ編二〇〇六『施縁寺――インジャガン寺』内モンゴル人民出版社）

2007　*Sodnamrabdan wang,* Barayun üjümüčin qošiyun-u ulus türü-yin tobčiy-a（日本語題名：スチンフ編二〇〇七『ソドナムラプダン王』西ウジムチン旗政協委員会）

Šili-yin gool-un edür-ün sonin-u qoriy-a

1953　*Šili-yin gool-un edür-ün sonin*（日本語題名：シリンゴル新聞、一九五三年一〇月一日）

Šili-yin gool ayimay-un nam-un teüke orun nutuy-un teüke temdeglel-i nayirayulqu alban ger

1984　*Šili-yin gool ayimay-un qubisyaltu durasumji 1,*（日本語題名：一九八四、シリンゴル盟党史地方史編集事務局編『シリンゴル盟革命回想録』）

Šili-yin gool-un ayimay-un ulus törü-yin jöblelgen-ü soyul teüke-yin komis

2007　*Čaqar čiγulγan-u erdem soyultu mongγul dumdadu surγaγuli,* 〈Dotuγadu materiyal〉（日本語題名：二〇〇七、シリンゴル盟政協文史協会編『チャハル盟張北青年学院史料』〈内部発行〉）

Da. Čaγan

2008　*Čaγan oboγ-a süm-e Čaγan gegen Jamiyanligšidjamsu,* Öbür mongγul-un arad-un keblel-ün qoriy-a（日本語題名：ダ・チャガン編2008『チャガン・オボー寺―チャガン・ゲゲン・ジャミヤンリグシドジャムス』内モンゴル人民出版社）

Či.Čilaγu

2012　*Abaγ-a qošiγun-u nutuγ-tu Yapon tangnaγul küdelbürilejü bayiγsan toγimu bayidal, Üni mönghe-yin nutuγ,* Öbür mongγul-un arad-un keblel-ün qoriy-a（日本語題名：チ・チョロ二〇一二「アバガ旗領内で活動していた日本特務に関する考察」『魅力ある我が故郷——ウルジト』内モンゴル人民出版社

Jibzün-ü Qorlosürüng

2017　*Alaša qalqačuul-un uγsaγ-a γarul teüku temdeglel,* Öbür mongγul-un arad-un keblel-ün qoriy-a（日本語題目：ジブヅン・ホルロスルン二〇一七『アラシャ地域におけるハルハ族の起源及びその歴史』内モンゴル人民出版社）

Jimbajab-nar

1990　*Čaqar Mongγul,* Šili-yin gool-un edür-ün sonin-u keblel-ün qoriy-a（日本語題名：ジムバジャブら編一九九〇『チャハル・モンゴル』シリンゴル日報出版社）

Jagčidsečin

2007　*Minu mededeg Demčogdongrub noyan böged tegün-no üye-yin öbür mongγul,* Sünid baraγun qošiγun-u ulus törü-yin jöblelgen-ü soyul teüke-yin komis（日本語題名：ジャグチドスチン二〇〇七『私が知っている徳王とその時代の内モンゴル』西スニト旗政協文史協会）

Wa. Namjilsürüng　Na. Temčeltü

1998　*Üjümüčin beyile-yin γabju lam-a,* Öbür mongγul-un soyul-un keblel-ün qoriy-a（日本語題名：ワ・ナムジルスルン、ナ・テムチルト編一九九八『東ウジムチン旗の活仏——ガブジョ・ラマ』内モンゴル文化出版社）

Ji.Dorji

2010　*Erdeni-yin degedü šidi keyid Ulaγan qaγalγ-a süm-e,* Öbür mongγul-un arad-un keblel-ün qoriy-a（日本語題名：ジ・ドルジ二〇一〇『宝成寺——オラン・ハガラガ寺』内モンゴル人民出版社）

Totuγadu mongγul-un arad-un qubisγaltu nam

1945　*Arad-un ǰam,*（日本語題名：内モンゴル人民革命党編『人民の道』（逐次刊行物）、一九四五年一〇月二三日）

Toyimu INC. MEDIA GROUP

2012　*Ündüsüten-ü toyimu No. 48(147)*（日本語題名：『民族通信』〈週刊誌〉第四八号〈一四七〉二〇一二年一一月二六日・キリル文字）

〈中国語〉
錫盟党史地方志編委弁公室
　一九八四　『錫盟革命回憶録』第一輯
朱天改編、官布絵画
　二〇〇五　『嘎達梅林』人民美術出版社（『嘎達梅林』朝花美術出版社、一九五七年の改訂版）
劉映元整理
　一九八五　『李守信自述』内蒙古文史資料（第二十輯）、内蒙古文史書店（内部発行）
閻天灵
　二〇〇四　『漢族移民与近代内蒙古社会変遷研究』民族出版社
『烏蘭夫』編輯委員会
　一九九一　『烏蘭夫』内蒙古人民出版社

著者略歴

ミンガド・ボラグ（「ボラグ」の中国語表記は「宝力嘎」）

1974年、内モンゴルシリンゴル生まれ。1995年、教員養成学校であるシリンゴル盟蒙古師範学校を卒業、小学校・幼稚園で教員として働く。1999年に来日、日本語学校を経て2001年に関西学院大学文学部に入学。2011年、関西学院大学教育学研究科博士課程後期課程修了。博士（教育学）。現在は非常勤講師・翻訳・通訳として働く傍ら、日本各地で講演会や馬頭琴演奏会を開催しており、その活動が新聞などで取り上げられている。内モンゴルシリンゴル盟職業学院教育学部研究員。

主な著書：『モンゴル民族の教育の研究――“Education for Sustainable Development”の視点からの提言として』関西学院大学出版会オンデマンド出版、2011年。『入門　臨床教育学』学事出版、2013年（分担執筆）。『「スーホの白い馬」の真実――モンゴル・中国・日本それぞれの姿』風響社、2016年（第41回日本児童文学学会奨励賞受賞）。

主な論文：「モンゴル民族の教育――文化的観点からの考察」『人文論究』第57巻、2007年、関西学院大学人文学会。「子どもの心身の発達に家畜が及ぼす影響についての考察――内モンゴル自治区のマラチンの事例研究」『教育学論究』創刊号、2009年、関西学院大学教育学会。「『スーホの白い馬』は本当にモンゴルの民話なのか」『日本とモンゴル』第126号、2013年、日本モンゴル協会（第6回村上正二賞受賞）。「絵本『草原の幼い姉妹』を読む――社会主義の「活きた少女モデル」の誕生秘話」『連環画研究』第8号、2019年、北海道大学連環画研究会など論文・翻訳多数あり。

草はらに葬られた記憶「日本特務」
日本人による「内モンゴル工作」とモンゴル人による「対日協力」の光と影

2019年10月1日　初版第一刷発行

著　者　ミンガド・ボラグ

発行者　田村和彦
発行所　関西学院大学出版会
所在地　〒662-0891
　　　　兵庫県西宮市上ケ原一番町1-155
電　話　0798-53-7002

印　刷　株式会社クイックス

Printed in Japan by Kwansei Gakuin University Press
ISBN 978-4-86283-290-0